Debbie Macomber
Confío en ti

Editado por Harlequin Ibérica.
Una división de HarperCollins Ibérica, S.A.
Núñez de Balboa, 56
28001 Madrid

© 2008 Debbie Macomber. Todos los derechos reservados.
CONFÍO EN TI, Nº 103 - 1.9.10
Título original: 8 Sandpiper Way
Publicada originalmente por Mira Books, Ontario, Canadá.
Traducido por Sonia Figueroa Martínez

Todos los derechos están reservados incluidos los de reproducción, total o parcial. Esta edición ha sido publicada con permiso de Harlequin Enterprises II BV.
Todos los personajes de este libro son ficticios. Cualquier parecido con alguna persona, viva o muerta, es pura coincidencia.
™ TOP NOVEL es marca registrada por Harlequin Enterprises Ltd.

® y ™ son marcas registradas por Harlequin Enterprises Limited y sus filiales, utilizadas con licencia. Las marcas que lleven ® están registradas en la Oficina Española de Patentes y Marcas y en otros países.

I.S.B.N.: 978-84-671-8720-5
Depósito legal: B-31100-2010
Imágenes de cubierta:
Mujer: JPERAGINE/DREAMSTIME.COM
Flores: TAMARA-K/DREAMSTIME.COM

Para Minda Butler, Karen Sweeney, y Hyacinthe Eykelhof-Mitchell, por su valor, fuerza, e inspiración.

Y un agradecimiento muy especial a mi amiga Emily Myles, la artista textil cuya inspiración dio lugar al dragón de Shirley.

CAPÍTULO 1

Dicen que la esposa siempre es la última en enterarse, pero Emily Flemming sabía desde hacía más de una semana que Dave, su marido, tenía una aventura. La situación era incluso más chocante si se tenía en cuenta que él no era Dave Flemming sin más, sino el reverendo Flemming. La idea de que su marido amara a otra mujer era intolerable, inconcebible, insoportable. El hecho de que la hubiera traicionado la había dejado destrozada, pero que hubiera faltado así a sus obligaciones morales para con su congregación y su Dios... en fin, apenas podía creerlo. Aquel secreto no encajaba con el hombre al que conocía.

Aún no le había dicho que lo sabía. Se había dado cuenta de lo que pasaba poco antes de salir a cenar para celebrar su aniversario de boda, mientras lo esperaba en el despacho parroquial. Al ver que él se había dejado la chaqueta detrás de la puerta, la había agarrado y se la había colgado del brazo, y se había quedado atónita al ver que un pendiente de diamantes caía del bolsillo; posteriormente, había encontrado la pareja en otro de los bolsillos. Eran unos pendientes grandes y muy elaborados, ella jamás había tenido algo así.

Al principio, había dado por hecho que debían de ser un regalo de aniversario, pero no había tardado en darse cuenta de que no podía ser; para empezar, no estaban metidos en una cajita de joyería. Y aun suponiendo que no hubieran estado sueltos, el presupuesto familiar era bastante limitado y era imposible que Dave hubiera podido comprar algo tan caro.

Tendría que haberle preguntado de inmediato de dónde habían salido, pero no lo había hecho por miedo a echar a perder con suspicacias aquella velada especial; aun así, había empezado a atar cabos. No podía seguir ignorando el hecho de que Dave se quedaba a trabajar hasta tarde, sobre todo después de que la hora de privacidad que habían planeado para después de aquella cena de celebración acabara torciéndose. Quizás eran imaginaciones suyas, pero tenía la impresión de que él había empezado a arreglarse con más esmero.

Sus sospechas se habían doblado y triplicado. No dejaba de darle vueltas al asunto para intentar encontrarle alguna explicación plausible al extraño comportamiento de su marido, pero el hecho de que él le contestara con evasivas cada vez que le preguntaba dónde había estado era otro detalle sospechoso más.

—Mamá, ¿cuándo va a llegar papá? —le preguntó Mark, el menor de sus dos hijos. Tenía ocho años, y unos ojos marrones idénticos a los de su padre.

Ella se había hecho esa misma pregunta, pero intentó aparentar calma y seguridad al decir:

—Pronto.

Últimamente, Dave llegaba bastante tarde dos o tres veces por semana. Al principio, ella se había inventado excusas para que los chicos no se preocuparan, pero ya no sabía qué decirles.

—Casi nunca come con nosotros —dijo Matthew, antes de sentarse a la mesa junto a su hermano pequeño.

Dave había empezado a retrasarse de forma gradual; en el pasado, siempre había intentado llegar a tiempo para la cena. No pudo evitar preguntarse si en ese momento estaba con otra mujer, con otra familia... se apresuró a apartar aquella idea de su mente, y por el bien de sus hijos, optó por su excusa habitual.

—Está muy ocupado en la iglesia.
—¿Todas las noches?
—Eso parece —les dijo, con fingida naturalidad, antes de sentarse a la mesa con ellos.

Los tres se tomaron de la mano y bajaron la cabeza mientras ella bendecía la mesa. Para sus adentros, añadió una oración personal: pidió tener el valor suficiente para afrontar lo que el futuro pudiera depararle a su matrimonio.

—¿No sería mejor que le esperáramos alguna vez? —comentó Mark, mientras agarraba sin mucho convencimiento su tenedor.

—Tenéis deberes, ¿verdad? —le dijo ella.
—Pero papá...
—Tu padre cenará después.
—¿Llegará antes de que nos acostemos? —Matthew era el más sensible de los dos niños.

—No lo sé —tragó con dificultad y fingió que comía, aunque su apetito se había evaporado desde que había encontrado aquellos dichosos pendientes de diamantes. Ése había sido el comienzo de todo, el momento en que había tenido que afrontar lo que llevaba meses ignorando.

Había intentado convencerse de que la presencia de los pendientes podía tener un montón de explicaciones lógicas, pero a pesar de que había decidido hablar con Dave al día siguiente de encontrarlos, al final no lo había hecho... y sabía por qué. No quería escuchar la verdad, no estaba preparada. Tenía miedo de lo que pasaría cuando acabara pidiéndole explicaciones a su marido.

Le había preguntado en más de una ocasión por qué volvía a casa tan tarde, pero él le restaba importancia a su preocupación y se limitaba a darle excusas de lo más ambiguas, mencionaba a gente a la que ella no conocía y supuestas reuniones. Como parecía molesto ante tanto interés, al final había optado por dejar de preguntarle.

En todo caso, la respuesta era obvia. Desde que había encontrado los pendientes, tenía muy claro lo que estaba pasando; por desgracia, los párrocos eran tan vulnerables a las tentaciones como el resto de los humanos, y al igual que el resto de pecadores, podían llegar a tener aventuras extramatrimoniales y cometer errores irreparables.

Al principio se había planteado la posibilidad de que todo fuera un malentendido, se había preguntado si estaba exagerando la situación, pero sus esperanzas se habían desmoronado cuando se había encontrado en el supermercado a Bob y Peggy Beldon, los dueños de la pensión Thyme and Tide, a principios de semana. Mientras charlaban sobre naderías, Bob había mencionado de pasada que echaba de menos jugar al golf con Dave.

Se había quedado boquiabierta, porque hacía tres años que los dos jugaban una vez a la semana, si el tiempo lo permitía. En cuestión de minutos, había logrado sonsacarle a Bob la información, y sus peores temores se habían confirmado; al parecer, hacía más de un año que Dave no jugaba al golf... ¡un año! Y aun así, él seguía metiendo los palos de golf en el coche todos los lunes por la tarde y se marchaba tan tranquilo; en teoría, iba a jugar con Bob, pero estaba claro que en realidad iba a encontrarse con otra persona.

Soltó un suspiro, y procuró apartar su mente de aquel camino tan trillado de dudas y suspicacias. Se dedicaba a interpretar el papel de esposa apocada, pero por dentro contenía las ganas de pedirle explicaciones a su marido. Quería saber la verdad por muy dolorosa que fuera... pero al mismo tiempo, no quería enterarse; seguramente, cualquier mujer en su lugar sentiría lo mismo.

No había dicho nada de momento, y la sorprendía lo bien que se le daba fingir que no pasaba nada. Sus amigas no tenían ni idea de lo que pasaba, pero lo que la indignaba casi más que sus sospechas era el hecho de que Dave no se hubiera dado cuenta de que lo había pillado. No sabía si él pensaba sincerarse, a lo mejor lo haría si se diera cuenta de que estaba enterada de lo que pasaba... quizás era eso lo que ella había estado esperando.

Sí, quería que Dave diera el primer paso, que fuera él quien sacara el tema, pero no lo había hecho; al parecer, los dos eran unos actores de primera. De hecho, en el sermón del domingo anterior, él había hablado desde el púlpito de la importancia del matrimonio, del amor al cónyuge.

Se sentía la mujer menos amada del mundo entero, y había estado a punto de echarse a llorar delante de la congregación. Todo el mundo habría dado por hecho que sus lágrimas se debían a que estaba emocionada porque el sermón de su marido la enaltecía, pero ella les habría dicho que, por muy bonitas que fueran las palabras de Dave, no eran más que eso: simples palabras.

Le costaba creer lo que estaba pasándoles. Siempre había creído que tenían un matrimonio sólido y que Dave era su mejor amigo, pero era obvio que estaba muy equivocada.

Se volvió al oír que se abría la puerta que daba al garaje, y se sorprendió al verlo entrar.

—¡Papá! —Mark se levantó de la silla, y echó a correr hacia su padre como si llevara un año sin verlo.

—Hola, hombrecito. ¿Cómo estás? —Dave lo alzó en brazos. Sabía que, a pesar de que su hijo ya era demasiado mayor para que lo tratara como un niño, necesitaba su atención y sus muestras de afecto. Después de besar a Emily en la mejilla y de alborotarle el pelo a Matthew, se sentó y comentó—: Me alegro de llegar a tiempo de cenar con vosotros.

—Yo también —le dijo Mark, entusiasmado.

Emily no pudo evitar sentir una punzada de felicidad a pesar de todo, y se apresuró a poner un cubierto más en la mesa. Cuando le pasó a su marido la enchilada que había preparado, él se sirvió una buena ración y dijo sonriente:

—Gracias por preparar una de mis comidas preferidas.

—De nada —lo miró a los ojos, y le dijo sin necesidad de palabras cuánto le amaba. Quizás, a pesar de todas las pruebas, sus sospechas eran infundadas.

—Papá, ¿podrás ayudarme con los deberes después de cenar? —dijo Mark.

Era el alumno con mejores notas de su clase con diferencia y no necesitaba que nadie le ayudara con los deberes, así que era obvio que lo que quería era pasar algo de tiempo con su padre.

—Me prometiste que haríamos pases con la pelota de rugby, papá —apostilló Matthew.

Los niños no eran los únicos que querían pasar tiempo con Dave. Ella también necesitaba tenerlo cerca para sentirse segura, porque no podía quitarse las dudas de la cabeza. Le amaba al margen de todo, así que estaba decidida a salvar su matrimonio... o al menos, a esforzarse al máximo para lograrlo.

Él se echó a reír, y alzó las manos en un gesto apaciguador antes de decir:

—¡Tranquilos!, ¡no os aceleréis! Dadme unos segundos para que pueda recobrar el aliento.

Los niños se quedaron mirándolo con unas expresiones tan expectantes, que Emily se sintió incapaz de seguir contemplando sus rostros esperanzados. Tuvo ganas de echarse a llorar al verlos mirar a su padre con tanto amor.

—Dejad que papá cene tranquilo.

—Después os ayudaré a los dos, pero antes me gustaría estar unos minutos a solas con vuestra madre.

Él le lanzó una mirada, pero Emily sintió que la recorría un escalofrío y tuvo miedo de mirarlo a los ojos.

—Porfa, papá... —dijo Mark, con tono lastimero.

—No tardaremos mucho. Venga, cómete las judías verdes.

—Vale.

Emily le pasó la fuente de judías con almendras troceadas a su marido, que se sirvió una pequeña cantidad. A él tampoco le gustaba demasiado aquella legumbre, pero tenía que dar un buen ejemplo.

Después de cenar, los niños quitaron la mesa y se fueron a su cuarto para la hora de estudio, que había sido idea de Dave: aunque no tuvieran deberes, tenían que pasar una hora cada noche leyendo, escribiendo, o repasando lo que habían hecho en clase. No podían tener la tele encendida, ni jugar con la consola.

Cuando los niños se fueron a su cuarto, Emily se puso a preparar la cafetera, y procuró mantenerse de espaldas a Dave. Era raro que él le pidiera hablar a solas así, porque por regla general, si quería comentarle algo, esperaba a que los niños se hubieran acostado.

Antes de que acabara de servir el café, él le preguntó:

—¿Eres feliz? —lo dijo con voz urgente, intensa, como si la necesidad de saberlo le quemara por dentro.

A ella se le habían ocurrido mil y una preguntas posibles, pero aquélla la tomó por sorpresa.

—¿Que si soy feliz? —se volvió hacia él, pero aún se sentía incapaz de mirarlo a los ojos. Se le acercó con dos humeantes tazas de café, y después de dejarlas sobre la mesa, repitió—: ¿Soy feliz? —se metió las manos en los bolsillos, y pensó en ello.

—No esperaba que tardaras tanto en contestar —la observó con atención, y sus ojos oscuros reflejaron la decepción que sentía al verla vacilar.

—¿Qué razón podría tener para no ser feliz? —le dijo, en un intento de devolverle la pelota—. Vivo en una casa preciosa y puedo permitirme el lujo de ser un ama de casa y concentrarme en nuestros hijos, tal y como queríamos. Además, mi marido está locamente enamorado de mí, ¿verdad? —lo último lo añadió al recordar el sermón que él había pronunciado el domingo anterior, y procuró que su voz no reflejara ni el más mínimo sarcasmo. Quizá tenía miedo de lo que él pudiera contestar, porque se apresuró a añadir—: ¿Y tú qué?, ¿eres feliz?

—Claro que sí —su respuesta fue inmediata y vehemente.

—Entonces, yo también —en vez de sentarse junto a él, se puso a llenar el lavaplatos.

—Siéntate, por favor —cuando ella obedeció a regañadientes, añadió—: Últimamente, no duermes bien.

Así que se había dado cuenta, ¿no? No le costaba quedarse

dormida, pero se despertaba al cabo de una o dos horas y se pasaba el resto de la noche dando vueltas en la cama, dormitando a duras penas. Las posibilidades que se le arremolinaban en la mente le impedían descansar... era posible que su marido estuviera enamorado de otra mujer, que estuviera siéndole infiel.

Se consideraba una mujer fuerte desde un punto de vista emocional y más que capaz de mantener la calma ante una crisis, una mujer que proporcionaba consejo y apoyo a los demás; sin embargo, era una cobarde a la hora de hablar abiertamente con su marido sobre sus sospechas.

—Si hay algo que te preocupa, a lo mejor puedo ayudarte —le dijo él.

Emily reconoció de inmediato aquel tono de voz lleno de calidez y amabilidad, ya que era el que su marido solía usar con los demás. ¡Pero ella no era uno de sus feligreses, sino su esposa!

—¿Qué crees que podría preocuparme? —lo dijo con aparente naturalidad, aunque no esperaba una respuesta.

—No tengo ni idea, por eso te lo pregunto. ¿Están presionándote demasiado las integrantes de la sociedad misionera?

—No.

El comité de recetas le había pedido que se encargara de organizar todo el proyecto, pero ella había argumentado que no tenía tiempo. Era la pura verdad, pero al parecer su respuesta no había sentado bien a más de uno. La congregación parecía pensar que, como no trabajaba fuera de casa, tenía que estar a su entera disposición, al igual que Dave, pero no estaba dispuesta a convertirse en una empleada sin sueldo de la iglesia, y había sido muy clara al respecto cuando habían aceptado el puesto en Cedar Cove. Su papel se centraba en apoyar a Dave, y en cuidar a sus dos hijos.

—Si estuvieras molesta o preocupada por algo, me lo dirías, ¿verdad?

—Por supuesto —tomó un sorbo de café para intentar ocultar que estaba mintiendo.

En ese momento, Mark asomó la cabeza por la puerta y le dijo a su padre:

—¿Has acabado ya de hablar con mamá?, necesito que me eches una mano con las mates.

Al ver que su marido la miraba con expresión interrogante, le dijo con firmeza:

—Estoy bien, Dave —se dio cuenta de que él no parecía demasiado convencido. No era ninguna experta a la hora de mentir, y se sentía mal consigo misma por ser incapaz de revelarle sus miedos.

Después de tomar un trago de café, él se puso de pie y le dijo al niño:

—Venga, Mark, vamos a ver si puedo ayudarte.

Emily tragó con fuerza al verlos salir de la cocina. Había estado esperando a que él sacara un tema así. Al preguntarle si era feliz, Dave le había dado la oportunidad perfecta para explicarle sus sospechas, pero se había quedado callada por culpa del miedo.

El problema radicaba en que no estaba preparada. Para protegerse a sí misma, necesitaba pertrecharse con hechos y detalles antes de plantearle la cuestión. Quería que su marido se diera cuenta de que no era tan ingenua como él parecía creer.

A las nueve de la noche, los niños ya estaban durmiendo. Cuando Dave estaba en casa, conseguir que se acostaran era un proceso sencillo y sin trabas, pero cuando estaba sola con ellos... algo que últimamente ocurría con bastante frecuencia... se inventaban toda clase de excusas para retrasar el momento de irse a la cama.

Al cabo de media hora estaba en su habitación de costura, planchando una colcha que estaba haciéndole a Matthew. Se sentía más que satisfecha con la ganga que había conseguido. Era consciente de que tenía que controlar los gastos, así que había aprovechado las rebajas en The Quilted Giraffe, una tienda donde vendían telas y todo tipo de útiles de costura, para comprar a buen precio aquella tela de algodón con un alegre estampado en tonos rosados.

Justo cuando estaba apagando la plancha, oyó que Dave entraba en la habitación. La abrazó por la espalda, y le dijo con voz susurrante:

—Por fin solos —la besó en el cuello, y deslizó los labios por su piel.

Emily no pudo evitar sonreír. Antes solían ser así, tan afectuosos y juguetones de forma espontánea, hasta que... no estaba segura de cuándo habían empezado a cambiar las cosas... ¿a principios de año?

—Dave, de verdad... —no pudo contener una pequeña carcajada.

—Te amo —le dijo él, en voz baja.

Ella le cubrió las manos con las suyas, y le dio un ligero apretón antes de preguntar:

—¿Ah, sí? —no pudo evitar que su voz reflejara un ligero tono suplicante.

—Con todo mi corazón —después de darle un último beso en el cuello, la soltó y fue hacia la puerta.

—¿Adónde vas?

—A preparar el sermón del domingo.

—Ah.

Antes, siempre solía preparar los sermones en el despacho de la iglesia. Esperó a que él saliera de la habitación, y entonces fue hacia la puerta y lo siguió con la mirada. Él se alejó por el pasillo, y al llegar a su despacho, entró y cerró la puerta sin volver la vista hacia atrás.

Antes, siempre solía dejar la puerta del despacho abierta; que ella supiera, era la primera vez que su marido se comportaba así. Volvió a entrar con paso pausado en la habitación de costura y se puso a trabajar de nuevo en la colcha, pero era incapaz de concentrarse. Quería saber la razón que había impulsado a su marido a cerrar la puerta del despacho, seguro que había algún motivo concreto... claro, seguro que estaba llamando por teléfono y no quería que ella le oyera. Esperó una hora para asegurarse de que él ya había colgado, y entonces fue al despacho con la excusa de llevarle una taza de café.

Llamó a la puerta, pero entró sin darle tiempo a contestar. Tal y como esperaba, estaba sentado tras su mesa con la Biblia abierta, y tenía delante una libreta en la que estaba tomando notas.

—Te traigo café.

—Gracias, cariño. Es todo un detalle.

—De nada —dejó la taza sobre el posavasos de barro que Matthew había pintado cuando iba a primero, y entonces salió del despacho sin añadir nada más y cerró la puerta a su espalda.

Después de respirar hondo, fue a la cocina y marcó el botón de rellamada en el teléfono que había allí. Después de tres tonos, oyó que contestaba una suave y sexy voz femenina.

—¿Eres tú otra vez, Davey?

¿Cómo que Davey?

—Perdón, me he equivocado —se apresuró a decir, antes de colgar a toda prisa.

De modo que sus sospechas eran ciertas... Dave había llamado a otra mujer, ¡y desde su propia casa! Había tenido la desfachatez de contactar con la mujer que amenazaba con destrozar su matrimonio.

Se dio cuenta de que seguía aferrando el auricular del teléfono, y de que le temblaba la mano; tal y como esperaba, saber que tenía razón no le causaba ninguna satisfacción.

CAPÍTULO 2

—Hola, papá —Megan sonrió al abrirle la puerta a su padre, el sheriff Troy Davis, y le dio un beso en la mejilla.

—Hola, cielo. ¿Cómo estás? —le dijo él, antes de seguirla hacia la cocina.

Intentó que la pregunta no reflejara la ansiedad que sentía, pero le resultó difícil. A Megan le habían hecho unas pruebas recientemente para comprobar si padecía esclerosis múltiple, la enfermedad que había acabado meses antes con la vida de su madre. Formaban una familia pequeña y muy unida, y le aterraba la mera idea de que su única hija tuviera aquella enfermedad. Megan había sufrido un aborto varios meses atrás, y aquella pérdida, sumada a la muerte de su madre, la había destrozado; y por si fuera poco, se presentaba aquella amenaza constante.

—Déjalo ya, papá —le dijo ella, antes de bajar al mínimo el fogón de la cocina.

Algo olía muy bien... sintió que se le hacía la boca agua ante el aroma de la comida casera. No se había planteado lo que iba a prepararse para cenar, pero lo más seguro era que acabara abriendo una lata de chile... suponiendo que le quedara alguna en casa, claro.

—En las pruebas no ha salido nada concluyente, así que no hay de qué preocuparse —añadió ella.

«Aún», se dijo él para sus adentros. A pesar de que no quería agobiarla con preocupaciones innecesarias y miedos irracionales, necesitaba saber que Megan estaba preparada para enfrentarse a la posibilidad de padecer esclerosis múltiple, que podía lidiar con todo lo que conllevaba la enfermedad. En el mundo médico había divergencias de opinión en cuanto a si era o no una enfermedad hereditaria; al parecer, había indicios en ambos sentidos.

Por si fuera poco, solía ser difícil obtener un diagnóstico seguro al cien por cien; en el caso de Megan, los resultados de las pruebas no habían sido concluyentes, y aunque en cierto modo había sido como un pequeño respiro, daba la impresión de que seguían esperando algo que parecía inevitable.

Se dijo a sí mismo que no había que llamar al mal tiempo, pero la expresión le provocó cierta aprensión, ya que era algo que Sandy solía decir. Por suerte, su hija había acertado a la hora de elegir marido, ya que Craig era un tipo tranquilo y afable que la amaba de corazón. Era un marido tan abnegado como lo había sido él con Sandy.

—He venido a preguntarte qué quieres que traiga para la cena de Acción de Gracias —era una buena excusa para ir a verla y comprobar cómo estaba sin que se notara demasiado, aunque seguro que tanto Craig como ella eran conscientes de la verdadera razón de su visita.

—Hola, Troy —le dijo su yerno, al entrar en la cocina con el *Cedar Cove Chronicle* en la mano—. Cuesta creer que esta semana se celebre Acción de Gracias, ¿verdad? Mira esto... hay más anuncios que noticias.

Megan soltó una carcajada, y les indicó con un gesto que salieran de la cocina.

—¡Dejad de quejaros! A este paso, acabaréis refunfuñando por lo mercantil que es la Navidad.

—¡No me hables de la Navidad! —dijo Graig con fingido tono lastimero, antes de guiñarle el ojo a Troy.

Al igual que a su madre, a Megan le encantaba todo lo relativo a la Navidad. Empezaba a poner los adornos navideños poco después de Acción de Gracias, y a Craig y a Troy les tocaba colocar las luces alrededor de la casa y poner el reno luminoso en el jardín delantero.

—Quédate a cenar, papá. He preparado albóndigas y ensalada.

Troy se sintió tentado. La ensalada le resultaba indiferente, pero aquellas albóndigas de carne rellenas de arroz y servidas sobre una base de puré de patatas habían sido una de las comidas preferidas de la familia desde que Megan era pequeña.

—Gracias, cariño, pero tengo que irme —a pesar del tentador aroma de la comida, no quería importunar a su hija y a su yerno—. Como ya te he dicho, sólo he venido a preguntarte lo que quieres que traiga en Acción de Gracias.

Su hija permaneció en silencio durante unos segundos, como si estuviera repasando mentalmente el menú, y al final comentó:

—Me parece que lo tengo todo controlado. Comeremos pavo, por supuesto, y prepararé el relleno de arroz y salchichas que solía hacer mamá. También haré un par de ensaladas, y aquellas patatas con albaricoques secos que preparé el año pasado y tuvieron tanto éxito.

«El año pasado».

Doce escasos meses atrás, Sandy estaba viva y había pasado con ellos Acción de Gracias. Parecía imposible que ya no estuviera allí. La habían llevado a casa desde la residencia, habían colocado su silla de ruedas junto a la mesa, y la habían ayudado a comer.

Habían cambiado tantas cosas en un año... Sandy había muerto, y poco después, él se había reencontrado con Faith Beckwith.

Sintió que lo embargaba una profunda tristeza al pensar en la que había sido su novia en el instituto. A principios de verano habían empezado a salir juntos de nuevo, y la situación había parecido de lo más prometedora hasta que Megan había sufrido el aborto.

Cuando su hija se había enterado de que estaba saliendo

con alguien, se había quedado horrorizada... no, más que horrorizada: se había mostrado herida, enfadada. No conocía de nada a Faith, ni siquiera sabía cómo se llamaba, pero estaba en un estado emocional tan volátil, que había sido incapaz de tolerar la idea de que su padre mantuviera una relación con otra mujer.

Él adoraba a su hija, y no podía arriesgarse a perderla. Estaba con Faith la noche en que Megan había abortado, incluso había apagado el móvil para evitar que alguna llamada pudiera interferir con la velada. Era algo que jamás podría perdonarse a sí mismo.

Cuando había surgido la posibilidad de que Megan tuviera esclerosis múltiple, había tomado la dolorosa decisión de cortar con Faith. La echaba de menos, añoraba las largas conversaciones telefónicas y estar junto a ella, pero no tenía otra opción. Por mucho que le doliera aceptarlo, Faith ya no formaba parte de su vida.

Era irónico, porque su hija le había insinuado en una conversación reciente que ya era hora de que siguiera adelante con su vida. Le habría gustado creer que era sincera, pero no se atrevía a darle demasiado crédito a sus palabras. Sí, Megan había madurado y se había hecho a la idea de que quizá padecía esclerosis múltiple, pero a juzgar por cómo había reaccionado al enterarse de que él estaba saliendo con alguien, era obvio que no estaba preparada para verle iniciar una nueva relación. Para ella, el hecho de que estuviera con una mujer era como una traición a la memoria de su madre, así que, a pesar de que había acabado diciendo lo que él quería escuchar, estaba decidido, muy a su pesar, a no iniciar ninguna relación.

Al margen de si Megan aprobaba la idea o no, no era la única que había mencionado que debería empezar a salir más. Un agente amigo suyo se había ofrecido a prepararle una cita con su suegra, una tal Sally, pero no le interesaba tener una cita a ciegas. Faith era la única mujer con la que quería salir, y había echado por la borda cualquier posibilidad de tener una relación con ella.

—El año pasado, mamá estaba aquí —comentó Megan en voz baja. Era obvio que el hecho de que su madre hubiera estado con ellos en Acción de Gracias el año anterior acababa de golpearla de lleno—. Le encantaban las fiestas familiares, ¿verdad?

Él se limitó a asentir. A pesar de sus limitaciones físicas, Sandy adoraba las tradiciones familiares y se había esforzado por formar parte de ellas. Se sentía reconfortado al ver que su hija estaba siguiendo la estela de su madre.

—También prepararás puré de patatas y salsa, ¿verdad? —le dijo, para intentar distraerla y que dejara de pensar en Sandy.

—¡Pues claro!

—¿Qué habrá de postre?

—Un pastel de calabaza, y otro de nuez. Ah, y tengo una pequeña sorpresa para la cena.

—¿Qué es?

—Uno de los botes de pepinillos que mamá y yo preparamos hace dos veranos. Lo tenía reservado para una ocasión especial —era obvio que estaba muy ilusionada.

Sandy no había podido colaborar con la elaboración en sí, pero Megan había ido a buscarla a la residencia y las dos habían pasado el día en casa, preparando pepinillos en conserva. Sandy se había encargado de darle consejo e instrucciones a su hija, y las dos habían disfrutado de lo lindo; de hecho, aquella tarde había sido una de las mejores en todo el año para su mujer, ya que para ella había sido fantástico pasar unas horas con Megan y estar de vuelta en su propio hogar, aunque fuera de forma breve.

—Tu madre seguirá con nosotros con o sin esos pepinillos, Megan.

—Ya lo sé, pero es que...

Como no quería verla llorar, se apresuró a preguntarle:

—¿Quieres que el jueves traiga el pan y una botella de vino?

Ella luchó por recuperar la compostura; al cabo de unos segundos, sonrió y dijo:

—Vale, perfecto.

Troy se marchó al cabo de unos minutos. Tenía toda la velada por delante, larga y vacía. Aún llevaba puesto el uniforme, pero en vez de irse a casa, optó por ir a un supermercado. Necesitaba comprar varias cosas, y decidió aprovechar para comprar la botella de vino que le había prometido a Megan.

Después de hacerse con un carro, se dirigió a la zona de la fruta y la verdura, que era el punto de inicio que solía elegir Sandy cuando iba a comprar. Ni siquiera estaba seguro de por qué se molestaba en comprar productos frescos desde que vivía solo, ya que al final siempre acababan podridos en la nevera. Estaba eligiendo unos cuantos plátanos cuando vio a Faith.

Se detuvo en seco, y se quedó mirándola. Habían pasado dos semanas desde la última vez que había hablado con ella, y había sido una de las conversaciones más incómodas que había tenido en toda su vida. Ella se había mostrado alegre y vivaz al descolgar el teléfono y ver que era él, le había dicho que había vendido su casa de Seattle, y antes de que él pudiera hacer algún comentario al respecto, había añadido que iba a mudarse a Cedar Cove. Lo había dicho tan entusiasmada e ilusionada, esperando que él reaccionara con la misma alegría... y entonces él le había dicho que no podía volver a verla.

No podía quitarse de la cabeza el dolor que le había causado a Faith, era algo que le atormentaba y le impedía dormir bien. Recordaba la calma con la que ella le había escuchado mientras le explicaba a trompicones lo de Megan. Faith no había levantado la voz ni había discutido con él, y había acabado deseándole lo mejor.

Ella alzó la mirada en ese momento, y al verlo a poco más de medio metro de distancia, reaccionó tal y como lo había hecho él... se quedó inmóvil mientras los ojos de ambos se encontraban por encima del montón de plátanos.

Siempre había sido bueno a la hora de leer el rostro de la gente. Ella se quedó impactada en un primer momento y después pareció sentir una profunda tristeza, pero las dos emociones se desvanecieron de su rostro cuando respiró hondo y se obligó a recuperar la compostura.

—Hola, Troy —le dijo con calma.

—Hola, Faith —inclinó ligeramente la cabeza, y se preguntó si ella había notado el ligero tono de pesar que se había reflejado en su voz al saludarla.

Se sorprendió un poco al ver que ella llevaba en su carro productos básicos como harina, azúcar, leche, fruta y verdura, ya que eso indicaba que ya estaba viviendo en Cedar Cove. Sabía que había vendido su casa, pero había dado por hecho que tardaría meses en volver a verla... meses en los que podría prepararse para asimilar la idea de tenerla en su ciudad. No estaba ni mental ni emocionalmente preparado para tenerla frente a frente tan pronto tras la ruptura.

—¿Ya te has marchado de Seattle?

—Te dije que había vendido la casa, Troy.

—Sí, pero... —tenía la lengua trabada. Tuvo ganas de discutir, de decirle que aquello era injusto, pero sabía que no era quién para hablar de injusticias; al fin y al cabo, la había tratado fatal.

Al parecer, ella decidió explicarse al verle reaccionar así, porque dijo:

—Una de las estipulaciones fue que el contrato de venta se cerrara antes de finales de noviembre, preferiblemente antes de Acción de Gracias.

—¿Estás viviendo ya en Cedar Cove?

—Eh... sí —parecía tan incómoda como él—. No esperaba coincidir contigo tan pronto... de hecho, es mi primer día aquí. Esperaba que... —dejó la frase inacabada.

Troy supo a qué se refería sin necesidad de palabras, porque él también había esperado no verla en mucho tiempo. Sabía cuánto le costaría ocultar el dolor de perderla, la profunda decepción que sentía... sobre todo teniendo en cuenta que él mismo se lo había buscado.

Faith había sido su novia en el instituto. Él se había alistado en el ejército poco después de la graduación para evitar que lo enviaran a Vietnam, y pensaba proponerle matrimonio al completar el entrenamiento básico; sin embargo, la madre de Faith se había inmiscuido sin que ellos lo supieran, ya que había interceptado las cartas que él le enviaba a Faith. La señora Carroll había decidido que eran demasiado jóvenes para mantener una relación seria.

Él había seguido con su vida, y a finales del verano había conocido a Sandy; por su parte, Faith se había ido a la universidad, y allí había conocido al que sería su futuro esposo. Habían recuperado el contacto casi cuarenta años después, pero las circunstancias habían vuelto a separarlos. En esa segunda ocasión la que se había interpuesto entre ellos no había sido la madre de Faith, sino Megan.

—Me encontré con Grace Sherman —comentó ella con voz queda, antes de apartar la mirada.

—Ahora se apellida Harding.

—Sí, ha vuelto a casarse. Me presentó a Cliff, y los dos me han ayudado mucho. Aún no he tenido tiempo de buscar una casa adecuada que esté en venta, y no quería tomar una decisión apresurada de la que pudiera arrepentirme después.

—Claro —se preguntó si ella acababa de aludir de forma solapada a su relación con él.

—La semana pasada fui a ver a mi hijo, y me comentó que había visto en la sección inmobiliaria del periódico una casa en alquiler en Rosewood Lane —lo dijo de carrerilla, y tuvo que tomar aire antes de poder continuar—. Me encontré a Grace en el cine un par de días después. Yo estaba a punto de entrar con mis nietos justo cuando Olivia y ella salían de la sala. Les comenté que iba a venirme a vivir a Cedar Cove, y Grace me dijo que tenía una casa en alquiler que había quedado vacía recientemente; al final, resultó que era la casa de la que me había hablado Scottie.

Troy sonrió a pesar de lo incómoda que era la situación. Al ver que ella fruncía el ceño, como extrañada al verle sonreír, se vio obligado a explicarle su reacción.

—Grace tuvo problemas con la pareja a la que le alquiló la casa. Eran unos impresentables que no tenían ningún cuidado con la casa, y daba la impresión de que tardaría meses en poder echarlos de allí por el cauce legal.

—No lo sabía, ¿qué pasó?

—Cliff y Jack Griffin, el marido de Olivia, optaron por un método bastante... inventivo para convencerlos de que se marcharan aquella misma noche.

—Supongo que por eso todas las paredes están recién pintadas —tensó las manos en el carro, como si estuviera preparándose para marcharse.

A pesar de lo incómodo que se sentía, no quería que se fuera. No había sido capaz de admitir ante sí mismo lo mucho que la había echado de menos, y encontrársela de forma tan inesperada era una mezcla de agonía y felicidad... como tener los dedos congelados y calentarlos ante el fuego.

—¿Estás comprando para Acción de Gracias? —le preguntó, al ver que llevaba boniatos y una bolsa de arándanos en el carro.

Ella añadió unos cuantos plátanos a su compra antes de contestar.

—No, he venido a por varias cosas para llenar la nevera y los armarios de la cocina. Mi hija y mi nuera están en la casa, desempacando mis cosas. Les he dicho que volvería enseguida.

Troy se dio cuenta de que debía dejarla marchar, así que asintió sin decir palabra.

—Me alegro de verte, Troy —era obvio que sólo estaba siendo amable. Empezó a alejarse con el carro, pero tras dar varios pasos, vaciló y le dijo—: No quiero que te preocupes.

—¿Qué quieres decir? —a lo mejor se refería a Megan. Él había evitado sacar el tema, y había sido un alivio que ella no le preguntara al respecto.

—No pienso intentar encontrarme contigo cada dos por tres, y seguro que tú sientes lo mismo.

—Ha sido una coincidencia que nos encontráramos aquí

—era la pura verdad, no tenía ni idea de que iba a encontrársela en la tienda.

—Ya lo sé, pero haré las compras cuando tú estés trabajando, y dudo mucho que frecuentemos los mismos lugares —echó los hombros hacia atrás, como dando a entender que era su última palabra al respecto.

Él consiguió esbozar una pequeña sonrisa, y le dijo:

—Me alegro de haberte visto, Faith.

—Lo mismo digo, Troy —sin más, se alejó con paso firme.

Troy la siguió con la mirada, y tuvo que contener las ganas de ir tras ella. Tuvo que obligarse a seguir en la dirección opuesta, y se apresuró a meter en el carro todo lo que necesitaba... plátanos, servilletas de papel, latas de sopa y de chile, pan, la botella de vino para el jueves... cuando fue a pagar, dio la casualidad de que Faith estaba esperando a que le tocara en la caja de al lado. No pudo evitar mirarla con disimulo, pero al ver que ella estaba mirándolo a su vez, no pudo seguir soportándolo. Se acercó a ella, y le dijo:

—Faith, creo que tendríamos que hablar —al ver que ella se sobresaltaba pero permanecía en silencio, añadió—: ¿Qué te parece si vamos a tomar un café? Si ahora no te va bien, podríamos ir mañana. Si prefieres esperar hasta después de Acción de Gracias, me parece bien —no había pensado en lo que iba a decirle, pero ya se le ocurriría algo. Al menos estaría sentado cerca de ella, y podría mirarla.

—Gracias, pero no creo que sea una buena idea —era obvio que ella no compartía su entusiasmo.

No tuvo más remedio que admitir que ella tenía razón; de hecho, la idea era una idiotez. Estaba pidiéndole que quedara con él a escondidas, seguro que se sentía indignada. Por mucho que deseara estar con ella, no quería que Megan se enterase... era un egoísta.

La propuesta no parecía demasiado honorable, pero si quería verla, no tenía otra opción. La amaba y estaba convencido de que Faith sentía lo mismo por él, pero era obvio que ella no iba a dejarle formar parte de su vida por tercera vez después de que él le rompiera el corazón en dos ocasiones. Era comprensible.

—Espero que pases unas felices fiestas, Faith.

—Lo mismo te digo —le dijo ella, con voz queda.

Después de pasar por caja, Troy llevó las bolsas al coche. Puede que antes tuviera alguna duda, pero acababa de quedarle muy claro: había perdido toda posibilidad de estar con Faith.

CAPÍTULO 3

Tannith Bliss no quería ir a la fiesta de Acción de Gracias que se celebraba el miércoles por la noche en el instituto. No aguantaba el colegio, pero había accedido a ir para que su madre dejara de darle la lata. Cualquier cosa era mejor que quedarse en casa y fingir que tenían una vida normal.

Nada volvería a ser normal. No soportaba que su madre se comportara a veces como si su padre no hubiera muerto, como si estuviera a punto de entrar por la puerta. Le resultaba incomprensible que su madre estuviera esforzándose tanto por preparar aquella estúpida cena de Acción de Gracias, era una tontería molestarse en preparar el pavo y toda la parafernalia si sólo iban a estar ellos tres.

Y aquello no era más que el principio. Pronto llegaría Navidad, y eso era otro desastre inminente. Iban a ser las primeras fiestas navideñas sin su padre.

Llegó bastante tarde, así que el aparcamiento del instituto ya estaba lleno. Ni siquiera sabía por qué se molestaba en buscar una plaza libre, estaba claro que era una ilusa. Cuando encontró una en la calle, se sintió más que afortunada. Al salir del coche, metió las manos en los bolsillos de su abrigo negro y echó a andar por la cuesta que llevaba al campo de rugby. Se encorvó un poco para protegerse del viento, que era frío y cortante. Cuando fue acercándose a la valla y alcanzó a oír las risas y los gritos, se dio cuenta de que aquello iba a ser incluso peor de lo que había imaginado.

—¡Hola, Tanni! —le gritó Kara Nobles al verla llegar.

Ella se hizo la sorda, porque Kara era una de esas chicas alegres y animadas que la ponían de los nervios. Mantuvo la cabeza gacha mientras se abría paso entre la gente y fue al otro extremo del campo, ya que quería estar lo más alejada posible de cualquiera que pudiera reconocerla. Se sintió satisfecha al ver que nadie más intentaba hablar con ella.

Tenía cerca a un grupo de góticos. No era uno de ellos, vestía de negro casi siempre porque era un color que le gustaba y que además se ajustaba a su estado de ánimo y a su temperamento; al fin y al cabo, estaba de luto, y a diferencia de su madre, no fingía lo contrario. Su padre estaba muerto, no iba a regresar a casa al volver de un viaje como antes, no iba a abrazarlos, no iba a sorprenderla con algún pequeño regalo. Al contrario que el resto de la familia, ella no quería olvidarle.

Permaneció apartada de todos, y contempló fascinada la hoguera. Las llamas crepitaban y se alzaban hacia el cielo nocturno como lenguas anaranjadas y amarillentas.

Al darse cuenta de que uno de los chicos góticos se le acercaba, procuró no mirarle porque no quería dar pie a una conversación, pero no pudo evitar lanzarle una mirada de reojo. No lo reconoció, pero eso no quería decir gran cosa; al fin y al cabo, siempre procuraba mantenerse en un segundo plano. Ni quería ni necesitaba llamarle la atención a alguien. Le gustaría encontrar la forma de poder dejar el instituto, porque lo único que quería era estar sola, que la dejaran en paz.

El chico no dijo nada. Le habría dicho que se largara si hubiera intentado dirigirle la palabra, pero él se limitó a quedarse cerca y en silencio; cuando lo fulminó con la mirada, él ni se inmutó.

—¡Ven a ver esto, Shaw! —le gritó otro de los góticos.

¿Era Shaw Wilson?, había oído hablar mucho de él. Había

dejado el instituto, y se rumoreaba que no había llegado a graduarse. Se le veía por la ciudad, y tenía una camioneta azul que parecía molarle a todo el mundo. No sabía gran cosa sobre él, pero lo poco que sabía, le gustaba.

Dos años atrás, cuando ella estaba en el primer año de instituto, habían acusado a Anson Butler de incendiar el restaurante Lighthouse. Había sido el principal tema de conversación en el instituto durante meses, y todo el mundo se había posicionado en un sentido u otro.

Shaw era el mejor amigo de Anson y lo había defendido a capa y espada, al igual que Allison Cox, la novia de Anson; posteriormente, cuando se había descubierto que Anson era inocente y que el responsable del incendio era un constructor corrupto, todos se apresuraron a decir que habían creído a Anson desde el principio... sí, claro. Los que antes le criticaban y le condenaban pasaron a alardear de ser sus mejores amigos.

Además de Allison, Shaw era la única persona que había respaldado a Anson desde el principio. Había sido su único amigo de verdad, aunque nadie parecía acordarse. Pero ella valoraba esa lealtad, y esperaba que Anson supiera valorar todo lo que Shaw había aguantado por él.

Lo miró cara a cara, y le preguntó:

—¿Eres Shaw?

—Sí. Y tú eres Tanni, ¿verdad? Tanni Bliss.

Ella asintió, y dio un paso hacia él con disimulo.

—Te conozco de vista —le dijo él. También tenía las manos metidas en los bolsillos del abrigo.

Lo de «Te conozco de vista» era otra forma de decir que se había fijado en ella, y a pesar de todo, no pudo evitar sentirse complacida. Si alguien tenía que fijarse en ella, quería que fuera alguien como él.

—¿Por qué no estás con tus amigos? —le preguntó él.

Tanni prefirió encogerse de hombros antes que admitir que no tenía amigos. Bueno, tenía una especie de amistad con varias personas... Kara, por ejemplo... pero no tenía ningún amigo de verdad. Sus antiguos colegas habían ido distanciándose de ella después de que su padre muriera en un accidente de moto... aunque la verdad era que había sido ella la que los había echado de su vida, porque todos parecían pensar que el luto debía durar un periodo de tiempo concreto, y que después tenía que volver a la normalidad. No había pasado ni un año, pero, al parecer, estaba tardando en recuperarse más tiempo del que ellos creían necesario.

Uno de sus supuestos amigos le había dicho que lo que tenía que hacer era superarlo, pero ella no quería superar la pérdida de su padre. Lo que quería era aferrarse a cada uno de sus valiosos recuerdos, recordar todos los detalles que pudiera.

—Vi tu dibujo a lápiz, eres buena —le dijo Shaw.
—Gracias.

La señora White, la profesora de arte, había alabado el dibujo que había hecho del cementerio, y lo había incluido en un concurso local sin que ella lo supiera. Le habían dado el primer premio en la feria municipal de arte, pero le había dado igual; por un lado, se sentía incómoda siendo el centro de atención, y por el otro, le preocupaba que alguno de los amigos de su madre, que era artista textil y vendía sus obras en la galería de arte de la ciudad, hubiera sido uno de los jueces y le hubiera dado el premio por pena. Lo que necesitaba no era pena, sino a su padre.

Además, prefería evitar que la identificaran con su madre. Nunca se habían llevado demasiado bien, y las cosas estaban peor que nunca. No quería que compararan su arte con el de la gran Shirley Bliss.

—Yo también dibujo —le dijo él. Debió de arrepentirse de sus palabras, porque añadió—: Aunque no lo hago ni la mitad de bien que tú.

Tanni no dijo nada. Dibujar siempre había sido algo innato en ella. A algunos se les daba bien el álgebra, y otros tenían que esforzarse al máximo para entenderla; en su caso, la pintura era lo que mejor se le daba... y también su vía de escape.

Podía sentarse en clase, la clase que fuera, y fingir que estaba tomando apuntes cuando en realidad estaba dibujando. Garabateaba figuras geométricas y circulares, pequeños retratos de la gente que la rodeaba, y también árboles, flores, caballos, y perros. Había llenado libreta tras libreta con aquellos dibujos, pero nadie los había visto, ni siquiera su madre. No, no quería que su madre los viera. Quizá se los habría enseñado a su padre si estuviera vivo, pero a nadie más. Poco después de que él muriera, había destruido varias libretas en un arranque de angustia y rabia.

—¡Eh, Shaw! ¿vienes ya, o qué?

Él miró por el hombro antes de volverse hacia ella de nuevo.

—Hasta la vista, Tanni.

—Adiós —de repente, se dio cuenta de que no quería que se fuera, y se apresuró a preguntarle—: ¿Cómo le va a Anson?

Él vaciló por un instante antes de responder.

—Muy bien.

—Tengo entendido que está trabajando en la sección de Inteligencia del ejército.

—Sí.

—Impresionante. ¿Y cómo está Allison?

—Bien, esta semana estará por aquí. Sabes que está en la Universidad de Washington, ¿verdad? En Seattle.

—Sí —Nick, su propio hermano, también iba a tener fiesta en la universidad, y su madre estaba como loca preparándolo todo para su regreso a casa.

La verdad era que a ella también le hacía ilusión verle. Estudiaba en Pullman, en la Universidad Estatal de Washington; en teoría, iba a llegar aquella misma tarde, así que seguro que cuando ella regresara a casa él ya estaría allí.

No esperaba echarle tanto de menos. Antes solían discutir constantemente, pero desde lo del accidente se había instaurado una frágil tregua mientras lidiaban con el golpe que les había dado la vida. Nick era la única persona con la que hablaba de su padre, la única que sentía lo mismo que ella.

Shaw dio un paso hacia ella, y le dijo vacilante:

—Eh... había pensado que, en fin, si quieres... que podría enseñarte algunos de mis dibujos.

—Sí, vale.

—Genial.

—¿Cuándo?

—¿Tienes planes para después de la fiesta?

—No.

—Podríamos vernos en el Mocha Mama's dentro de una hora.

Tanni le echó una ojeada al reloj. El Mocha Mama's era una cafetería nueva en la ciudad, pero sabía dónde estaba a pesar de que nunca había entrado.

—Vale.

Shaw sonrió, y ella le devolvió el gesto. A pesar del aire frío, la recorrió una oleada de calidez que no tenía nada que ver con la hoguera.

Sus amigos y él se fueron poco después, y ella se quedó contemplando la hoguera durante unos veinte minutos más. Estaba de mejor humor después de hablar con Shaw, así que se acercó al grupito de Kara, aunque la verdad era que no sabía por qué se juntaba con ella. Kara y sus amigas eran las típicas chicas que acababan siendo animadoras, aunque dudaba que alguna de ellas consiguiera entrar en alguno de los equipos, porque ninguna formaba parte de los grupitos de gente realmente popular. Eso era algo que tenía en común con ellas.

Al cabo de media hora aparcó delante del Mocha Mama's, que estaba en Harbor Street, y al entrar miró a su alrededor con interés. La decoración era la típica de una cafetería, predominaban la madera oscura y las lámparas de estilo retro. Había poca gente... una pareja que charlaba muy juntita, y dos señores mayores. Shaw estaba tomando un café en una de las seis mesas que había junto a las ventanas. Tenía el pelo teñido de negro, pero se le veían las raíces rubias. Solía llevarlo de punta, pero ya no; antes, cuando iba al instituto, alguna que otra vez se había maquillado con tonos oscuros, pero había dejado de hacerlo.

Él se levantó al verla acercarse, y le preguntó:

—¿Quieres tomar algo?

Sí, sí que quería... si él invitaba, claro.

—Café.

Shaw fue a pedirlo a la barra, y cuando regresó con una humeante taza, comentó:

—Invita la casa.

—Gracias... ¿es que trabajas aquí?

—Sí. Si alguna vez te apetece un frapacchino o lo que sea, sólo tienes que decírmelo.

—¿Desde cuándo trabajas aquí? —Shaw no tenía pinta de camarero. Le había servido el café solo, tal y como él estaba tomándoselo, pero decidió no echarle ni leche ni azúcar.

—Desde que abrieron. La cafetería es de mis tíos, y yo soy el encargado.

—Ah.

Él sacó un cuaderno de la mochila que tenía en el suelo, apoyada en la pared, y le dijo:

—En comparación con los tuyos, mis trabajos son muy chapuceros.

A Tanni no le gustaba que le dijeran cosas así, que la gente infravalorara su propio talento porque ella era tan supuestamente buena. Tomó un poco de café mientras iba pasando las páginas del cuaderno, y el primer sorbo la ayudó a entrar en calor. Shaw tenía talento, aunque los primeros esbozos al carbón eran bastante oscuros y raros... edificios que se habían desplomado, paisajes asolados, un campo de batalla...

Al pasar una página, encontró de repente un radiante campo de tulipanes amarillos con un brillante cielo azul de trasfondo. Era un dibujo al pastel, así que fue con cuidado para no mancharlo con los dedos. Le sorprendió aquel cambio temático tan abrupto.

—Estuve en el valle Skagit —le dijo él.

Se dio cuenta de que la miraba con expresión intensa, como si estuviera esperando algún comentario.

—¿Qué te parecen? —insistió él.

—¿Qué te parecen a ti?

—¿A mí?

—Es tu trabajo, Shaw. ¿Te gusta, o no? —al ver que él permanecía en silencio, como si no supiera cómo responder, le mostró el dibujo y añadió—: ¿Qué sentiste mientras trabajabas en éste, el que hiciste después de ver el valle Skagit?

—Paz —admitió, al cabo de unos segundos.

—¿Y cuando estabas con éste? —le enseñó la hoja anterior, donde había un dibujo al carbón que mostraba la devastación tras un terremoto.

—No lo sé.

—Claro que lo sabes, no lo habrías pintado si no hubieras sentido nada —no estaba dispuesta a permitir que eludiera la cuestión.

—Rabia, lo que sentí fue rabia —admitió, con emoción apenas contenida—. Mi madre me dijo que no quería que siguiera pintando esa clase de cosas en casa, y me cabreé. No me gusta que me censuren, que me digan lo que puedo pensar y sentir.

—Puedo sentirla.

—¿El qué?

Tanni alzó la cabeza, y lo miró a los ojos antes de decir:

—Tu rabia —al verle fruncir el ceño, añadió—: Eso es lo que distingue de verdad a un artista. Si puedo sentir lo que sentiste tú al dibujar esto, es que es bueno. No dejes que nadie te diga lo contrario, Shaw. Tienes que creer en ti mismo, porque si tú no lo haces, nadie más lo hará.

Para ella, era así de sencillo. Había hablado de arte muchas veces con su padre, a pesar de que no era un artista, y él le había dicho que la técnica y la habilidad eran importantes, pero que en definitiva eran herramientas para lograr una finalidad: expresar emoción. Podía ser la reacción a algo externo al artista, pero tenía que expresar lo que el artista había sentido ante la escena, la persona o la situación en concreto.

Shaw volvió a la hoja con el campo de tulipanes, y le preguntó expectante:
—¿Has sentido también la paz?
Ella contempló el dibujo durante un largo momento, y acabó contestando con sinceridad.
—No, la verdad es que no.
Estaba claro que no era la respuesta que él esperaba; por unos segundos, dio la impresión de que estaba a punto de guardar el cuaderno en la mochila a toda prisa, pero al final le preguntó:
—¿Por qué no?
—En el fondo, cuando pintaste esto, no sentías nada.
—¡Eso no es verdad!
—Estabas tan centrado en los colores y en las sombras, que no reconociste lo que te hacía sentir lo que estabas viendo.
—No sabía que tenía que ponerme en plan sensiblero para ser artista.
—El arte es sentimiento... al menos, para mí.
En el último año, había volcado en sus obras lo que había sentido al perder a su padre. Los esbozos que hacía en clase reflejaban lo que sentía y pensaba; al fin y al cabo, ése era el quid de la cuestión, ¿no? Tal y como su padre solía decir, una gran obra de arte hacía sentir. Lo que la fastidiaba era que él usara las colchas y los collages de su madre como ejemplo, pero entendía lo que quería decir.
Poco después del funeral, su madre se había parapetado en su estudio durante días. Ella no la había visto durante todo aquel tiempo, aunque había dado por hecho que dormía y comía de vez en cuando; al final, resultó que durante aquellos días había creado un impresionante dragón en tela expulsando fuego. Era una obra de arte impresionante, y no había duda de que el dragón en sí representaba la muerte. Tras aquel frenesí creativo, su madre se había quedado mejor... había recuperado en parte la normalidad, parecía menos descentrada. El dragón aún estaba colgado en el estudio, y eran pocos los que lo habían visto. Seguro que a los dueños de la

galería de arte de la ciudad les encantaría tenerlo expuesto, pero su madre aún no estaba preparada para eso.

—Así que tu arte es tan bueno por la emoción que le pones, ¿verdad?

—Supongo que sí.

—¿Haces retratos de gente?

—A veces.

—Es muy difícil.

—¿Es lo que te gustaría hacer?

Shaw se reclinó en la silla, y admitió:

—Eso creo.

—¿Lo crees?, ¿no estás seguro?

—Vale, sí, quiero hacer retratos —a juzgar por su tono, daba la impresión de que estaba haciendo una gran confesión.

—No me has enseñado ninguno.

—No, he...

—¿Por qué no? —a pesar de la pregunta, sabía de antemano la respuesta. Shaw tenía miedo de que ella criticara sus retratos, y de que eso le arrebatara el entusiasmo que sentía por ellos—. Enséñame uno.

—No he traído ninguno.

—Si no lo hubieras traído, no habrías sacado el tema.

Él parpadeó, como si le costara creer que le hubiera pillado con tanta facilidad.

—Venga, enséñame alguno —estaba decidida a no aceptar un no por respuesta.

Él fijó la mirada en la mesa, y le dijo:

—Es muy malo. Lo hice a toda prisa, y...

—Me da igual, quiero verlo. Me pediste que viera tus obras... para eso estoy aquí, ¿no? —al ver que colocaba la mano encima de la mochila en actitud protectora, le preguntó—: ¿Sentiste algo mientras tenías el lápiz en la mano?

Vio que en sus ojos relampagueaba algo que podría ser una sonrisa.

—Sí, sí que lo sentí.

—Genial —esperó en silencio, pero al ver que él permanecía

inmóvil, añadió–: Bueno, ¿vas a enseñármelo? ¿Sí, o no? –empezaba a impacientarse un poco, y estaba dispuesta a largarse de allí si él no le enseñaba sus obras de verdad.

Shaw sacó un segundo cuaderno de la mochila. Lo hizo poco a poco, con renuencia, y vaciló antes de pasárselo por encima de la mesa.

Ella lo abrió, y contuvo el aliento al ver el dibujo.

–Soy yo.

–Sí, ya lo sé –le dijo él, con voz queda.

–Esta noche, cuando estaba cerca de la hoguera.

–Sí.

Shaw había capturado en unas cuantas líneas su actitud desafiante y su aislamiento, su rabia y su dolor. El viento agitaba su pelo largo y liso, que le ocultaba en parte la boca y la barbilla. Su postura era combativa, revelaba una especie de lucha muda. En aquellas líneas simples y sobrias Shaw la había dejado al descubierto, había dibujado su esencia, la persona que Tanni Bliss era en ese momento.

Sintió que la garganta se le constreñía por las lágrimas.

–Es horrible, ¿verdad? –le dijo él.

Fue incapaz de contestarle.

–Ya te he dicho que no soy bueno.

–Te equivocas –lo dijo en voz baja, ya que tenía un nudo enorme obstruyéndole la garganta–. Es uno de los mejores retratos que he visto en mi vida.

Él la contempló con expresión intensa antes de preguntar:

–Lo dices en serio, ¿verdad?

–Yo nunca he hecho uno tan bueno; además, nunca te diría que algo está bien si no fuera verdad –le dijo, mientras iba recuperando la compostura.

–¿Te apetece que quedemos otro día? –a juzgar por su expresión, era obvio que lo que ella le había dicho le había complacido.

–Sí.

–¿Cuándo?

—Cuando quieras.
—¿Mañana? No, espera... es Acción de Gracias, seguro que tienes planes con tu familia.
—¿A qué hora? —le daba igual el día que fuera, lo que quería era estar con él.
—¿Puedes escaquearte? —al verla asentir, añadió—: ¿Te va bien a las cinco?
—Vale, nos vemos aquí a las cinco.
Cuando él le tomó la mano, la aferró con fuerza y entrelazó los dedos con los suyos, Tanni se dijo que quizás había encontrado un amigo por fin.

CAPÍTULO 4

Emily Flemming entró en la cocina procurando no hacer ruido el día de Acción de Gracias por la mañana. Su marido y los niños aún estaban durmiendo, y no quería despertarlos. Como cada año, sus padres habían llegado desde Spokane para pasar aquellas fiestas con ellos; de hecho, mientras preparaba la cafetera se sintió reconfortada por los ronquidos de su padre, que llegaban desde el dormitorio de invitados.

La casa no tardaría en convertirse en un hervidero de actividad. Su padre y Dave se pondrían a ver el desfile de Acción de Gracias por la tele, los niños jugarían por toda la casa, y su madre y ella estarían atareadas en la cocina preparando el pavo de diez kilos que habían comprado. Aquellos iban a ser los únicos momentos de paz y tranquilidad que iba a tener en todo el día, y los necesitaba si quería sacar adelante la jornada sin que su madre sospechara que le pasaba algo.

Siempre habían estado muy unidas, y sabía que no iba a resultarle nada fácil engañar a Barbara Lewis. Se sentó en una de las sillas, y respiró hondo varias veces para intentar calmarse y controlar sus emociones. Tenía su Biblia delante, sobre la mesa. Había adquirido la costumbre de leer algunos salmos cada día, ya que en ellos encontraba algo de consuelo.

Se levantó al oír que la cafetera daba un último silbido. Justo cuando estaba sacando una taza de uno de los armarios, su madre entró en la cocina atándose la bata, y tras cubrir un sonoro bostezo, comentó:

—Ya me parecía a mí que te había oído... ¿qué hora es?

—Muy pronto, mamá.

—¡Aún no son ni las cinco! —exclamó, al ver el reloj del horno.

—Sí, ya lo sé —se había despertado antes de las tres, y después de dar vueltas y más vueltas en la cama, había cejado en su intento de volverse a dormir.

Su madre se sentó, y le dijo:

—El café huele de maravilla, ¿está listo?

—Sí —sirvió dos tazas, añadió leche en las dos, y las puso sobre la mesa antes de sentarse.

Después de tomar un par de sorbos, su madre la miró cara a cara, pero ella fue incapaz de mirarla a los ojos.

—¿Te pasa algo, Em?

—Estaba repasando el menú —le dijo, para intentar distraerla—. He pensado que podríamos hacer el doble de relleno, a todos nos gusta que sobre y repetir otro día.

—Sí, es verdad.

—Preparé la ensalada de arándanos ayer, antes de que llegarais.

La ensalada en cuestión, que en realidad era un postre, era uno de los platos preferidos de toda la familia y sólo se servía en Acción de Gracias y en Navidad. Se mezclaban arándanos, gelatina, y nata montada, y se metía en la nevera.

Al ver que su madre iba a hacer algún comentario, se apresuró a añadir:

—He pensado que este año podría preparar brócolis en vez de coles de Bruselas, encontré una receta en Internet que parece deliciosa.

—Em...

—Según mis cálculos, tendríamos que meter el pavo en el horno a eso de las ocho si queremos tener la comida en la mesa a las cuatro de la tarde —sabía que estaba divagando, pero no podía parar.

—¿Vas a decirme lo que te preocupa, o voy a tener que adivinarlo?

Emily cerró los ojos, y al darse cuenta de que no tenía sentido seguir fingiendo, se cubrió la cara con las manos. Si hubiera sido una persona dada a dejarse vencer por las emociones, en ese momento estaría llorando a lágrima viva.

Su madre le puso una mano en el antebrazo, y le dijo:

—Sabes que puedes contarme cualquier cosa, ¿verdad?

—Claro que sí —susurró, con la voz quebrada.

—Supe que pasaba algo en cuanto puse un pie en la casa. ¿Es algo relacionado con los niños?

—No, ellos están bien —gracias a Dios.

—¿Se trata de Dave? —parecía vacilante, como si le costara creer que podía haber algún problema con él.

Todo el mundo sabía que Dave Flemming era un buen hombre. Emily siempre había soñado con casarse con un hombre así... era cariñoso, responsable, amable, considerado, y muchas cosas más. Se había enamorado de él cuando estaban en la universidad, y su amor había ido creciendo y madurando desde entonces. No se había planteado ni una sola vez mirar siquiera a otro hombre, y siempre había creído que ese amor era recíproco hasta que varios acontecimientos recientes la habían hecho dudar.

—Trabaja demasiado duro, ¿verdad? —le dijo su madre.

Emily tragó con dificultad. No podía negarlo, aunque no por las razones que su madre creía.

—Sí, pasa mucho tiempo fuera de casa.

—Es por culpa de todas esas reuniones del comité, ¿verdad? Las obligaciones de la congregación pueden arrebatarle mucho tiempo si se lo permite, tendría que ponerse firme.

—No creo que sea eso; de hecho... —apenas era capaz de pronunciar las palabras—. Creo que... tengo razones para pensar que Dave... —se detuvo durante unos segundos, y le costó un gran esfuerzo continuar—. Creo que a lo mejor tiene una aventura con otra mujer.

Su madre la miró boquiabierta antes de negar de forma categórica aquella posibilidad.

—Ni hablar, Em. Dave no es de esa clase de hombres, seguro que te equivocas.

—Yo tampoco le creía capaz, ¿crees que me gusta plantearme siquiera algo así?

—Eh... no —su madre parecía haberse quedado sin palabras, y eso era algo más que inusual en ella.

—No reconocí los indicios hasta que los tuve delante de las narices —le dijo, con voz queda.

—¿Quién es la mujer?

—Ni lo sé, ni quiero saberlo.

Se había devanado los sesos intentando averiguar quién podía ser; que ella recordara, la única persona con la que Dave había pasado bastante tiempo durante el último año había sido Martha Evans, una anciana viuda que había fallecido en septiembre. Dave solía visitarla cada semana. Visitar a los enfermos y a los feligreses que estaban postrados en cama era una de sus obligaciones pastorales, pero él le había dicho que Martha era una amiga, que habían llegado a entablar una muy buena amistad.

Quizá no había ido a visitar a Martha tantas veces, a lo mejor había sido una excusa conveniente y en realidad había pasado todas aquellas tardes... por no mencionar todas las veces que llegaba tarde a casa por la noche... con otra mujer.

—No tengo ni idea de quién puede ser, mamá —admitió con tristeza, mientras recordaba la voz de mujer que había oído al teléfono el lunes.

—Espera, no nos precipitemos —su madre alzó una mano, y la miró con expresión pensativa—. ¿Por qué crees que Dave tiene una aventura?

—Porque me mintió —mantuvo la voz baja, por miedo a que alguien se levantara pronto y pudiera oírla.

—¿Te mintió descaradamente?

—Supongo que más bien fue una mentira por omisión —le explicó que se había encontrado a los Beldon, y que había sido entonces cuando se había enterado de que Dave había dejado de ir a jugar al golf con Bob–. Y hay muchos más indicios.

–Dame algún ejemplo.

–No... no hemos... –le daba mucha vergüenza hablar de su vida sexual con su madre–. Hace un mes que no... que no hacemos... ya sabes qué.

Siempre habían tenido una relación sexual más que satisfactoria, y echaba de menos a su marido en todos los aspectos. En las escasas noches que llegaba pronto a casa, Dave solía quedarse dormido en cuanto se metía en la cama, y cuando era ella la que se acostaba antes, él entraba con sigilo en el dormitorio y se metía entre las sábanas procurando no despertarla, aunque en realidad no estaba dormida. La inquietaba darse cuenta de que ni siquiera sabía cómo reaccionaría en caso de que él intentara algún acercamiento.

–Lo que estás intentando decir es que no está tan interesado en ti como antes desde un punto de vista físico, ¿no?

Sintió que se ponía roja como un tomate, pero asintió.

–¿Has comprobado los extractos de sus tarjetas de crédito? –le preguntó su madre.

–¡No! –ni siquiera se le había ocurrido; además, si lo hacía, se expondría a descubrir una información que no quería, una información para la que no estaba preparada.

–Me parece que has exagerado unos cuantos detalles sin importancia, es lo que pasa cuando se reprimen las dudas. Pregúntale si es verdad, es tu marido. Lo más probable es que se quede de piedra cuando se entere de que crees que tiene una aventura.

–Está claro que me dirá que no es verdad, ¿de qué me sirve preguntárselo?

–Se despejará el ambiente, y al ver su reacción sabrás si tu preocupación está justificada o no.

Emily le había dado muchas vueltas al tema, y se sentía incapaz de hablar con Dave. Si sus sospechas eran ciertas, él se limitaría a negarlo, y si estaba equivocada, a él le dolería mucho que lo acusara de una traición tan rastrera. Era obvio que ella tenía las de perder en ambos casos.

—Me parece que has dejado que tus sospechas vayan creciendo. Unos cuantos detalles inconexos no implican que Dave tenga una aventura.

—Pero, mamá...

—Conozco a tu marido, estoy convencida de que es incapaz de hacer algo así.

A Emily le habría encantado creer que lo que su madre decía era cierto, pero...

—Se le da fatal mentir —añadió su madre—. Si es verdad que pasa algo, seguro que me doy cuenta.

Emily esbozó una sonrisa, porque era cierto que su madre tenía un gran olfato a la hora de descubrir cualquier cosa sospechosa. Cuando su hermano y ella eran pequeños y hacían alguna trastada, siempre los pillaba.

—No lo dudo, mamá. Yo nunca conseguí ocultarte nada.

—Y que lo digas —su madre sonrió, y añadió—: Aparca a un lado el tema... al menos por hoy.

—Lo intentaré.

—Tienes que sentirte agradecida por muchas cosas, Em. Es el primer día de Acción de Gracias que pasas en tu preciosa casa nueva, y sabes que tu familia te quiere y te valora. No dejes que tus sospechas te amarguen este día tan especial.

Emily sabía que su madre tenía razón, pero aun así...

—Me lo dirás si notas que Dave está raro, ¿verdad? —insistió.

—Claro que sí, pero estoy convencida de que son imaginaciones tuyas. Seguro que la semana que viene me llamarás para decirme que te arrepientes de haberle creído capaz de hacer algo tan impropio en él.

Emily siguió el consejo de su madre, y procuró dejar a un lado las dudas y los miedos durante todo el día. A eso de las dos de la tarde, se puso a preparar la mesa con la ayuda de su madre. El comedor era una de las cosas que más le gustaba de la casa, siempre había querido tener uno. Por primera vez desde que se encargaba de preparar la comida de Acción de Gracias para la familia, no iban a tener que comer en la cocina.

Se había esforzado para darle un toque festivo al comedor. Había comprado la mesa de caoba, las sillas y la vitrina a juego en una tienda de segunda mano, y a muy buen precio. Le habían gustado en cuanto las había visto y se las había enseñado a Dave, pero el precio inicial era demasiado alto a pesar de que eran de segunda mano. Se había llevado una gran alegría cuando les habían llevado los muebles a casa poco después. Dave le había dicho que había hablado con el dueño de la tienda, y que éste había accedido a vendérselos a mitad de precio.

Sintió una oleada de satisfacción al recorrer el comedor con la mirada. Había colocado coloridas hojas de arce alrededor del mantel de lino verde oscuro, había hecho un precioso centro de mesa con calabacitas verdes, amarillas y anaranjadas, y había encendido varias velas en un tono verde claro como toque final.

Había conseguido que la mesa tuviera el toque festivo adecuado; de hecho, parecía sacada de una revista de decoración... y ella era una experta en ese tema, porque las revistas en cuestión eran uno de los pocos caprichos que se permitía. Había puesto la vajilla que le habían regalado cuando se había casado. Sólo la usaba una o dos veces al año, y colocarla en una mesa de comedor de verdad le parecía todo un lujo.

Mientras observaba complacida cómo había quedado el comedor, Dave se le acercó por la espalda, le puso las manos en los hombros, y la besó con ternura antes de decir:

—Ha quedado precioso.

Cuando él se alejó, su madre la miró sonriente y le dijo en voz baja:

—Te lo dije.

Emily se limitó a soltar un pequeño suspiro.

A eso de las cuatro, Dave ya había trinchado el pavo y los platos estaban servidos. Sólo habían tomado galletitas saladas y unas tapas de queso como aperitivo, así que todos tenían mucha hambre.

—¡Quiero el hueso de la suerte! —dijo Matthew.

—Me toca a mí, tú te lo quedaste el año pasado —comentó Mark, ceñudo.

—No os peleéis —les dijo Dave con firmeza. Al ver que se callaban de inmediato, añadió—: Vamos a bendecir la mesa.

Todos se dieron la mano y agacharon la cabeza mientras él rezaba una sencilla pero sincera oración de gratitud, y dijeron amén cuando terminó.

—Pásame el relleno, mamá —dijo Matthew, antes de que a ella le hubiera dado tiempo de abrir los ojos.

—Todos tenemos que servirnos, no tardará en llegarte. Y se pide por favor —le dijo ella.

—Es que el relleno es lo que más me gusta.

—A mí también, me gusta con mucha salsa —apostilló Mark.

Las fuentes de comida fueron circulando por la mesa, y los platos de todos no tardaron en estar hasta los topes de pavo, salsa, aderezos, patatas, y ensaladas.

Después de tomar el postre (los dos pasteles, con nata montada o helado), la familia disfrutó de la sobremesa charlando animadamente entre risas y bromas. Era el momento de la fiesta que más le gustaba a Emily.

Al cabo de media hora, Dave se puso de pie y dijo:

—Los niños y yo nos encargamos de poner el lavaplatos.

Matthew lo miró horrorizado, y exclamó:

—¡No te ofrezcas voluntario, papá!

—¡Pero papá, si hay cien platos por lo menos! —Mark estaba tan consternado como su hermano.

—Pues será mejor que nos pongamos manos a la obra cuanto antes —al ver que los niños iban a seguir protestando, añadió—: Vuestra madre y vuestra abuela se han pasado el día cocinando esta comida tan deliciosa, no estaría bien pedirles que también se ocuparan de lavar los platos.

—¿Y qué pasa con el abuelo? —dijo Mark.

—Os echaré una mano —le dijo su abuelo, con una carcajada.

—Ni hablar, Al —le dijo Dave—. Quédate aquí y relájate, los niños y yo nos las arreglaremos.

—Deja que nos ayude, papá. Así seremos uno más —dijo Mark.

—Bueno, está bien. Ven a la cocina si te apetece, Al.

Después de guardar la comida que había sobrado, Emily fue a tomar el té con su madre a la sala de estar mientras los hombres se ocupaban de la limpieza; al cabo de un momento, la miró y le dijo:

—¿Qué opinas, mamá? —no hacía falta que especificara a qué se refería.

Su madre frunció el ceño pensativa, y al final se mordió el labio y comentó:

—La verdad es que tu marido está haciéndolo bastante bien.

—¿El qué?

—Fingir. No sé lo que le pasa, pero tengo la impresión de que está ocultando algo.

La actitud positiva que Emily había luchado por mantener durante todo el día se desvaneció.

—Así que crees que...

—No, Em. No creo que sea otra mujer, pero estoy casi convencida de que Dave está ocultándote algo.

CAPÍTULO 5

Christie Levitt estaba en la barra del Pink Poodle, el bar al que solía ir, tomando una cerveza. Estaba sola, y de muy mal humor. El viernes posterior a Acción de Gracias era el principal día de compras de todo el año; de hecho, los minoristas lo llamaban el Viernes Negro. Ella estaba de acuerdo con el nombre, aunque por razones diferentes.

Había entrado a trabajar antes de las seis de la mañana, y en ese momento eran las siete de la tarde. Había pasado una larga jornada de pie en su puesto de cajera de una tienda, así que estaba cansada y malhumorada.

Tanto Larry, el barman y dueño del bar, como todos los demás se habían dado cuenta de su estado de ánimo, y procuraban no acercarse demasiado. Era un alivio, porque no tenía ganas de hablar con nadie... ni siquiera con Teri, su hermana, que debía de estar enfadada con ella porque no había ido a la gran fiesta de Acción de Gracias que había organizado el día anterior.

Normalmente, solía ser el alma de cualquier fiesta, pero en ese momento tenía otras cosas en mente... bueno, no eran «cosas», sino una persona en concreto: James Wilbur.

No alcanzaba a entender por qué la intrigaba tanto aquel hombre tan refinado y formal. Se le aceleraba el corazón cada vez que pensaba en él, que era demasiado a menudo. No tenían nada en común, nada en absoluto. James era el chófer de su hermana y su cuñado. Teri lo había enviado a buscarla con la limusina varias veces, y solían charlar durante el trayecto; al principio, las conversaciones habían sido bastante forzadas y ella había llegado a mostrarse un poco hostil, pero la situación había ido cambiando poco a poco y una noche había encontrado una rosa roja en el asiento. No se había enterado hasta más tarde que no era de parte de Teri, sino de James.

No estaba acostumbrada a que los hombres le regalaran flores, y no sabía cómo reaccionar cuando uno hacía algo bonito por ella. El interés de James la aterraba, y Teri le había dicho que su actitud se debía a que no sabía cómo reaccionar ante un hombre bueno y trabajador. La verdad era que estaba más acostumbrada a los perdedores, a tipos que la estafaban y la trataban mal.

No sabía por qué tenía tan mal gusto con los hombres, a lo mejor se debía a algún defecto genético. También era posible que la culpa la tuvieran los malos ejemplos que había visto durante toda su vida, aunque Teri había roto aquella pauta al enamorarse de Bobby Polgar; en cualquier caso, lo que solía pasar era lo siguiente: conocía a un hombre, que por lo general estaba en paro y pasando por un mal momento, y que además solía tener algún problema de drogadicción o de alcoholismo. Entonces el tipo le contaba sus penas, le decía que el mundo estaba en su contra, que su jefe, su socio, su esposa o su novia le había engañado... en fin, le explicaba las desgracias de turno... y ella sentía lástima por él y, antes de darse cuenta, acababa responsabilizándose de todo e intentando ayudarle, y acababa enamorada de pies a cabeza.

A pesar de que sabía que era una necedad, repetía la misma pauta una y otra vez. Le gustaría conocer a alguien como Bobby, alguien que la amara y la respetara tanto como Bobby a Teri. Y de buenas a primeras, el chófer de su hermana se interesaba en ella. James Wilbur no se parecía en nada a los hombres con los que había estado en el pasado, ya que era un perfecto caballero; de hecho, su educación resultaba un poco excesiva, incluso la trataba de usted como si ella fuera... ¿alguien especial? No, seguro que no era más que una de sus costumbres finolis. La exasperaba tanto, que había acabado diciéndole a Teri que no quería que él fuera a buscarla; al fin y al cabo, tenía su propio coche, aunque tuviera las ruedas desgastadas y la transmisión hecha polvo, así que no necesitaba un chófer.

Teri parecía haberse acostumbrado a tanto refinamiento, pero a ella no le gustaba; además, le daba vergüenza que James apareciera en su barrio con la elegante limusina, porque daba pie a las habladurías y las conjeturas de los vecinos. No sabía cómo reaccionar cuando él le abría la puerta de la limusina, cuando la ayudaba a entrar y a salir. No necesitaba que la ayudaran, era una ridiculez... pero sabía que él lo hacía con buena intención. Era un hombre muy tierno y considerado.

Cerró los ojos al recordar que al pobre le habían pegado recientemente, no soportaba verlo sufrir. Unos matones habían intentado secuestrar a Teri, pero se habían equivocado y en su lugar habían atrapado a Rachel Pendergast, una amiga de su hermana, y a James, que había salido bastante malparado. El asunto estaba relacionado con un torneo de ajedrez y un jugador rival de Bobby que quería que éste se dejara ganar. Bobby no se había dejado amilanar. Había ganado mediante una estrategia de lo más complicada, y el otro jugador había sido arrestado.

No esperaba que su cuñado le cayera bien, había pasado años distanciada de su hermana. Las dos se habían limitado a evitarse, había sido lo mejor para ambas. Pero de repente volvían a ser amigas, hermanas. No estaba segura de cuál de las dos había sido la que había madurado, probablemente las dos. Tenía la sensación de que Teri era más segura de sí misma, más tolerante y comprensiva gracias a la influencia de Bobby. Era consciente de que él mantenía una buena amistad con James, aunque no sabía gran cosa sobre cómo habían llegado a ser amigos.

Mientras tomaba un trago de cerveza, deseó ser capaz de dejar de pensar en él. Era incapaz de quitárselo de la cabeza, de eliminarlo de sus pensamientos, y eso la desconcertaba. Le había pedido que la dejara tranquila, y el hecho de que él hubiera acatado su decisión la desconcertaba aún más. Era la primera vez que alguien le hacía caso.

Había ido a verlo en cuanto se había enterado de que estaba herido, pero él ya no quería saber nada de ella y le había dejado muy claro que no quería tenerla cerca. Ella había captado el mensaje, y siguiendo su ejemplo, le había dejado una rosa. Después se había marchado sin hacer ruido, y con la moral por los suelos.

—¿Te sirvo otra cerveza? —le preguntó Larry, que estaba llenando varios vasos.

—No, gracias —cambió de idea de repente, y le dijo—: Bueno, sí, dame otra.

Él asintió con aprobación, y se apoyó en la barra antes de decirle en voz baja:

—¿Estás depre por algo?

—Más o menos.

—Si necesitas hablar con alguien, cuenta conmigo —le dijo, antes de ponerle delante el vaso de cerveza.

Christie negó con la cabeza. Lo que sentía por James la desconcertaba, y no sabría cómo explicárselo ni a Larry ni a nadie. Necesitaba hablar con Teri, a lo mejor ella la ayudaría a entender lo que estaba pasando.

—¡Mirad, la limusina de las otras veces vuelve a estar aparcada fuera! —exclamó Kyle, un fontanero que solía ir con frecuencia al Pink Poodle.

Christie sintió que se ruborizaba de golpe. James estaba aparcado fuera, esperándola.

Varios clientes se acercaron a la ventana para echar un vistazo.

—¿Qué hace por aquí una limusina? —dijo Bill, otro cliente habitual.

Trabajaba en el astillero, y al igual que Kyle, estaba divorciado y prefería pasar el rato en el Pink Poodle que solo en casa viendo la tele. Christie entendía aquella necesidad de tener una vía de escape, de relacionarse con más gente; al fin y al cabo, ésa era una de las razones por las que ella solía ir a aquel local.

—No es la primera vez que la veo —comentó Kyle.

—¿Quién de por aquí podría tener un coche tan finolis? —le preguntó Bill a Larry.

—Nadie lo sabe —Larry se acercó a los grifos de cerveza con dos vasos limpios, y añadió—: El coche viene por aquí de vez en cuando, y ya está.

—Está en tu aparcamiento, ¿vas a permitírselo? —apostilló Christie, por miedo a que alguien la vinculara a la limusina. Si se enteraban de que tenía algo que ver, seguro que empezarían a tomarle el pelo.

—Claro, ¿por qué no? —fue Kyle quien contestó. Se volvió hacia Larry, y le dijo—: Le da un toque de clase al local, ¿verdad?

Larry estaba muy ocupado llenando vasos, y no se molestó en contestar.

Christie apuró su segundo vaso de cerveza. Solía beber tres sin problema, pero en esa ocasión ya estaba un poco mareada y otro habría sido demasiado. Decidió que era hora de marcharse; además, estaba cansada.

—¿Te vas a casa? —le preguntó Larry, cuando le pagó la cuenta.

—Sí.

—¿Quieres que te llame un taxi?

—No, gracias.

—Hasta la vista.

Después de despedirse, se puso su chaqueta corta de lana y la bufanda antes de salir a enfrentarse a los elementos. El viento había arreciado, y arrastraba por la calle las escasas hojas que quedaban. Se notaba el olor a nieve en el ambiente... a los niños les encantaría que cayera una buena nevada, pero a ella no le apetecía nada.

Suspiró aliviada al ver que la limusina ya no estaba allí; al parecer, James se había rendido y se había marchado. Seguramente había ido a hablar con ella, y al ver que no salía del bar de inmediato, había captado la indirecta y se había dado cuenta de que no estaba interesada en él.

Se dijo que no le importaba, que no quería que la vieran con él, pero no pudo evitar sentirse decepcionada. Aún estaba preocupada por él y esperaba que se hubiera recuperado, pero James se había comportado como si no quisiera tenerla cerca desde lo del secuestro... perfecto, ella también sabía captar una indirecta.

Tenía la cabeza hecha un lío, los pensamientos se le arremolinaban en la mente como las hojas otoñales que tenía a sus pies. Había aparcado el coche a un lado del local, y fue hacia allí luchando contra el viento.

—Christie.

Habría reconocido aquella voz en cualquier parte. Alzó la mirada, y le vio de inmediato. La limusina estaba aparcada junto a su decrépito Ford y James estaba esperándola allí, fuera del alcance de la vista de la gente que había en el bar.

—¿Qué haces aquí? —le preguntó con frialdad. Su reacción poco amistosa se debía en parte a la sorpresa que acababa de llevarse al verlo, pero también contenía una buena dosis de enfado fingido.

—He venido a ver cómo estás.

—No necesito una niñera, ¿te han envidado Teri y Bobby? —no le extrañaría que su hermana hiciera algo así.

—No.

—No me lo creo.

Había pensado que Teri y Bobby no la echarían de menos en la fiesta de Acción de Gracias del día anterior; al fin y al cabo, habían invitado a un montón de amigos. Tener que entrar a trabajar temprano había sido una excusa de lo más conveniente, aunque no había permitido que nadie la cuestionara al respecto. Había pasado todo el día en casa, y no había contestado al teléfono a pesar de que había sonado un montón de veces.

—No viniste a la fiesta de ayer.

—¿Y qué? No sabía que me tenías tan controlada —siguió hablándole con desdén para que no creyera que le importaba lo que pudiera pensar de ella, aunque estaba convencida de que él iba a darle su opinión de un momento a otro.

—Fuiste una grosera al dejar plantada a tu hermana.

—Así que ahora soy una grosera, ¿no? ¿Qué pasa?, ¿es que eres un experto en cuestiones de educación?

Sí, sí que lo era, así que no le extrañó que él hiciera caso omiso de la pregunta.

—La señorita Teri retrasó la cena mientras intentaba contactar contigo.

Christie se sintió fatal, pero como no quería que él se diera cuenta de que sus palabras la habían afectado, le dijo con aparente indiferencia:

—¿Y a ti qué te importa?

—No sueles ser tan grosera, Christie.

—Pues parece ser que sí que lo soy.

—No viniste por mi culpa, ¿verdad?

—No digas tonterías —le dijo, a pesar de que había acertado de pleno.

Había decidido no ir a la fiesta de Acción de Gracias de Teri por miedo a que James volviera a rechazarla. En vez de hincharse a pavo en casa de su hermana, se había comido una pizza precongelada y había visto capítulos de *Seinfeld* durante tres horas seguidas.

—¿Para eso has venido?, ¿para criticarme? Si es así, mensaje recibido. ¿Puedo irme ya? —lo dijo como si la conversación la aburriera. Tenía las orejas frías, y el corazón le martilleaba en el pecho.

—Quiero disculparme.

—¿Por qué?, ¿porque acabas de ponerme en evidencia delante de mis amigos?

—No —vaciló por un instante antes de admitir—: Por lo de la otra noche.

—¿Qué otra noche? —fingió que no la habían afectado las palabras hirientes que él le había dicho, que las había olvidado, pero la verdad era que se le habían quedado grabadas en la memoria para siempre.

—El mes pasado, cuando viniste a verme...

—Ah, sí. No te preocupes, entiendo que no quisieras tenerme cerca. No pasa nada, me da igual.

Él negó con la cabeza, y le dijo ceñudo:

—Lo que no quería era tu compasión... ni la tuya, ni la de nadie.

—¿De verdad te parezco una persona compasiva? —le dijo, en tono jocoso—. Ya te he dicho que no pasa nada —soltó una carcajada forzada, pero se sintió humillada al no poder contener un sonoro hipido.

—¿Has estado bebiendo?

Lo miró con una incredulidad teatrera, y le dijo:

—¡Venga ya! ¿De verdad crees que he ido a un bar para beber?

—Te llevaré a tu casa.

—Ni hablar —había tomado dos cervezas en otras tantas horas, era perfectamente capaz de conducir.

—Christie...

—Te he dicho que no, déjame en paz —no estaba dispuesta a seguir aguantando su desaprobación—. Me parece genial que no quieras saber nada de mí, porque el sentimiento es mutuo. ¿Tengo que decírtelo más claro?

Él dio media vuelta, pero pareció pensárselo mejor y le dijo:

—No estás hablando en serio.

—Claro que sí.

Abrió de golpe la puerta del coche, y se sintió avergonzada al oír el sonoro chirrido que soltó. Tendría que haberlo llevado al taller de reparaciones, pero no lo había hecho por ahorrarse molestias y dinero. Una puerta que chirriaba era el menor de sus problemas con aquel coche, ya que era un cacharro que estaba en las últimas.

Como no tenía ganas de estar a la intemperie discutiendo con James, entró en el coche y sintió un gran alivio al ver que el motor se ponía en marcha a la primera. Estaba medio convencida de que ni siquiera iba a arrancar, y de ser así, la humillación habría sido completa.

Salió de la plaza de aparcamiento sin mirar hacia atrás, y

se incorporó a la carretera. Al echar un vistazo por el retrovisor, vio a James justo detrás. La siguió hasta su casa, y permaneció allí mientras ella aparcaba.

Estuvo a punto de ir a exigirle que dejara de perseguirla, de amenazarle con llamar a las autoridades y pedir una orden de alejamiento; al fin y al cabo, no sería el primer hombre al que denunciaba. Al final decidió fingir que ni siquiera lo había visto. Fue hacia su casa a toda prisa, cerró la puerta de golpe, y respiró hondo. Tardó un largo momento en recobrar la compostura, y lo primero que vio en la oscuridad fue la luz parpadeante del contestador automático.

Tenía cinco llamadas de Teri, que parecía estar decidida a seguir insistiendo hasta que contactara con ella. No tenía ningunas ganas de llamarla, porque estaba convencida de que su hermana quería sermonearla por no haber ido a la fiesta de Acción de Gracias.

Resistió durante diez minutos, pero al final no pudo seguir aguantándolo y la llamó. Teri contestó casi de inmediato.

—Venga, échame una buena bronca. Desahógate con un par de gritos.

—¿Por qué piensas que quiero echarte una bronca?

—Por no haber ido a tu fiesta de ayer.

—Las dos sabemos por qué no viniste, Christie.

—Hoy tenía que entrar a trabajar a las seis de la mañana.

—¡Respuesta incorrecta! No viniste porque te daba miedo ver a James.

—Esta noche ha venido a buscarme —sabía que era inútil intentar engañar a su hermana.

—Ya lo sé, ¿cómo ha ido?

Cerró los ojos mientras intentaba decidir cuánto debería contarle, y al final admitió:

—Fatal.

—¿Qué ha pasado?

Decidió optar por la verdad pura y dura; al fin y al cabo, Teri acabaría enterándose antes o después.

—Ha intentado disculparse, pero... no le he dejado.

—Creía que James te gustaba.

Decir que le gustaba era quedarse muy corto, y admitió con voz queda:

—Sí que me gusta —no sabía por qué se esforzaba tanto en intentar demostrar lo contrario.

—Entonces, ¿por qué...? No te esfuerces, el porqué está más que claro. Yo hice lo mismo con Bobby, hice todo lo posible por mantener las distancias cuando mostró interés por mí. Pero él no se rindió, gracias a Dios. No sé qué nos pasa a ti y a mí, hermanita. ¿Por qué somos incapaces de reconocer el amor cuando llama a la puerta?

—James no me quiere...

—No digas tonterías, está loco por ti.

—¿Ah, sí? En ese caso, ¿por qué me rechazó cuando lo hirieron? Quería estar con él —fue incapaz de ocultar el dolor que sentía.

—Estaba avergonzado, Christie. Tienes que entenderlo. No quería que le vieras así, acababan de darle una paliza. Anda, dale una oportunidad.

Christie tenía miedo de hacerlo. Se había llevado tantas decepciones... además, estaba convencida de que aquélla sería la peor de todas.

—No funcionaría, Teri.

—Eso no lo sabes. Míranos a Bobby y a mí, ¿quién iba a imaginarse que nos enamoraríamos el uno del otro?

—Puede que lo tuyo con Bobby haya funcionado, pero eso no significa que a mí vaya a pasarme lo mismo. Deja que me ocupe de esto a mi manera, por favor.

Su voz debió de reflejar que estaba hablando muy en serio, porque Teri acabó diciendo a regañadientes:

—Bueno, si estás segura...

—Completamente segura. Prométeme que te mantendrás al margen.

—Vale, lo haré si eso es lo que quieres.

No, en el fondo, no era lo que Christie quería.

CAPÍTULO 6

Roy McAfee estaba leyendo la edición del sábado del *Cedar Cove Chronicle* en la sala de estar. Cuando el estómago empezó a hacerle ruido, alzó la mirada y dijo en voz alta:

—¿Qué hay de cena? —esperó a que su mujer le contestara desde la cocina; últimamente, tenía la sensación de que ella pasaba allí más tiempo del normal.

—Lo que sobró en Acción de Gracias.

¿Otra vez? Corrie era una cocinera fantástica, pero cada año pasaba lo mismo: compraba el pavo más grande de la tienda en Acción de Gracias, y después pasaban semanas comiendo lo que había sobrado. ¿Cuánto pavo podían llegar a comerse cuatro personas?, ¿cuántas recetas a base de pavo tenía que probar un hombre? Aunque sabía que no tenía nada de qué quejarse, porque lo cierto era que se lo había pasado muy bien en Acción de Gracias. Poder disfrutar de la compañía de dos de sus tres hijos en una festividad tan especial era todo un regalo.

—Estoy preparando estofado de pavo, estará listo dentro de unos minutos.

—Vale.

—Mack viene a cenar.

—Genial.

Su relación con su único hijo varón había mejorado mucho en los últimos tiempos. Siempre había esperado mucho de él, pero Mack se había rebelado durante la adolescencia y desde entonces habían estado bastante distanciados. Había pasado todos aquellos años enfadado porque Mack se negaba a escuchar sus consejos. En vez de acabar sus estudios y forjarse un futuro profesional sólido, su hijo había ido picoteando de acá para allá en trabajos que estaban muy por debajo de sus posibilidades. No podían pasar ni una hora a solas sin discutir, pero todo había cambiado cuando Gloria había aparecido en sus vidas.

Ella era la hija que había tenido con Corrie cuando aún estaban en la universidad. Él había roto la relación sin saber que estaba embarazada, y no se había enterado hasta mucho más tarde de que había dado a luz a una niña y que la había dado en adopción. Para Corrie, una muchacha sola y embarazada, había sido la decisión adecuada en aquel momento, pero ninguno de los dos había superado la pérdida de aquella hija a la que no habían visto crecer.

Al final, la vida había completado el ciclo al devolverles a su hija. Gloria anhelaba encontrar a sus padres biológicos, así que los había buscado y al final había logrado encontrarlos. Él siempre había tenido la ilusión de que Mack entrara en algún cuerpo de policía, pero era Gloria la que lo había hecho. Se había marchado recientemente del departamento de policía de Bremerton, y había entrado a trabajar en la oficina del sheriff de Cedar Cove, Troy Davis. Era un orgullo verla de uniforme y sirviendo a aquella comunidad que tanto Corrie como él... y la misma Gloria, que se había ido a vivir allí... consideraban un verdadero hogar.

Corrie asomó la cabeza por la puerta de la cocina, y le dijo:

—Se me ha olvidado decirte que Linnette ha llamado esta tarde, cuando estabas en el despacho.

Era investigador privado y a menudo tenía que trabajar en fin de semana, sobre todo si tenía casos pendientes.

Linnette estaba viviendo en Dakota del Norte, y había conseguido un trabajo de camarera; según ella, le encantaba... bueno, para ser más exactos, lo que le encantaba era Buffalo

Valley, el pueblo donde vivía. Él la había apoyado cuando había decidido marcharse de Cedar Cove a pesar de que en el fondo no estaba de acuerdo, porque tal y como le había dicho a Corrie, Linnette tenía derecho a tomar sus propias decisiones. Se había quedado destrozada y humillada cuando Cal Washburn había cortado con ella, así que era normal que quisiera alejarse de allí.

Corrie entró en la sala de estar, y comentó:

—Me ha dicho que celebró Acción de Gracias con Pete y su familia, y que lo pasó muy bien.

Estaba sonrojada por el calor de la cocina, y se había despeinado al pasarse las manos manchadas de harina por el pelo. Había ganado unos kilitos con el paso del tiempo, pero... ¿y quién no? Para él, estaba más hermosa que nunca a los cincuenta y seis años.

—¿Por qué me miras así, Roy McAfee?

—Estaba pensando que estoy casado con una mujer preciosa.

—¡No digas tonterías! ¿Quieres que te cuente cómo le va a Linnette?

—¿Hay alguna novedad?

Dudaba que la hubiera, porque había hablado con su hija tanto en Acción de Gracias como varios días antes. Linnette había pasado aquella festividad con Pete Nosequé, un granjero que parecía ser un tipo decente y trabajador. Era demasiado pronto para que tuvieran una relación seria, pero confiaba en el sentido común de su hija y quería que fuera feliz... aunque le habría gustado que encontrara aquella felicidad más cerca de casa.

—Ha empezado a trabajar con Hassie Knight —le dijo Corrie.

—¿La dueña de la farmacia de Buffalo Valley?

Le costaba un poco recordar a toda la gente a la que Linnette mencionaba cuando llamaba por teléfono; por regla general, la que hablaba con ella era Corrie, que después le contaba a él la conversación.

—Exacto.
—¿En qué trabaja?
—Está ayudando a montar una clínica.

Aquello sí que era una novedad. Llevaba varias horas en casa, y le costó creer que Corrie hubiera tardado tanto en contárselo.

—¡Es genial!
—Buffalo Valley está creciendo, y necesitan una clínica. Según Hassie, fue la divina providencia la que condujo a Linnette hasta allí.

Roy asintió. Se alegraba de que su hija pudiera utilizar sus conocimientos, había trabajado muy duro para llegar a ser asistente médico y sería una lástima desperdiciar tanto esfuerzo. Él había vaticinado que acabaría volviendo a la medicina, y había acertado.

—Está entusiasmada con esta oportunidad, podrías llamarla después.
—Buena idea.

Era Corrie la que solía ocuparse de las llamadas. A él nunca se le había dado demasiado bien expresar sus emociones y le costaba saber cómo reaccionar ante las muestras de afecto, pero adoraba a su mujer y a sus tres hijos. Se sentía orgulloso de todos ellos, incluso de Mack.

Alguien llamó a la puerta, pero antes de que Corrie pudiera ir a abrir, su hijo entró acompañado de una ráfaga de aire helado.

—Sea lo que sea lo que estás cocinando, huele de maravilla —comentó, mientras se frotaba las manos.

Corrie enmarcó su rostro entre las manos y le dio un sonoro beso en la mejilla. Roy sonrió de oreja a oreja, y comentó:

—Tienes mucha labia, hijo... aunque has dicho la pura verdad, claro —se apresuró a añadir.

Mack se echó a reír, y comentó:

—Te has salvado por los pelos, papá.

Roy alzó una mano a modo de saludo, pero no se levantó. Se había hecho daño en la espalda varios años atrás, y por eso había tenido que dejar su puesto en la policía de Seattle. Aún tenía dolores, y a pesar de que procuraba no prestarles atención, tenía días peores y días mejores... ése en concreto estaba en el primer grupo.

Mack se sentó junto a él en la otomana, y comentó:

—Esta tarde me he pasado por el parque de bomberos.

Roy se puso alerta de inmediato. Quería saber si habían elegido a su hijo para el puesto que había vacante en el cuerpo de bomberos de la ciudad, pero tenía la paciencia necesaria para esperar a que Mack les diera la noticia a su manera.

—¡Por el amor de Dios, no nos tengas en ascuas! —exclamó Corrie.

—El capitán me ha dicho que tengo una carta esperándome en Seattle.

—Ah —era obvio que estaba decepcionada.

Roy se sentía igual. Esperaba que Mack consiguiera aquel puesto en Cedar Cove para tener un mayor acercamiento con él. A pesar de que habían avanzado mucho en los dos últimos años, la verdad era que aún les quedaba un largo camino por recorrer.

—¿A qué vienen esas caras tan largas? —les dijo él—. ¡Han aceptado mi solicitud! El quince de diciembre empiezo a trabajar en el cuerpo de bomberos de Cedar Cove.

Mientras Corrie se tapaba la boca con las manos y soltaba una exclamación de alegría, él se inclinó hacia su hijo y le dio una palmada en el hombro.

—Felicidades, hijo —estaba tan entusiasmado como su esposa, aunque no fuera tan efusivo como ella.

—Te quedarás con nosotros hasta que alquiles un piso, ¿verdad? —dijo Corrie.

—Eh... no, la verdad es que no.

—¿Cómo que no? Somos tu familia, ¿dónde piensas vivir? —le preguntó, desconcertada.

—Ya he encontrado un buen sitio, mamá.

—¿Tan pronto?

—Sí, y es la solución perfecta. No os lo vais a creer, pero voy a vivir en el antiguo piso de Linnette. Will Jefferson lo ha realquilado, y yo voy a asumir el pago del alquiler.

—¿Tú?

—¿Y dónde va a vivir Will? —le preguntó Roy—. Acababa de irse a vivir allí, ¿ha vuelto a mudarse ya?

—Ha comprado la galería de arte de Harbor Street.

Eso era algo que ya se sabía. En su momento había sido un notición, porque la galería había estado a punto de tener que cerrar. Nadie quería que eso sucediera, y la ciudad entera había respirado aliviada cuando Will Jefferson había decidido comprarla.

—Sí, eso ya lo sabemos —dijo Corrie—. No piensa marcharse de la ciudad, ¿verdad? Sería una pena que le cediera a otra persona la gestión del negocio.

—No, lo que pasa es que encima de la galería hay un pequeño apartamento que se ha usado para almacenaje durante los últimos años, y Will ha decidido que es una tontería pagar un alquiler cuando ya tiene un lugar donde vivir.

—No sabía que hubiera un apartamento en la galería.

—Yo tampoco —apostilló Roy—. Pero la verdad es que no me extraña, porque el edificio tiene dos plantas.

—Estaba lleno de trastos, pero Will va a pasarse todo el fin de semana limpiándolo; que yo sepa, ya ha ido tres veces al vertedero de basura. Ha quedado el lunes con unos pintores.

—Ese sitio necesita una buena puesta a punto, ¿verdad? —comentó Corrie.

—Sí, yo le echaré una mano cuando pueda.

Debido a la fuerza de la costumbre, Roy estuvo a punto de fastidiar el momento haciendo algún comentario negativo sobre las habilidades de su hijo en cuestiones de carpintería, pero logró contenerse a tiempo. Además de ser un carpintero pasable, Mack había trabajado como pintor y como cartero a tiempo parcial; de hecho, había tenido un montón de trabajos distintos desde que había dejado los estudios.

—Will me dijo que acabaría comprándose una casa, pero que de momento se contentaba con el apartamento.

—Es lo más sensato, tiene sentido que quiera vivir justo encima de su negocio.

—Se nota que has sido poli, papá —comentó Mack, con una carcajada.

Corrie se echó a reír también, y le preguntó:

—¿Cuándo piensas mudarte al antiguo piso de Linnette?

—En cuanto lo tenga todo listo. El contrato vence dentro de un par de meses, así que tengo tiempo para decidir si quiero comprarlo o seguir alquilándolo.

—Buena idea, hijo —apostilló Roy.

Mack lo miró, e intercambiaron una sonrisa. Aquello era todo un avance para los dos.

Cuando Corrie fue a la cocina al oír el timbre del horno, Mack fue tras ella y le dijo:

—Yo me ocupo de poner la mesa.

Roy agarró de nuevo el periódico, pero en vez de prestar atención a lo que ponía, se puso a pensar en sus hijos. A Gloria le iba bien, Linnette iba a abrir una clínica en Buffalo Valley, un pueblecito de Dakota del Norte, y Mack iba a ocupar un puesto de responsabilidad en el cuerpo de bomberos de Cedar Cove.

Desde luego, no se podía quejar. Estaba en un momento muy dulce de su vida.

CAPÍTULO 7

Cliff Harding se acercó por la espalda a su esposa, que estaba preparando la cafetera en la cocina, y le puso las manos en los hombros en un gesto lleno de amor y de preocupación.

—Todo saldrá bien, Grace. Olivia se recuperará.

Ella le cubrió las manos con las suyas, y le dio un ligero apretón. Le gustaría poder ser tan optimista como él. Olivia, la que había sido su mejor amiga durante toda su vida, tenía cáncer. La mera palabra la aterraba. No era la primera vez que le diagnosticaban cáncer de mama a una amiga, a alguien que le importara, pero en aquella ocasión se trataba de Olivia, que para ella era como una hermana. Eran amigas desde que se habían conocido en primaria.

Se habían apoyado la una a la otra durante todos los momentos duros... desde su propio embarazo adolescente hasta el suicidio de su primer marido, desde la muerte de Jordan, el hijo de Olivia, hasta el divorcio de ésta. Habían superado juntas muchas cosas, casi todas las pérdidas que podía llegar a sufrir una mujer. Olivia la conocía mejor que nadie, y viceversa.

Pero cáncer... quería gritar, berrear, llorar. Se sentía indefensa, impotente, y no tenía ni idea de qué decir ni de cómo apoyar a su amiga. El miedo que sentía por ella era abrumador, el cáncer era una enfermedad injusta. No tenía sentido, aquello no tendría que estar pasándole a una mujer tan disciplinada, positiva y buena como Olivia. Era una persona que seguía una dieta a rajatabla, que hacía ejercicio y se cuidaba tanto emocional como espiritualmente. ¿Qué más podría haber hecho?

—¿Vas a ir al hospital? —le preguntó Cliff, a pesar de que ya sabía la respuesta.

—Sí, le dije a Jack que le haría compañía mientras... mientras la operan —se volvió hacia él, lo abrazó por la cintura, y ocultó la cara contra su pecho mientras la recorría un estremecimiento.

Él empezó a acariciarle el pelo, y le dijo con voz suave:

—Tranquila, cariño. Relájate, todo saldrá bien.

—No podré relajarme hasta que sepamos con certeza que el cáncer no ha hecho metástasis.

Las pruebas eran alentadoras de momento, pero había que esperar hasta después de la operación para saber si el cáncer estaba localizado y los ganglios linfáticos no estaban afectados. No estaría tranquila hasta que el médico en persona le diera buenas noticias.

Olivia parecía capaz de mantener la calma incluso en el peor de los momentos, y ella la admiraba desde que iban a primaria. Ya entonces, a pesar de su juventud, Olivia era una persona muy despierta y organizada. Llevaba vestidos y zapatos impolutos, y unas coletas perfectas. Era popular, inteligente y competente, además de un referente para sus compañeros.

Pero la enfermedad le había arrebatado las riendas de su propia vida.

Cuando el café estuvo listo, Cliff se encargó de servir dos tazas. Le dio una, y le preguntó:

—¿Quieres que te acompañe?

Estuvo a punto de decirle que sí, pero entonces recordó que su marido había quedado con un criador de caballos y que llevaba semanas esperando a poder hablar con él. La conmovió que estuviera dispuesto a aplazar la reunión.

—Gracias, pero estaré bien... y Olivia también —se obligó a esbozar una sonrisa.

Después de tomar un poco de café, fue a su habitación a vestirse. Mientras rebuscaba en el armario, se preguntó cuál era la ropa adecuada para una situación así. Cuando iba a trabajar a la biblioteca solía ponerse un jersey de cuello alto con una chaquetilla... se había confeccionado algunas ella misma, así que tenía bastantes; al final, optó por unos pantalones color canela y una camisa blanca debajo de un jersey rojizo con cuello de pico.

Ni ella misma habría sabido decir por qué estaba dándole tanta importancia a la ropa en ese momento. Quizás era una forma de distraerse para evitar pensar en la operación de Olivia, o a lo mejor se trataba de algún fenómeno psicológico de lo más complejo, como... como cuando uno se preparaba para salir a batallar. Porque no había duda de que aquello era una batalla, aunque ella no iba a participar de forma activa.

Cuando llegó al hospital, Olivia ya había sido ingresada y le habían dado el sedante previo a la operación. Al entrar en la habitación y ver que su amiga alzaba la cabeza y la miraba, vaciló por un momento. Estuvo a punto de echarse a llorar al verla tan vulnerable, pero sabía que le haría más mal que bien si se derrumbaba en ese momento. Tragó con dificultad el enorme nudo que le obstruía la garganta, y logró sonreír.

—Hola —le dijo, con una tranquilidad que distaba mucho de sentir.

—Te dije que no hacía falta que vinieras, Grace. Tendría que haber sabido que no me harías caso —le contestó, en voz baja.

—Tenía que venir. Necesito estar aquí, tanto por ti como por mí.

Olivia asintió, y le dijo muy seria:

—Gracias.

Grace la tomó de la mano, y se aferraron la una a la otra como tantas otras veces a lo largo de los años.

—¿Dónde está Jack? —le extrañaba que el marido de su amiga no estuviera allí.

—Ha ido a por café —cuando sus miradas se encontraron, Olivia se mordió el labio y admitió—: No es más que una excusa, la verdad es que no lleva nada bien todo esto.

—Por si no lo has notado, yo tampoco soy un ejemplo de fortaleza en este momento —al verla sonreír, comentó—: Es una locura.

—¿Lo del cáncer?

—Bueno, eso también, pero me refería a otra cosa —respiró hondo, y luchó por contener las ganas de llorar—. Eres tú la que tiene cáncer. Jack y yo te queremos, al igual que Will, tu madre, y tus hijos. Estamos dispuestos a hacer lo que haga falta para ayudarte a superar esto, pero Jack y yo nos estamos viniendo abajo —intentó soltar una carcajada, pero acabó pareciéndose más a un sollozo—. Lo que es una locura es que seas tú la que está dándonos ánimos a nosotros.

—No digas tonterías.

—Mírame, Liv —se secó las lágrimas que le empapaban las mejillas, y añadió—: Estoy hecha polvo, quiero que esta pesadilla se acabe.

—¿Y crees que yo no? —le dijo su amiga, en tono de broma—. No esperaba que me pasara algo así, en mi familia no hay antecedentes de cáncer de mama. Procuro comer sano, hago ejercicio y me hago una revisión médica cada año, pero aquí estoy. No es justo, ¿verdad?

—El cáncer no suele serlo.

Aún estaban agarradas de la mano cuando Jack entró con una humeante taza de café. Tenía pinta de no haber dormido en toda la noche, y estaba tan pálido como Olivia.

Una enfermera entró justo detrás de él, y dijo:

—Estamos listos para la operación, señora Griffin.

—Sí, yo también lo estoy —Olivia miró a su marido y a Grace con una sonrisa tranquilizadora, y les dijo—: No quiero que os preocupéis.

—Vale —Grace sabía que no iba a poder contener su angustia.

—Será lo que Dios quiera —añadió su amiga.

A Grace no le gustó la resignación que se reflejaba en aquellas palabras. No era hora de mostrar aceptación, sino de luchar.

Jack se acercó a su mujer, la agarró de la mano, y le dijo con voz suave:

—Te amo.

—Ya lo sé.

La enfermera sacó la camilla de la habitación, y se la llevó por el pasillo hacia el quirófano.

—Todo va a salir bien —dijo Grace. Necesitaba que alguien lo dijera, aunque fuera ella misma.

—Sí —dijo Jack, con voz queda.

Fueron a la sala de espera del quirófano, que estaba vacía. Las sillas estaban colocadas en grupos de cuatro y de seis, y optaron por las que estaban más cerca de la puerta. Después de sentarse, Jack se limitó a seguir tomando su café con la mirada perdida, y al cabo de un largo momento, la miró y le preguntó:

—¿Le ha parecido raro a Olivia que tardara tanto en volver con el café?

—No me ha comentado nada.

Él soltó un sonoro suspiro, y admitió:

—He ido a la capilla. A lo largo de los años he hecho muchas cosas de las que no me siento demasiado orgulloso, y no sabía si tenía derecho a pedirle algo a Dios.

—Es normal —ella también había cometido errores, y a veces se planteaba si tenía derecho a pedir la ayuda divina.

—Al final, le he pedido a Dios que proteja a Olivia —se inclinó hacia delante, y se pasó los dedos por el pelo—. Quiero hacer todo lo que pueda por ella.

—Estás haciéndolo, Jack.

Enamorarse de Jack y casarse con él había cambiado por completo la vida de Olivia, le había aportado una felicidad inmensa. Aquel hombre la había apoyado desde el primer momento, y siempre lo haría.

Se quedó sorprendida cuando miró el reloj y se dio cuenta de que sólo habían pasado diez minutos desde que se habían llevado a su amiga. El tiempo parecía avanzar a paso de tortuga, cada segundo se le hacía eterno; al cabo de cinco minutos llegaron Justine y Charlotte, la hija y la madre de Olivia respectivamente.

—¿Están operándola ya? —dijo Justine.

Ella se limitó a asentir.

Charlotte se sentó junto a Jack, y sacó las agujas de punto de la bolsa de costura que solía llevar a todas partes.

—Me calma los nervios —comentó, antes de ponerse a tejer a una velocidad impresionante.

Grace intentó adivinar en qué acabaría convirtiéndose aquella lana multicolor.

—Me habría gustado poder verla antes de la operación —comentó Justine, que estaba paseando de un lado a otro con nerviosismo.

—No te preocupes, cariño. Tu madre sabe lo mucho que la quieres, y que habrías llegado antes si hubieras podido —le dijo su abuela con calma.

—Hubo una época en que pensaba que no la necesitaba —parecía estar a punto de echarse a llorar—. Me sentía muy segura de que sabía lo que hacía, pero mamá no se fiaba de Warren Saget y nunca le gustó que yo saliera con él. Creo que seguí quedando con él para fastidiarla, para demostrar que se equivocaba.

Charlotte dejó su labor a un lado, y le dijo con voz suave:

—Todas las hijas pasan por una fase así con sus madres, a Olivia le pasó lo mismo conmigo. No llegamos a entenderlo hasta que somos madres.

Justine se cruzó de brazos, y admitió:

—Mamá tenía razón en lo de Warren, en lo de que yo estaba enamorada de Seth, y... en todo lo demás. La necesito —se llevó la mano al vientre, y añadió—: Tanto Leif como el bebé que viene de camino necesitan a su abuela.

Grace se había enterado recientemente de que Justine estaba esperando su segundo hijo, y sabía que Olivia estaba entusiasmada.

Nadie habló durante unos minutos. Al mirar hacia el pasillo, vio a varios trabajadores colocando adornos navideños... se le había olvidado que ya estaban a primeros de diciembre.

—Esta mañana le he dicho a Ben que tendríamos que anular el crucero. Quiero estar con mi hija —comentó Charlotte. Estaba tejiendo de nuevo, pero a un ritmo más sosegado.

—Abuela, ya sabes que mamá se enfadaría si lo hicieras. Ben y tú lleváis meses planeando esas vacaciones.

—Sí, ya lo sé, pero...

—Es mejor que vayáis, Charlotte. Justine tiene razón, Olivia se enfadaría si no fuerais.

—Ya, pero es que... —dejó la frase inacabada al ver llegar al reverendo Flemming. Se le iluminaron los ojos, y sonrió aliviada—. Me alegro mucho de que haya podido venir, reverendo.

—Yo también —le contestó, antes de sentarse junto a ella.

—Olivia está en el quirófano —apostilló Jack—. No sabremos a qué nos enfrentamos exactamente hasta que se descubra si el cáncer se ha extendido, todo depende de eso.

—Quería deciros que estoy a vuestra disposición a cualquier hora del día, pase lo que pase. Sólo tenéis que llamarme —les dijo Dave.

—Gracias —le contestó Justine.

—¿Queréis que recemos juntos?

—Sí, por favor —Charlotte dejó a un lado la labor, y bajó la cabeza.

Justine cerró los ojos al sentarse junto a Grace, que la tomó de la mano al ver lo afectada que estaba. La joven se aferró a ella con fuerza.

La oración del reverendo Flemming fue breve, pero calmó un poco a Grace. No sabía lo que iba a pasar, pero por primera vez estaba preparada para dejarlo en manos de Dios.

Cuando el reverendo acabó, dijeron «amén» en voz baja. La plegaria les había afectado a todos. Tanto Jack como Justine parecían haber recobrado algo de compostura, Charlotte siguió tejiendo, y ella se sentía un poco más tranquila.

Después de charlar con ellos durante unos minutos, el reverendo se puso de pie y les dijo:

—Será mejor que me vaya, tengo una reunión.

Jack se levantó también, y le dijo:

—No sabe cuánto le agradezco que haya venido.

El reverendo asintió y le dio unas afectuosas palmaditas en el hombro antes de decir:

—No sabemos lo que nos depara el futuro, pero lo que sí que sabemos es quién tiene el futuro en sus manos.

—Sí, es cierto —comentó Charlotte, sin dejar de tejer.

—Que no se os olvide: si necesitáis algo, llamadme. A la hora que sea, da igual si es de día o de noche.

Grace lo tomó de la mano, y le dijo:

—Gracias de nuevo. Por favor, rece por ella.

—Por supuesto. Olivia está en mis plegarias, al igual que en las vuestras.

Se marchó poco después, y Grace tuvo la impresión de que todos se sentían con fuerzas renovadas tras su visita. Mientras charlaban, Jack se sacó un aparatito del bolsillo.

—¿Qué es eso? —le preguntó Justine.

—Una videoconsola, para jugar al póquer. Me la compró Bob Beldon, me dijo que me ayudaría a distraerme mientras Olivia estaba en el quirófano.

Justine se llevó las manos a las caderas, y lo miró ceñuda.

—¿Estás diciendo que vas a jugar con una consola mientras mi madre lucha por su vida?

—Eh... —tras una ligera vacilación, Jack asintió con firmeza y dijo—: Pues sí, eso es justo lo que voy a hacer.

—Ah —Justine lo miró en silencio, y al final dijo—: ¿Sabes si las venden en la tienda del hospital?

Su pregunta aligeró la tensión, y tanto Grace como Justine y Jack se echaron a reír. Charlotte alzó la mirada, pero no entendió dónde estaba la gracia. Aún estaban bromeando cuando el cirujano entró en la sala de espera.

Las risas se interrumpieron de golpe, y se pusieron de pie al instante. Todas las miradas estaban puestas en el doctor McBride, y el silencio pareció retumbar en la sala.

—Hemos tenido suerte, detectamos el tumor a tiempo —dijo el médico.

—¿No ha hecho metástasis? —le preguntó Grace, con voz queda.

—Parece ser que no, los márgenes parecen estar limpios. Tendremos que esperar al diagnóstico final para saberlo con certeza, pero hemos enviado tejido al laboratorio durante la operación, y el patólogo ha dicho que no parece que los ganglios linfáticos estén afectados.

—Gracias a Dios —Jack se desplomó en la silla como si acabaran de fallarle las piernas.

Grace y Justine se abrazaron llorosas, y Charlotte dijo con firmeza:

—Lo sabía —se sentó también, y siguió haciendo punto—. ¿A que os lo dije?

—El oncólogo de Olivia le ha programado una serie de sesiones de radioterapia y radiación —les dijo el médico.

Grace apenas se enteró del resto de la conversación. Su amiga siempre había sido una superviviente, y el cáncer era un obstáculo más que iba a superar gracias a su fuerza de voluntad y a su determinación inquebrantables.

CAPÍTULO 8

En cuanto salió del hospital de Bremerton, Dave Flemming regresó a Cedar Cove. El abogado Allan Harris había contactado con él para concertar aquella reunión antes de Acción de Gracias, pero entre lo apretada que tenía la agenda y lo cerca que estaban las festividades, al final habían tenido que dejarlo para ese día.

Encontró aparcamiento a dos calles del despacho de Harris, que estaba en Harbor Street. Durante el fin de semana habían empezado a aparecer los primeros adornos navideños. A lo largo de Harbor Street, de farola a farola, había guirnaldas con parpadeantes lucecitas blancas. Las fiestas navideñas lograban tomarlo desprevenido cada año, pero no tenía tiempo para plantearse el efecto que los gastos añadidos iban a tener en el ajustado presupuesto familiar; la verdad, prefería no pensar en ello.

Encorvó los hombros para protegerse del viento mientras subía por la empinada pendiente. Al llegar a la oficina se encontró a Geoff Duncan, el asesor legal de Allan, que alzó la cabeza al oírle entrar.

—Hola, Geoff.

No lo conocía demasiado bien, habían hablado una o dos veces tras la muerte de Martha Evans. La anciana confiaba en Allan, y le había puesto al cargo de sus asuntos legales.

—Hola, reverendo —le dijo, mientras se ponía de pie.

Después de estrecharle la mano, Dave colgó su abrigo en uno de los percheros. Geoff era un joven agradable con un firme apretón de manos. Llevaba traje y corbata, y tenía una actitud sencilla y amigable que debía de ser una baza a su favor a la hora de trabajar en un bufete de una ciudad pequeña como aquélla.

—El señor Harris ha llamado hace poco para avisar de que la reunión en la que está se ha alargado un poco, pero que seguramente el retraso será de un cuarto de hora como mucho. ¿Podría esperarle?

—Claro, no pasa nada.

—Perfecto —Geoff se frotó las manos, y le preguntó—: ¿Le apetece tomar algo?, ¿le traigo un café, té, agua...?

—No, gracias, no quiero nada —fue a sentarse a la pequeña zona de espera, que estaba desierta. Se cruzó de piernas, y agarró una revista atrasada de deportes.

Geoff se le acercó, y le dijo:

—La verdad es que esperaba poder hablar con usted.

—¿En qué puedo ayudarte?

—No sé si Allan se lo ha comentado, pero me he comprometido hace poco —le dijo, sonriente.

—Felicidades.

—Gracias —su sonrisa se ensanchó aún más—. Me siento el hombre más afortunado del mundo, Lori Bellamy ha accedido a casarse conmigo.

Los Bellamy eran unos terratenientes de Bainbridge Island. Él había oído hablar de ellos en varias ocasiones a lo largo de los años debido a las numerosas obras sociales en las que colaboraban; si mal no recordaba, tenían un teatro y varios terrenos costeros en la zona del centro de Winslow.

—¿Cuándo os casáis?

—En junio.

—Un mes perfecto para una boda.

—Sí —Geoff se sentó junto a él, y le dijo—: Lori me comentó algo sobre clases prematrimoniales, ¿qué opina usted al respecto?

—Las recomiendo encarecidamente.

—No sé... ella cree que son importantes, pero...

—Ayudan a prevenir problemas que pueden surgir más adelante, Geoff. Es muy importante que una pareja establezca las líneas de comunicación antes de pronunciar los votos.

Geoff apartó la mirada, y le preguntó con cierto nerviosismo:

—¿Son muy caras?

Ésa era una pregunta espinosa. Él no cobraba a nadie de su congregación por su asesoramiento, ya fuera individual o en clase; sin embargo, no podía hablar por otras iglesias.

—Creo que no.

—La familia de Lori está dispuesta a pagar por ellas... y por todo lo demás —su tono reflejaba cierta amargura—. Lo tradicional es que la familia de la novia se haga cargo del coste de la boda, así que eso no me importa, pero creo que Lori y yo deberíamos pagar el resto.

A Dave le gustó su actitud. Supuso que, aunque Geoff debía de ganar un sueldo digno trabajando de asesor legal, no podía permitirse un tren de vida elevado; en todo caso, le gustó su sentido del honor, su decisión de pagar sus propios gastos.

—Si quieres, podría daros un par de clases. Lori y tú podríais ir a verme, y ya veremos cómo va.

—¿Cuánto me costaría?

—Nada. Si después consideráis que las clases han valido la pena, podéis hacer una donación a la iglesia si queréis.

—¿Lo dice en serio?

—Por supuesto. Quiero que empecéis vuestra vida de casados con buen pie —tras pensarlo por un momento, añadió—: Como trabajas aquí, supongo que a ti te irá mejor dar las clases en Cedar Cove que en Bainbridge Island. ¿Dónde trabaja Lori?

—Tiene un empleo de media jornada en una tienda de ropa de Silverdale, me parece que a los dos nos iría bien dar las clases aquí. Lo hablaré con ella, y ya le diré algo.

—De acuerdo.

Dave volvió a agarrar la revista cuando Geoff regresó a su mesa, pero cuando sólo había leído un par de párrafos de un artículo sobre el uso de esteroides en el deporte profesional, Allan Harris entró como una tromba. Era un hombre corpulento y lleno de energía.

—Siento haberte hecho esperar, Dave.

—No te preocupes —dejó la revista sobre una mesita cercana, y se puso de pie.

Allan se quitó el abrigo, y lo colgó junto al suyo antes de decir:

—¿Te ha ofrecido Geoff una taza de café?

—Sí, pero estoy lleno. Gracias.

Allan agarró la cafetera de vidrio que estaba en la hornacina que había junto a la puerta de su despacho, y se sirvió una taza.

—Hace un frío de los mil demo... —se calló de golpe, y dijo—: Disculpa, reverendo.

Dave no se molestó en ocultar su diversión. La gente parecía pensar que no había oído ni pronunciado una sola palabrota en su vida, cuando en realidad era tan dado a equivocarse y a tener debilidades como cualquiera... quizás incluso más. Se sentía fatal por lo que estaba pasándole con Emily, pero había sido incapaz de contarle la verdad. Se había prometido a sí mismo que iba a confesárselo todo después de Navidad, y pensaba cumplirlo.

Cuando entraron en el despacho, Allan le indicó que se sentara y él hizo lo propio detrás de su mesa.

—Te agradezco que hayas accedido a reunirte conmigo, Dave —comentó, antes de dejar la taza de café entre la multitud de papeles y libros que cubrían la mesa.

—La verdad es que me picaba la curiosidad.

Suponía que debía de tratarse de algo relacionado con Martha Evans. La anciana había fallecido en septiembre, y durante el último año había ido a visitarla siempre que había podido; en muchos aspectos, le recordaba a su propia abuela.

Era una mujer de espíritu indomable e ingenio aguzado, siempre tenía a mano una Biblia, y se sabía de memoria buena parte de las Escrituras.

—He estado hablando con las herederas —le dijo el abogado.

—¿Y qué? —al verle frotar un boli entre las manos, se dio cuenta de que parecía un poco nervioso.

—Han echado en falta varias joyas de Martha.

—Sí, ya lo sé —no entendía qué tenía que ver todo aquello con él. Ya había hablado con el sheriff Davis y le había contado lo que sabía sobre las joyas desaparecidas, que era poco o nada.

—¿Te importaría detallar lo que pasó la mañana en que encontraste el cadáver?

—Claro que no —vaciló por un instante, porque ya se lo había explicado varias veces al sheriff y tenía la desagradable sensación de que Allan le consideraba sospechoso—. Pasaba a visitarla dos o tres veces por semana —al ver que el abogado se limitaba a asentir, añadió—: Aquel día en cuestión era sábado.

—Exacto.

—No respondió cuando llamé a la puerta. Sólo salía de su casa cuando tenía que ir al médico, así que me preocupé al ver que no respondía.

Allan dejó a un lado el boli, y se inclinó hacia delante.

—¿Llamaste a Urgencias?

—No quise hacerlo hasta asegurarme de que...

—¿Entraste a la casa de buenas a primeras?

—Eh... sí. Sabía dónde guardaba una llave de repuesto, así que abrí la puerta y entré —se detuvo por un segundo, y añadió—: Ya lo había hecho antes. Martha siempre tenía la puerta cerrada con llave, y así se ahorraba el esfuerzo de tener que levantarse.

—¿Estaba muerta cuando la encontraste?

—Sí. Según el informe del forense, murió mientras dormía; de hecho, cuando la vi pensaba que estaba durmiendo —a pesar de que tendría que haber estado preparado desde un punto de vista emocional, la muerte de Martha le había causado una profunda sensación de pérdida, porque se había convertido en su amiga y su confidente.

—¿Cuánto tardaste en llamar a las autoridades después de encontrar el cadáver?

Aquello empezaba a parecer un interrogatorio policial. El sheriff Davis le había hecho aquellas mismas preguntas el día de la muerte de Martha, y había vuelto a hacérselas posteriormente.

—Entré en el dormitorio, comprobé si tenía pulso, y saqué mi móvil.

—¿No usaste su teléfono?

—No.

—Ya veo.

—¿Hay algún problema? —le preguntó, al verle anotar algo en una libreta.

—No. ¿Cuánto tardaron en llegar los paramédicos?

Intentó recordarlo, y le dijo:

—No mucho, entre cinco y diez minutos.

—¿Dónde los esperaste?, ¿estabas dentro o fuera de la casa?

—Dentro —se había arrodillado junto a la cama, y se había puesto a rezar. Miró al abogado a los ojos, y le preguntó—: ¿Estás preguntándome todo esto por alguna razón en concreto?

—Tal y como te he dicho... —Allan carraspeó un poco antes de admitir—: las hijas de Martha vinieron a decirme que habían echado en falta algunas de las joyas de su madre. También han hablado con el sheriff, y están bastante preocupadas; al parecer, Martha guardaba en casa varias piezas muy valiosas.

—No estarás diciendo que fui capaz de robarle a Martha, ¿verdad? —intentó ocultar lo insultado que se sentía ante tal acusación. Controló su genio, porque sabía que podía hacerle parecer culpable.

—Nadie está diciendo nada, Dave.

—Ni siquiera sabía que tenía joyas caras —no se había puesto a rebuscar en los cajones y los armarios de la anciana, desde luego.

—Te creo, pero las hijas insisten en que estaban todas el viernes por la tarde, cuando fueron a visitarla.

—Si estaban tan preocupadas por las joyas, ¿por qué no las guardaron en algún lugar seguro?

—Se lo pregunté, y me dio la impresión de que no se habían atrevido a sugerírselo a su madre.

Aquello era comprensible, porque Martha era una mujer que no cambiaba de idea cuando tomaba una decisión. Si pensaba que sus joyas estaban seguras en la casa, nadie habría podido convencerla de lo contrario.

—¿No las tenía guardadas en algún sitio? —sabía que Martha había escondido unas cuantas en el congelador, porque ella misma se lo había dicho. Pero él nunca lo había comprobado, por supuesto.

—Parece ser que no. Le gustaba hacer las cosas a su manera.

—Siento no poder ayudarte más. Bueno, será mejor que me vaya —no estaba dispuesto a contestar a nada más. No le gustaban ni las insinuaciones de Allan ni el tono de sus preguntas.

Cuando salió del despacho estuvo a punto de topar con Geoff, que se sobresaltó un poco y se apresuró a apartarse para dejarle pasar.

—Le llamaré pronto para lo de las clases prematrimoniales, reverendo.

Dave se limitó a asentir. Como estaba irritado y necesitaba calmarse, se sacó el móvil del bolsillo y llamó a casa. Cuando Emily contestó, le preguntó:

—¿Cómo te va el día?

—Bien —parecía un poco deprimida.

—¿Sólo bien?

—Sí, ¿y a ti?

—Se nota que es lunes.

—¿Te apetece que salgamos a comer? Podríamos ir al Pot Belly Deli, o al Wok and Roll.

A pesar de que eran sus dos restaurantes preferidos, rechazó el ofrecimiento de forma automática.

—Hoy no, Emily.

—Vale —no se molestó en ocultar lo decepcionada que estaba.

—A lo mejor podemos ir entre semana.

Ella vaciló por un instante antes de preguntarle:

—¿Dónde has estado durante toda la mañana?, te has ido de casa sin decir ni una palabra.

—Lo siento, cariño, pero tenía que ir al hospital. Han operado de cáncer a Olivia Griffin y su familia estaba destrozada, tenía que pasar a verlos. La mañana se me ha pasado volando, porque al salir del hospital he ido a ver a Allan Harris.

—¿Quién es?

—El abogado de Martha. Creí que... —se interrumpió por un segundo, porque se sentía como un tonto y estaba enfadado consigo mismo—. En fin, creí que era posible que Martha hubiera dejado algo para la iglesia en su testamento, y que Allan quería verme para hablar de ello.

—¿Dejó algo?

—No... al menos, que yo sepa. Nunca hablé del tema con ella, por supuesto, pero es una posibilidad que se me había pasado por la cabeza —se sentía un poco culpable por habérselo planteado siguiera.

—¿Para qué quería verte el abogado?

No estaba seguro de cuánto debería contarle a su mujer, porque no quería que se preocupara por todo aquello.

—Para hacerme unas preguntas.

—¿Sobre qué?

—Sobre nada importante.

—¿Estás seguro?

—Del todo.

Como no quería profundizar en el tema, le dio una excusa y terminó la llamada. Tenía que ir a un sitio, y no quería que Emily se enterara.

CAPÍTULO 9

Irse a vivir de nuevo a Cedar Cove tenía sus ventajas y sus desventajas para Faith Beckwith. Había conseguido un puesto de enfermera a tiempo parcial en la clínica de la ciudad, y aquél era su primer día de trabajo. Tenía la sensación de que su vida entera había cambiado en un abrir y cerrar de ojos, todo había empezado cuando había vendido su casa de Seattle.

Había enviudado tres años atrás, y la casa en la que había formado una familia junto a Carl se le había hecho enorme. Había decidido que era hora de mudarse a un sitio más pequeño, pero teniendo en cuenta el estado del mercado inmobiliario, había dado por supuesto que tardaría meses en vender su hogar.

Había sido toda una sorpresa que la primera familia que había cruzado el umbral accediera a comprarla sin intentar regatear, pero con la condición de que la dejara libre antes de Acción de Gracias. Si no hubiera contado con la ayuda de Scott y Jay Lynn, sus dos hijos, no habría podido mudarse a Cedar Cove con tanta rapidez. Se sentía un poco aturdida al pensar en las últimas semanas, en lo mucho que había cambiado su vida.

Habría preferido empezar a trabajar a partir de primeros de enero, pero sabía que la clínica contrataría a otra persona si no aceptaba el puesto cuanto antes. Con la ayuda de sus hijos, había llevado las pertenencias de casi cuarenta años de su vida a la casa que había alquilado en Rosewood Lane. La propietaria era una vieja compañera del instituto, Grace Sherman... bueno, tal y como Troy le había recordado, había pasado a ser Grace Harding.

Vivir en Cedar Cove le permitía estar cerca de sus nietos, pero también conllevaba la cercanía del sheriff Troy Davis. Encontrárselo en el supermercado poco antes de Acción de Gracias la había afectado mucho. Aquella ciudad era bastante pequeña, así que aquella clase de encuentros casuales eran inevitables; sin embargo, no esperaba verle demasiado a menudo, porque pensaba ser muy cuidadosa. Estaba decidida a evitar cualquier tipo de contacto con él.

Aquel hombre ya le había roto el corazón dos veces... bueno, la verdad era que su madre había sido la responsable de la primera ruptura. En aquella época eran muy jóvenes, pero le costaba creer que Troy la hubiera creído capaz de dejarlo por otro chico cuando se había alistado en el ejército. Le había dado muchas vueltas al asunto, y se había planteado si él había creído sin más las mentiras de su madre porque quería tener una excusa para romper la relación; de ser así, su madre se lo había puesto en bandeja.

La segunda vez había sido cuando habían vuelto a contactar, a raíz de que ella le enviara una carta de pésame al enterarse de la muerte de su esposa. Justo cuando estaba más ilusionada con él, con aquella nueva relación, él había cortado con ella, y ya estaba harta.

Se dijo que todo aquello ya no tenía ninguna importancia, y se enfadó consigo misma por perder el tiempo pensando en Troy.

Después de dejar el coche en el aparcamiento de la clínica, entró en el edificio pertrechada con su bolso y la comida. Era su primer día de trabajo, y estaba ilusionada y un poco nerviosa. El doctor Chad Timmons, el médico que le habían asignado, le cayó bien de inmediato. Como era muy atractivo, supuso que debía de haber roto más de un corazón.

Pensar en corazones rotos le recordó de nuevo al sheriff, y tuvo que obligarse a dejar de pensar en él. Aunque tardara algún tiempo en lograrlo, tenía que conseguir eliminarlo por completo de su vida.

La mañana transcurrió sin problemas, y se acopló bien a sus compañeros; al parecer, aquel mes le había tocado trabajar los martes y los miércoles porque solían ser los días más tranquilos, pero a partir de primeros de año empezaría a trabajar lunes, jueves, y viernes.

Se pasó la mañana atareada con casos rutinarios, vacunaciones, y papeleo. Sólo le quedaba una paciente más antes de la hora de la comida, una joven de veintinueve años que se llamaba Megan Bloomquist y que al parecer estaba bastante alterada porque creía estar embarazada; a priori, parecía un caso más apropiado para un centro de planificación familiar que para una clínica médica.

—Hola, soy Faith Beckwith —le dijo, al entrar en el consultorio.

—Hola —la joven estaba sentada en la silla. Tenía los ojos enrojecidos, y parecía temerosa—. No es la doctora, ¿verdad?

—No, soy la enfermera del doctor Timmons —como la paciente se limitó a asentir mientras abría y cerraba las manos con nerviosismo, añadió—: Voy a tomarte la tensión y la temperatura, para ver en qué puede ayudarte el doctor —le puso el termómetro contra la frente con cuidado y anotó la temperatura, que era normal.

—Creo que estoy embarazada, y... no sé qué hacer.

—¿No quieres tener hijos? —se había dado cuenta de que llevaba una alianza de matrimonio en el dedo.

—Sí, pero... —se cubrió la cara con las manos, y se echó a llorar. Cuando logró recobrar algo de compostura, alcanzó a decir—: Craig y yo queremos tenerlos, pero sufrí un aborto hace tres meses. Desde entonces, la regla sólo me ha venido una vez —se sacó del bolsillo un pequeño calendario para comprobar las fechas.

Faith empezó a tener un mal presentimiento mientras

anotaba las fechas. La hija de Troy se llamaba Megan, y había abortado recientemente... ¿cómo era posible que se encontrara con ella en su primer día de trabajo? Intentó ocultar su incomodidad.

—He hecho una prueba de embarazo y ha dado positivo, pero tenía que asegurarme y mi ginecóloga no tenía ninguna hora disponible.

Faith no se molestó en decirle que las pruebas de embarazo modernas eran bastante fiables, porque era comprensible que Megan tuviera dudas después de sufrir un aborto.

—Craig y yo decidimos que sería mejor que no volviera a quedarme embarazada.

—¿Jamás? —la miró asombrada, porque le parecía una decisión muy drástica.

—Bueno, no tan pronto. Queríamos esperar a... a saber si estoy bien de salud.

—¿En qué sentido?

Megan agachó la cabeza, y admitió:

—Es posible que tenga esclerosis múltiple. Tengo antecedentes familiares, y como puede ser hereditario...

No había duda de que era la hija de Troy. Apartó la mirada, y agarró el tensiómetro antes de decirle con voz impersonal:

—Hay varias pruebas para saber si la tienes.

—Sí, ya me las han hecho —la miró alicaída, y añadió—: La resonancia magnética no fue concluyente. A mi madre se la diagnosticaron de joven, y tuvo varios abortos. Cuando tuve el mío, pensé que a lo mejor era por lo mismo.

Faith anotó la tensión arterial, que también era normal. Cuando Troy había cortado con ella por su hija, había buscado información sobre la esclerosis múltiple. Había buscado en páginas fiables de Internet, e incluso había hablado con varios médicos a los que conocía.

—Leí un artículo sobre la esclerosis múltiple hace poco, hablaba de las últimas investigaciones sobre los factores hereditarios como posible causa de la enfermedad —intentó decirlo en su tono más profesional.

—¿Y qué ponía?
—El artículo se centraba en un estudio de la Universidad de Washington; al parecer, los hijos de gente con esclerosis múltiple tienen un uno por ciento de posibilidades de heredar la enfermedad.
—¿Tan poco?
—En la página electrónica de la Clínica Mayo pone que las probabilidades están entre el cuatro y el cinco por ciento, pero la cosa pinta bien para ti en ambos casos —al ver que la joven la miraba con ansiedad, añadió—: No creo que debas preocuparte tanto, Megan. Tu madre querría que vivieras tu vida sin esta preocupación constante —le dio un ligero apretón en el brazo.
—Es una noticia fantástica —le dijo, con los ojos llenos de lágrimas.
—Tu aborto pudo ser por muchas cosas, no implica que vayas a tener otro.
—Fue un golpe muy duro para Craig y para mí, y también para mi padre.
—Nunca es fácil perder un hijo, yo también sufrí un aborto. Fue hace muchos años, claro. Tengo dos hijos adultos que están casados y tienen sus propios hijos, pero a pesar de todo el tiempo que ha pasado, a veces pienso en el bebé que perdí.
—Tuve el aborto poco después de que muriera mi madre —susurró, con la voz quebrada.
—Lo siento —la tomó de la mano en un gesto de consuelo.
Megan se aferró a ella con fuerza. Daba la impresión de que era incapaz de hablar, pero al final soltó una pequeña carcajada y admitió:
—Aquel embarazo tampoco fue planeado, cualquiera diría que Craig y yo no sabemos cómo se hacen los niños. Solemos tener cuidado, pero... en fin, a veces no usamos la protección necesaria.
—Será mejor que esperemos hasta que sepamos con certeza que estás embarazada, ¿de acuerdo?

—De acuerdo. Supongo que tengo que hacerme a la idea de que pase lo que pase, Dios no se equivoca.

—El doctor Timmons te dirá si estás embarazada, y a partir de ahí, ya hablaremos.

—Vale —le dijo, con voz más firme.

—Lo que necesitas es algo que te relaje un poco —la miró sonriente, y añadió—: Y no me refiero a calmantes. ¿Tienes algún pasatiempo?

—Me gusta hacer álbumes de recortes, pero tengo ganas de aprender a tejer. Está muy de moda, y si estoy embarazada, me gustaría hacerle una mantita al bebé... si consigo llevar a término el embarazo.

—Tienes que pensar en positivo.

—Estoy intentándolo.

—Aprender a tejer no es difícil —le dijo, en tono alentador.

—Una amiga me enseñó lo básico el año pasado. No creo que me cueste retomarlo, aunque no me acuerdo de cómo se montaban los puntos.

—Es fácil.

—¿Sabes tejer?

Faith asintió. Lo último que había tejido habían sido unos calcetines para el sheriff Troy Davis.

—Tengo que irme ya, el doctor Timmons vendrá a verte enseguida —le puso la mano en el brazo para darle ánimo.

—Gracias, has sido muy amable.

Faith consiguió esbozar una sonrisa que se desvaneció en cuanto salió y cerró la puerta a su espalda. ¿Cómo era posible que hubiera pasado algo así? No esperaba que fuera tan difícil sacar a Troy Davis de su corazón y de su vida.

Tenía una hora de descanso, y como después de comerse el bocadillo y la manzana que se había llevado de casa aún le quedaba bastante tiempo, decidió ir a hacer unos recados. Fue a comprar tela a The Quilted Giraffe, porque su nieta quería que le hiciera un vestido para la misa del gallo.

Justo cuando acababa de elegir una tela de terciopelo

verde preciosa que seguro que le encantaría a Kaitlyn, Megan Bloomquist se le acercó y le dijo:

—Hola de nuevo —parecía mucho más serena que antes.

El doctor Timmons había confirmado en su informe que Megan estaba embarazada, seguro que Troy se alegraría muchísimo...

Se enfadó al darse cuenta de que estaba pensando otra vez en él, ¡tenía que olvidarle por completo!

—Hola, Megan —la saludó con cordialidad, pero con cierta rigidez.

—Puedo hablar contigo, ¿verdad? No quiero incumplir ningún protocolo médico...

—No te preocupes, no pasa nada —se dio cuenta de que estaba siendo bastante cortante.

—No sé si sabes que se ha confirmado lo de mi embarazo.

—Sí, ya me he enterado. Felicidades.

—Gracias —parecía realmente feliz—. Te has portado muy bien conmigo, gracias por ayudarme a ver la situación con más claridad.

—No he hecho nada, Megan.

—Claro que sí. Tenía la cabeza hecha un lío cuando llegué a la clínica, pero me sentí mucho mejor después de hablar contigo.

—Me alegro de haberte ayudado —agarró la tela, y la llevó al mostrador para que la dependienta la midiera y la cortara.

Megan fue tras ella, y le dijo:

—Voy a seguir tu consejo, mira —le enseñó el cestito metálico que llevaba colgado del brazo. Dentro había unas agujas de tejer, varias madejas de lana en colores pastel, y un libro de patrones que incluía mantas infantiles.

—Ya verás como tejer es muy relajante; de hecho, hay estudios que lo demuestran.

—Te gusta leer estudios y cosas así, ¿verdad? —le dijo Megan, sonriente.

Le devolvió la sonrisa antes de admitir:

—Sí, supongo que sí.

—La dependienta me ha dicho que me enseñaría a montar los puntos, pero está muy ocupada y llevo un rato esperando a que tenga un momento libre.

Faith dejó la tela sobre la mesa donde se la iban a cortar, y dijo:

—Ven, yo te enseño.

—¡Gracias! —Megan la contempló con atención mientras le enseñaba cómo se hacía con las agujas y la lana que llevaba en la cesta, y no tardó en aprender la técnica.

Mientras la dependienta medía y cortaba la tela, Faith repasó con Megan las instrucciones del libro de patrones para asegurarse de que sabía cómo empezar.

—No sabes cuánto te lo agradezco —le dijo la joven, cuando terminaron y salieron de la tienda con sus compras.

—Bueno, será mejor que vuelva al trabajo.

—Sí, yo también. Trabajo en la tienda de marcos que hay en Harbor Street. Si alguna vez necesitas enmarcar algo, avísame.

—Lo haré, gracias.

Faith estuvo a punto de mencionar que su hijo Scottie había llevado a enmarcar algo a aquella tienda recientemente, pero como sabía que era mejor para su salud emocional no entablar ningún tipo de relación con la hija de Troy, se despidió de ella y se fue.

CAPÍTULO 10

Teri Polgar llevaba más de una semana sin tener noticias de su hermana. Aquello no habría sido nada fuera de lo común un año atrás, ya que antes apenas se veían, pero las cosas habían empezado a mejorar a partir del verano anterior. Seguían teniendo sus más y sus menos, pero a pesar de los problemas del pasado, la familia era importante para ella. Estaba muy unida a Johnny, su hermano pequeño, y su relación con Christie iba estrechándose cada vez más.

Estar una semana entera sin saber nada de su hermana había pasado a ser algo poco habitual, y lo que más la preocupaba era que no le había devuelto ninguna de sus llamadas. Christie no tenía reparos a la hora de decir lo que pensaba, así que se lo habría dicho si estuviera molesta con ella por algo. La única razón que se le ocurría para explicar lo que pasaba era que Christie no quería encontrarse con James.

—Voy a salir a comprar, Bobby.

No especificó qué era lo que quería comprar, porque Bobby no se molestaba en pensar en cuestiones de dinero; para él, lo único que importaba desde un punto de vista económico era que tenía dinero suficiente para costear los caprichos y las necesidades de los dos.

La vida de su marido se centraba en el ajedrez... y en ella. Era uno de los mejores jugadores de ajedrez del mundo, y aunque siempre la había cuidado y protegido con celo, se había vuelto incluso más protector y detallista desde que estaba embarazada.

—Llamaré a James para que te lleve —le dijo él, sin apartar la mirada de la pantalla del ordenador.

—No hace falta, iré en mi coche —cuando él le lanzó una mirada llena de duda y preocupación, soltó un sonoro suspiro—. Vale, de acuerdo.

Era más fácil ceder que discutir. No podía quejarse del hecho de que Bobby fuera demasiado protector, porque sabía que su actitud se debía a lo mucho que la amaba. A pesar de que había aprendido a conducir a los dieciséis años y era una ridiculez que un chófer tuviera que llevarla de un lado a otro, sabía que así Bobby estaba más tranquilo.

James vivía allí mismo, así que en cinco minutos tenía la limusina preparada delante de la puerta. Estaba esperándola junto a la puerta del pasajero, vestido con su uniforme negro y la gorra con visera.

Al principio le daba un poco de vergüenza tener un coche con chófer, sobre todo en una ciudad tan pequeña como Cedar Cove, pero había ido acostumbrándose... y todos los demás también; al menos, eso parecía, porque nadie había hecho ningún comentario al respecto delante de ella.

—Gracias, James —le dijo, cuando él le abrió la puerta del vehículo y la ayudó a entrar.

Él rodeó el coche, y se puso al volante.

—¿Adónde quiere que la lleve, señorita Teri?

Le había pedido mil veces que dejara de tratarla con tanta formalidad, porque lo de «señorita» sonaba a profesora de preescolar, pero al final se había rendido al ver que él se empeñaba en hacerlo.

—A Wal-Mart.

—¿A Wal-Mart? —se tensó de forma casi imperceptible.

—Exacto —no pudo evitar sonreír. James era más que consciente de que Christie trabajaba de cajera allí.

—Como usted diga, señorita.

Teri se relajó en el lujoso asiento, y se limitó a disfrutar de la suave música que salía de los altavoces; al cabo de un largo momento, dijo:

—¿De quién es esta canción?

—De Vivaldi, señorita. *Las cuatro estaciones*.

—Me gusta.

James tenía predilección por la música clásica, y tenía sus propios CD. Ella le había pedido al principio que buscara alguna emisora de radio donde pusieran música country, pero al darse cuenta de que el pobre se metía algodón en los oídos, había optado por dejar que siguiera poniendo lo que quisiera; además, con el tiempo había llegado a darse cuenta de que era una música muy bonita, y había dejado de parecerle aburrida.

Le tenía mucho aprecio a James; de hecho, le consideraba un amigo, aunque él le ponía ciertos límites a esa amistad. Estaba convencida de que era el hombre perfecto para su hermana, pero el problema radicaba en que tanto Christie como él se negaban a hablar de lo que había entre los dos. Estaba claro que tanto el uno como la otra eran unos expertos a la hora de guardar secretos.

Cuando llegaron al aparcamiento de Wal-Mart, vieron que había un montón de coches dando vueltas en busca de un espacio libre. La gente ya había empezado las compras navideñas, a pesar de que estaban a principios de diciembre y era un día entre semana.

—¿Tienes planes para Navidad, James? —sabía muy poco sobre él.

—No, señorita Teri.

—¿No vas a ir a visitar a tu familia, o a algún amigo?

—No.

—En ese caso, espero que celebres las fiestas con Bobby y conmigo —al verle vacilar, añadió—: No hace falta que me contestes ahora, pero ya sabes que estás invitado.

—Gracias, señorita Teri —detuvo el coche delante de la puerta, y fue a ayudarla a bajar.

—Dame una hora.

—De acuerdo.

Entró en la tienda, y al ver que algunas personas la miraban de reojo y hacían comentarios en voz baja, se dio cuenta de que no todo el mundo estaba acostumbrado a verla con chófer. Le echó un vistazo a la larga hilera de cajas, y vio a Christie en la número diez. Agarró sin mirar siquiera lo primero que encontró a mano, y después de hablar brevemente con la supervisora, se puso a hacer cola en la caja donde estaba su hermana. Cuando le tocó el turno, colocó sobre el mostrador los adornos rebajados de Acción de Gracias que había agarrado al azar.

—Feliz Navidad —dijo Christie de forma automática, antes de alzar la mirada; al verla, la miró con cara de pocos amigos y le preguntó en voz baja—: ¿Qué haces aquí?

—No me has devuelto ninguna llamada, no sabía si estabas viva o muerta.

—Estoy viva, pero he estado haciendo un montón de horas extras. A lo mejor no te has dado cuenta, pero estamos en plena época navideña.

—Claro que me he dado cuenta.

La supervisora de Christie se les acercó, y colocó un cartel detrás de Teri que indicaba que aquella caja estaba cerrada.

—Estamos abriendo la número tres —le dijo a los clientes que estaban haciendo cola—. Ve a comer ya, Christie.

—¿Tan pronto? A Cookie le toca antes que a mí.

—Le he pedido a tu supervisora que te diera ya la hora de descanso para que podamos hablar.

—¡Teri!

—¡No me has dejado otra opción!

—Vale, tú ganas. Tendría que haberme dado cuenta de que no me dejarías en paz —metió sin miramientos los adornos en una bolsa, y después de cobrárselos, le echó un vistazo al reloj—. No vamos a tardar mucho, ¿verdad?

—Eso depende de ti.

Decidieron ir a comer a un restaurante de comida rápida que había cerca de la tienda. Estaba bastante lleno, pero tuvieron la suerte de encontrar una mesa libre. Cuando Christie abrió el paquete de delicias de pollo y un paquetito de salsa, Teri la contempló con envidia. Ella sólo había pedido una ensalada César, porque tenía que controlar su peso a raíz del embarazo. En la última revisión, la ginecóloga le había dicho que había ganado mucho peso.

Vale, tenía que admitir que no había hecho una dieta ideal y que hacía trampa de vez en cuando, pero no se merecía ganar más de tres kilos en un solo mes. Había protestado con vehemencia y había dado por hecho que la báscula debía de estar trucada, pero el ginecólogo le había dicho que ni hablar.

De modo que en ese momento tuvo que conformarse con su ensalada. Abrió a regañadientes el paquetito de aliño bajo en calorías, y se lo echó a la lechuga.

—Supongo que todo esto tiene algo que ver con James —Christie tenía la apariencia de alguien resignado a mantener una conversación desagradable.

—Pues la verdad es que...

—Te contó lo que pasó, ¿verdad?

Era obvio que había pasado algo entre su hermana y James cuando se habían visto la semana anterior, y que Christie creía que ella estaba enterada de todo... aunque lo cierto era que James no le había dicho ni una sola palabra al respecto.

—Pues...

Christie se inclinó un poco hacia delante, y le dijo con vehemencia:

—En primer lugar, quiero que quede claro que no estaba borracha.

—Vale —tenía que encontrar la forma de sonsacarle información sin que se notara que no tenía ni idea de lo que había pasado.

—James tiene que dejar de comportarse así.

—Es verdad, esto no puede seguir así.

A Christie pareció sorprenderle que se pusiera de su parte, y comentó:

—Me incomoda bastante.

—No me extraña.

Christie se inclinó más hacia ella, y le dijo en voz baja:

—Cuando James aparca la limusina delante del Pink

Poodle, todo el mundo mira por la ventana y empieza a hacer preguntas. Antes o después, alguien acabará descubriendo que va a verme a mí.

Aquello empezaba a cobrar sentido.

—¿James no entra nunca en el bar?

—Nunca —Christie pareció quedarse sin apetito de golpe, porque apartó a un lado la comida que le quedaba—. No sabes cómo curioseaban por la ventana Larry y los demás.

—Me lo imagino.

—Al final, James se llevó la limusina a un lado del bar, cerca de donde yo tenía aparcado mi coche.

—Y cuando saliste, pensó que habías bebido demasiado —Teri estaba empezando a imaginarse la escena.

—Sí, pero se equivocaba. Se equivocaba de pleno —al ver que Teri se limitaba a asentir, añadió—: Además, uno de los tipos que estaban en el bar dijo que la limusina se había ido, ¿cómo iba a saber yo que sólo la había cambiado de sitio? —agarró su servilleta de papel, y empezó a hacerla trizas—. Y por si fuera poco, después me siguió hasta casa.

—¿Lo vio alguien del bar?

—No tengo ni idea, pero espero que no —se quedó mirando durante unos segundos los trozos de papel, y al final empezó a hacer una pelotita con ellos—. ¿Puedes decirle algo de mi parte?

—Eh... pues... —prefería no hacer de mensajera entre ellos, aunque quería mantenerse al tanto de lo que pasaba.

Christie alzó una mano, y le dijo:

—Sólo quiero que le digas que no quiero volver a verle.

—¿Estás segura de eso?

—Del todo —murmuró, tras una pequeña vacilación—. No me cae bien, es un estirado. Su formalidad me saca de quicio —parecía que estaba intentando convencerse a sí misma.

Teri la miró ceñuda, porque tenía la impresión de que su hermana no estaba siendo demasiado sincera.

—No me mires así, Teri.

—¿Cómo?

—Como si no me creyeras.

—Es que estaba acordándome de lo preocupada que estabas cuando nos enteramos de que le habían secuestrado.

Christie tragó con fuerza y apartó la mirada antes de decir con voz queda:

—Por muy estirado que sea, es un verdadero caballero.

—Sí, es verdad.

Teri recordó su propia reacción al conocerle. Era un hombre alto y delgado, y muy formal y reservado. Su comportamiento la había exasperado hasta que se había dado cuenta de lo buen amigo que era con Bobby. James apreciaba a su marido, lo cuidaba, y se aseguraba de que el muy despistado llegara a tiempo a sus compromisos. Bobby le necesitaba, contaba con él, y ella también había llegado a considerarlo un buen amigo.

Por no hablar de que se había comportado como todo un héroe durante el secuestro. Rachel podía dar fe de ello.

—Espera, Christie, no sé si lo entiendo. Da la impresión de que no te gustan los hombres que te tratan con respeto, sabes que ya hemos hablado varias veces del tema.

—Es que... —se echó un poco hacia atrás, y fijó la mirada en el suelo. Había agarrado la servilleta de Teri, y estaba haciéndola trizas también—. No sé cómo comportarme con un hombre que no quiere aprovecharse de mí.

—Christie...

—Los hombres me han utilizado durante toda mi vida, debería odiarlos a todos a estas alturas —parecía estar a punto de echarse a llorar—. En cuanto conozco a un perdedor, me empeño en arreglarle la vida. Siempre creo que, en cuanto le solucione los problemas, me amará por siempre jamás —la miró con una sonrisa llorosa, y añadió—: Veo la pauta, pero soy incapaz de romperla. ¿Por qué?

—Tú y yo tenemos en común algo más que los genes, Christie.

—Pero tú tienes a Bobby, que te adora, y...

—Tu situación me recuerda mucho a la mía —Teri se llevó las manos al vientre, y admitió—: Intenté rechazar a Bobby, me sentía igual que tú. Como no quería que él me amara, hice todo lo que pude para alejarlo de mi vida.

—Lo dices para que me sienta mejor, pero siempre has tomado buenas decisiones. Tienes un oficio, amigos, y... y ahora tienes a Bobby, y una familia de verdad —bajó la mirada hacia el vientre de su hermana, y sus ojos reflejaron un profundo anhelo.

—Crees que vas a seguir saliendo con perdedores por el resto de tu vida —al ver que no contestaba, añadió—: Por eso rechazas a cualquier tipo decente que se te acerque. Dices que quieres romper tu patrón de conducta, ¿no? Pues James es tu oportunidad de conseguirlo —al ver que seguía callada, insistió—: Está claro que le atraes, Christie.

—Ni hablar. Si le atrajera...

—¿Por qué crees que fue al Pink Poodle y estuvo esperándote fuera?

Christie se limitó a encogerse de hombros sin demasiada convicción.

—Pues porque quería hablar contigo, por eso lo hizo —Teri se sentía como si estuviera explicándole las cosas a una colegiala.

Christie recogió los jirones de la segunda servilleta que había destrozado, y tragó saliva varias veces antes de decir:

—Es demasiado tarde.

—Lo dudo —al ver que su hermana la miraba con expresión esperanzada, le dijo—: Puedo intentar ayudarte. Si quieres, me encargaré de que podáis veros.

—¿Cómo?

—Bobby y yo podemos invitaros a cenar a los dos.

—Sería una situación muy incómoda para todos, Teri.

Aquello era cierto, pero así podría ver lo que pasaba en vivo y en directo; al final, la discreción le ganó la batalla a la curiosidad, y dijo con firmeza:

—Vale, pues tendrás que verte con él a solas.

—¿De verdad crees que debería hacerlo?

—Sí —la miró con una sonrisa de ánimo. Quería que Christie fuera tan feliz como ella con Bobby—. ¿Lo harás?

Teri se sintió aliviada al verla asentir con firmeza, al ver que en su mirada volvía a brillar la ilusión.

CAPÍTULO 11

Olivia tomó un sorbo de té, y saboreó el lujo de estar en casa en medio de una semana laborable. Había pedido la baja médica, y no había pasado tanto tiempo en casa desde que habían nacido sus hijos. En circunstancias normales, en ese momento estaría presidiendo su sala del juzgado, trabajando en distintos casos y tomando decisiones que afectaban a miembros de su comunidad. Se tomaba muy en serio su trabajo de juez de familia, y quizá por eso algunas de sus decisiones habían sido bastante controvertidas.

En una ocasión, había denegado un divorcio amparándose en un tecnicismo; al parecer, era la única a la que le había parecido obvio que la pareja que tenía delante seguía enamorada. Se había dejado guiar por su corazón y sus instintos, al igual que en el caso de una custodia compartida en el que había decidido que los niños permanecerían en el hogar familiar y que serían los padres los que tendrían que ir de una casa a la otra.

Dejó la taza en el plato, y estiró las piernas para poder apoyar los pies en la banqueta. Grace le había regalado tanto las zapatillas como la bata que llevaba. La luz del sol entraba en la habitación, y aunque pareciera una cursilada, sentía como si brillara sólo para ella.

—¿Necesitas algo más? —le preguntó Jack desde la cocina. Había aprovechado su hora libre en el trabajo para ir a casa a convencerla de que comiera algo.

—No, gracias —se limitó a tomar otro sorbo de té; en los últimos tiempos, su apetito se había desvanecido.

—¿Te apetecen unas galletas?

Justine les había llevado el día anterior un recipiente con las galletas rusas de té que su madre solía preparar en Navidad. Los platos especiales que cocinaba durante aquellas fiestas eran toda una tradición familiar.

—No, gracias —el té le había sentado bien, pero no le apetecía comer nada.

Sabía que aquello iba a empeorar aún más a principios de enero, cuando empezara con la quimioterapia. A Jack le preocupaba su falta de apetito, y parecía decidido a evitar que perdiera aún más peso.

—He pasado a comprar un paquete de esas galletas de pasas que te gustan tanto —era obvio que estaba intentando tentarla.

—No me apetecen, pero gracias —no quería parecer ingrata, pero se sentía incapaz de comerse una sola galleta; de hecho, ni siquiera sabía si podría tomarse una sopa.

Cuando su marido se asomó por la puerta de la cocina y la miró ceñudo, tuvo que contener las ganas de echarse a reír al darse cuenta de que tenía los labios manchados de azúcar glas.

—Las galletas no entran en tu dieta, Jack.

—¿Quién te ha dicho que he comido galletas? —le preguntó él con suspicacia.

—Ven y te lo enseño —le dijo, en tono de broma.

Abrió los brazos cuando él se acercó, y cuando se inclinó hacia ella, le tocó los labios con un dedo.

—Tienes azúcar —le dijo, antes de besarlo.

Al cabo de un largo momento, él se apartó y comentó:

—Es que soy muy dulce —sonrió al verla reír, y respiró hondo antes de añadir—: Me encanta besarte.

—Lo mismo digo. ¿Tengo azúcar en los labios?

—No —la miró con expresión contrita, y le dijo—: Sólo me he comido una.

—¿Sólo una? —le encantaban aquellas galletas desde que era niña, y sabía que era imposible conformarse con una; además, su marido era un goloso.

—Sí —le echó un vistazo a su reloj, y añadió—: En los últimos diez minutos, sólo me he comido una.

Olivia sonrió de nuevo, porque no tenía sentido enfadarse con él. Después de que Jack tuviera el ataque al corazón, ella se había asegurado de que se ciñera a su dieta, pero había procurado no ser demasiado mandona. Había tardado casi veinte años en volver a enamorarse después de divorciarse de su primer marido, así que estaba decidida a no perder a Jack antes de tiempo.

—Voy con cuidado, Olivia. Esta mañana hice un poco de ejercicio, y desayuné cereales.

—Buen chico.

—Eres tú la que tendría que comerse las galletas —se sentó en la banqueta, y la miró con preocupación. La agarró de las manos, y le dijo—: ¿Intentarás comer algo? —como ella se limitó a suspirar, añadió—: Por favor.

—Vale, comeré un poco de sopa —estaba dispuesta a hacer un esfuerzo por él, pero tenía náuseas sólo con pensar en galletas, sopa, o cualquier otra comida.

—¿De tomate?

—De ternera con verdura.

—Me quedaré hasta que te la acabes.

—Cariño...

—Nada de excusas.

—A tus órdenes, mi amo y señor.

Sabía que para él era importante demostrar que era capaz de lidiar con todo aquel estrés sin refugiarse en el alcohol. Su marido había librado una dura batalla para conseguir dejar la bebida, y había estado a punto de recaer cuando a ella le habían diagnosticado el cáncer de mama. Había sido un golpe muy duro para los dos, pero se sentía más esperanzada después de la operación, y estaba casi convencida de que iban a conseguir salir adelante.

Mientras Jack preparaba la comida, la luz del sol la adormeció y cerró los ojos; tuvo la impresión de que sólo habían pasado unos segundos cuando él regresó con una bandeja en la que había un plato de sopa, dos galletas, un jarroncito con una rosa, y hasta una servilleta de lino doblada.

—¿Has estado viendo otra vez el canal de decoración? —le preguntó, en tono de broma.

—He pensado que la rosa te animaría —la tomó de la mano, y le besó los nudillos—. Venga, come.

—Si insistes...

—Insisto —se sentó junto a ella hasta que se comió el plato de sopa y probó una de las galletas.

—¿Estás satisfecho? —no podía comer ni un solo bocado más.

—Sí —llevó la bandeja a la cocina, y cuando regresó llevaba puesto el abrigo, aunque daba la impresión de que no le hacía ninguna gracia dejarla sola—. Volveré lo antes posible.

—Estoy bien, Jack.

—Grace va a venir, ¿verdad?

—Sí, llegará en una o dos horas. Y el reverendo Flemming me dijo que pasaría a verme esta tarde.

—De acuerdo.

Entre Jack, su hija, su madre, su hermano Will y Grace, casi siempre estaba acompañada. A ella no le importaba pasar un rato a solas, pero sabía que aquélla era la forma en que le demostraban cuánto la querían.

Cuando Jack se marchó al periódico, agarró una novela que Grace le había recomendado. Al oír que llamaban a la puerta, fue a abrir y sonrió al ver que se trataba del reverendo Flemming.

—Espero no llegar en mal momento —le dijo él.

—En absoluto —le dijo, mientras lo conducía hacia la sala de estar.

—Ya sé que te dije que vendría a eso de las cuatro cuando llamé ayer, pero tenía una hora libre y he preferido venir ahora, ¿te va bien?

—Perfecto —tenía pensado dormir la siesta antes de que llegara Grace, pero no le hacía falta; además, no quería acostumbrarse a dormir de día. Tal y como le había dicho a Jack, no quedaría nada bien empezar a bostezar en el juzgado—. Siéntese, por favor.

—¿Cómo estás?

—Mejor, gracias.

—Me alegro —el reloj de pulsera que llevaba se le cayó al suelo cuando fue a agarrar su Biblia. Lo recogió ceñudo, y comentó—: El cierre está mal, tendré que llevarlo a arreglar.

—Es un reloj precioso —no era ninguna experta, pero estaba claro que debía de ser bastante caro. Parecía un poco antiguo pero bien cuidado, quizá lo había heredado de su padre o su abuelo.

—Gracias —parecía un poco incómodo por el cumplido, y se apresuró a cambiar de tema.

La visita duró media hora más o menos, el tiempo suficiente para tomar una taza de té. Después de rezar una breve oración, el reverendo llevó las tazas a la cocina y se fue.

Olivia consiguió leer un poco antes de que llegara Grace. A pesar de que estaba deseando ver a su amiga, le sentó bien la hora que tuvo de soledad, aunque se había quedado un poco adormilada mientras leía.

—¿Quieres que te traiga algo?, pareces cansada —le dijo Grace con preocupación, en cuanto llegó.

—Lo estoy.

—Duerme un poco.

—Me gustaría, pero no quiero acostumbrarme.

—Tu cuerpo está diciéndote que necesita descanso, Olivia. ¡Por el amor de Dios, hazle caso!

—Vale, pero sólo dormiré una hora.

—Duerme hasta que tengas ganas de levantarte —la acompañó al dormitorio, y después de echar hacia atrás las mantas, comentó—: Mientras tú duermes, iré haciendo la cena.

—No hace falta —le dijo, al meterse en la cama.

—Ya lo sé, pero quiero hacerlo.

Olivia no se molestó en discutir. Sabía que su amiga necesitaba sentirse útil, al igual que Jack. Cuando Grace salió del dormitorio después de arroparla y de cerrar las cortinas, se acurrucó contra las mullidas almohadas y cerró los ojos mientras saboreaba el placer de dormir en pleno día.

Como estaba tan cansada, creía que se quedaría dormida de inmediato, pero había varias cosas que le daban vueltas por la cabeza. Le parecía raro que el reverendo Flemming se hubiera presentado sin avisar en vez de a la hora concertada, era la primera vez que hacía algo así. A pesar de que había sido muy amable y solícito, tenía la sensación de que estaba preocupado por algo. Le había parecido apresurado y poco centrado, como si tuviera prisa por marcharse.

Al cabo de un cuarto de hora, se dio cuenta de que era inútil intentar conciliar el sueño, así que apartó a un lado las mantas y salió de la cama.

Grace se llevó las manos a las caderas al verla llegar, y le preguntó:

—¿Por qué te has levantado tan pronto?

—Porque no podía dormir.

—¿Por qué no? Estabas agotada cuando he llegado.

Olivia no supo cómo explicarle su perplejidad sobre el extraño comportamiento de Dave Flemming. Él había sido muy amable al ir a visitarla y debería dar igual que no hubiera llegado a la hora acordada, pero no era sólo eso. El reverendo había perdido el hilo de la conversación en dos ocasiones, y era obvio que estaba preocupado por algo.

—¿Quieres que prepare un poco de té? —le preguntó Grace.

—Vale.

Fueron a la cocina, y cuando estuvieron sentadas la una frente a la otra alrededor de la mesa redonda de roble, Grace le dijo:

—¿Alguna novedad?

—Sí, el informe patológico confirmó que el cáncer no se me había extendido a los ganglios linfáticos.

—¡Genial!

—Sí, es un gran alivio. Y tú qué, ¿alguna novedad en la biblioteca?

Grace le contó que había ido a una reunión de la junta, y que estaba a punto de iniciar unas jornadas de narración de cuentos navideños para los niños. También mencionó que Faith Beckwith, la mujer a la que le había alquilado la casa (a la que conocían desde la época del instituto, aunque su apellido de soltera era Carroll), había ido a la biblioteca. Hacía algún tiempo que Will también había pasado por allí, y no para buscar un libro precisamente.

—Mi hermano no ha vuelto a ir a verte, ¿verdad?

A pesar de lo mucho que quería a Will, jamás le perdonaría si intentaba interponerse de nuevo entre Grace y Cliff. Su hermano había iniciado un... ¿un qué? ¿Un flirteo?, ¿una aventura? Desde luego, no había sido una relación... con Grace, a través de Internet. Lo había hecho cuando aún estaba casado, y le había dicho a Grace que estaba divorciándose; sin embargo, el divorcio había sido posterior, y por iniciativa de la que entonces era su esposa.

—Will está demasiado ocupado con la galería de arte como para pensar siquiera en mí —Grace apoyó los codos en la mesa, y tomó un sorbo de té—. La verdad es que es un alivio.

—Le va bien centrarse en un proyecto así, a lo mejor le ayuda a no meterse en problemas durante una temporada.

—Cliff ha pasado por la biblioteca esta mañana para darme una noticia.

—Espero que sea algo bueno.

Grace se encogió de hombros, como dando a entender que no sabía si era bueno o malo.

—Me ha dicho que Cal y Vicki se marchan a Wyoming, para trabajar en un programa de rescate de mustangs.

Aquello tenía su parte positiva y su parte negativa. Cal tenía una relación seria con Linnette McAfee, pero había roto con ella al enamorarse de una de las veterinarias de la zona;

desde un punto de vista superficial, era difícil entender cómo era posible que un hombre como él se sintiera atraído por una mujer del montón como Vicki Newman, pero si uno lo pensaba bien, la verdad era que parecía algo de lo más lógico. Los dos compartían una pasión por los caballos que los había unido, y esa pasión había resultado ser más intensa que lo que él sentía por Linnette.

—No sé cómo va a reaccionar Corrie, ¿te acuerdas de lo afectada que estaba cuando se enteró de que Linnette iba a marcharse de la ciudad? —le dijo Grace.

—Yo me habría puesto igual.

—Linnette se marchó para evitar coincidir con Cal. No quería verle, y mucho menos con Vicki.

—Y ahora Vicki y él se marchan de la zona de todas formas.

—Es difícil mirar a la gente a la cara si te sientes humillada, lo sé por experiencia propia.

—¿Cuándo se van?

—Pronto. A Cliff se le complicarán las cosas en el rancho, porque no puede contratar a nadie que reemplace a Cal hasta enero.

—¿Podrá arreglárselas?

—Supongo que sí. Ya nos habíamos comprometido a prestar varios caballos para el pesebre viviente, pero eso es lo de menos. Le dije a Cliff que le ayudaría en lo que pudiera.

—Así que Cal se marcha antes de Navidad, ¿no?

—Exacto. Vicki ha vendido su parte de la clínica veterinaria, y están listos para irse.

—Vendrá otro veterinario, ¿no?

—Supongo que sí. Cliff me ha dicho que Vicki tiene familia en California, y que Cal y ella se casarán allí.

—Espero que les vaya muy bien.

Le habría gustado que Linnette no hubiera sufrido aquel desengaño amoroso, pero ya no podía hacerse nada al respecto; en todo caso, Corrie le había comentado que la joven estaba saliendo con un hombre del pueblo de Carolina del

Norte donde estaba viviendo, y que daba la impresión de que era muy feliz.

De repente, Grace se enderezó un poco en la silla y le preguntó:

—¿Qué es eso? —tenía la mirada fija en el suelo, en algún punto por detrás de Olivia.

—¿El qué? —miró por encima del hombro para ver a qué se refería.

Su amiga se levantó, se acercó al fregadero, y se agachó a recoger el reloj de pulsera que había en el suelo.

—Esto.

—Es del reverendo Flemming, antes también se le ha caído —no lo habría reconocido si no se lo hubiera visto puesto cuando había ido a visitarla.

Grace contempló ceñuda el reloj, y comentó:

—¿En serio?, pues aquí hay una inscripción que pone *Micah Evans. 23 de junio de 1977, por treinta años de servicio leal.*

—El tal Micah debe de ser algún pariente suyo.

Cuando al reverendo se le había caído el reloj, había tenido la sensación de que le preocupaba bastante la idea de perderlo. Era obvio que tenía algún valor sentimental para él.

—Evans... Evans... me suena mucho —le dijo Grace, ceñuda.

—A mí no. Será mejor que le llame para decirle que lo tiene aquí —el reverendo se había comportado de forma muy rara, como si lamentara que ella hubiera visto el reloj—. El cierre debe de estar estropeado —sacó el listín telefónico de uno de los cajones de la cocina, y buscó la efe.

—¿Vas a llamarle a la iglesia?

—Antes voy a llamar a su casa. Me ha comentado que iba a pasar todo el día fuera, y si le dejo un mensaje en el despacho de la iglesia, lo oirá mañana como mínimo. Prefiero dejarle el recado a su mujer. A ver... Flemming, D. Sandpiper Way, número ocho.

Marcó el número de teléfono, y Emily Flemming contestó casi de inmediato.

—¿El reloj de oro de Dave? —dijo, cuando Olivia le explicó el motivo de su llamada.
—Sí, se le cayó de la muñeca cuando vino a visitarme.
—Ah —parecía llorosa.
—Habría llamado antes, pero acabo de encontrarlo.
—Gracias por avisar, adiós —le dijo, con voz queda.
Después de colgar, Olivia se volvió hacia Grace y comentó:
—Hay algún problema entre Dave y Emily Flemming.
—¿Cómo lo sabes?
—No estoy segura, supongo que es pura intuición —cerró el listín, y añadió—: Pero estoy convencida de que esa relación no está en su mejor momento.

CAPÍTULO 12

Después de colgar el teléfono tras hablar con la juez Olivia Griffin, Emily Flemming permaneció inmóvil durante un largo momento. Se mordió el labio inferior con tanta fuerza, que se hizo sangre. Lo del reloj la había dejado descolocada, pero no era el detalle más preocupante.

Al cabo de un cuarto de hora, cuando aún seguía quieta en el mismo lugar, la puerta se abrió y Matthew entró en la casa como una tromba.

—¡Ya estoy aquí, mamá! —exclamó, antes de dejar la mochila en el suelo.

La puerta principal volvió a abrirse, y Mark entró en la cocina tras su hermano.

—¿Qué hay de merendar?

Emily siempre solía tener la merienda lista cuando los niños llegaban a casa, pero estaba tan alterada, que se le había olvidado. Agarró dos servilletas, y abrió el bote de galletas saladas que había comprado a principios de mes.

—Prefiero las de chocolate, ¿por qué no podemos comernos unas cuantas? —dijo Mark, con tono lastimero.

—Porque no son sanas, idiota —le dijo Matthew.

Al ver que su madre no regañaba a su hermano, Mark se apresuró a protestar.

—¡Mamá, me ha llamado idiota!

—No vuelvas a hacerlo, Matthew —sus palabras carecían de fuerza.

Dejó las servilletas en la mesa y puso unas cuantas galletas en cada una antes de sacar un par de zumos individuales que incluían su propia pajita, todo un capricho para los niños.

—¿A qué hora llega papá? —le preguntó Mark, antes de meterse un puñado de galletas en la boca.

—No lo sé.

—¿Qué hay de cena? —dijo Matthew.

Emily le lanzó una mirada al horno. Había empezado a preparar lasaña, pero la llamada de la juez Griffin la había despistado. La salsa se había enfriado mientras ella permanecía inmóvil junto al teléfono, intentando entender la situación. Le costaba creer lo que estaba pasando, pero, en cierto modo, las cosas tenían cierto sentido; al fin y al cabo, hacía tiempo que sabía que Dave estaba mintiéndole.

—Mamá, te he preguntado qué hay de cena —le dijo Matthew.

—¿Qué quieres que haya? Pues comida, idiota —apostilló Mark.

—No insultes a tu hermano —le dijo Emily.

—Él me ha insultado antes a mí.

Como se sentía incapaz de seguir oyéndolos discutir, señaló hacia el pasillo y les dijo:

—Cada uno a su habitación.

Cada niño tenía su propia habitación desde que se habían ido a vivir a Sandpiper Way, era uno de los muchos aspectos positivos que tenía aquella casa.

—¡Pero si acabamos de llegar del cole! —le dijo Matthew.

—Id a hacer los deberes.

—¿Y qué pasa con la hora de estudio?

—La haréis también, y podréis aprovechar para seguir haciendo los deberes.

—¡No hay derecho! —Matthew agarró su mochila, y se fue a regañadientes.

Cuando los niños se marcharon, se acercó al teléfono y

llamó al despacho de la iglesia. Angel, la secretaria, contestó de inmediato.

—Iglesia metodista de Cedar Cove, ¿en qué puedo ayudarle?

—Hola, soy Emily. ¿Está Dave ahí? —intentó hablar con calma, a pesar de que el corazón le martilleaba en el pecho.

—Hola, Em. Lo siento, pero lleva fuera toda la tarde. Llámale al móvil, lo llevaba encima cuando se fue.

—Lo he intentado, pero debe de tenerlo apagado o sin batería —esperaba que Dios la perdonara por mentir.

—¿No puedes contactar con él?

—No.

Al oír el sonido de hojas de papel, supuso que Angel estaba revisando la agenda de Dave.

—Aquí pone que va a ir a visitar a la juez Griffin, supongo que sabes que ya ha salido del hospital.

—¿A qué hora piensa ir a verla?

—A ver... a las cuatro.

—¿A las cuatro de esta tarde? —las palabras de la secretaria confirmaban sus sospechas.

—Sí, eso es lo que pone aquí.

—Vale, gracias —le dijo, antes de colgar.

Estaba tan aturdida, que al principio no podía ni pensar. Se acercó al fregadero, y contempló lo que había estado cocinando. A Dave le encantaba la lasaña, era una de sus comidas preferidas. Él le había pedido que volviera a preparar una pronto, y como era una mujercita deseosa de complacer a su marido, le había hecho caso.

A las cuatro, tenía anotado en su agenda que iba a ir a visitar a la juez Griffin a las cuatro... pero aquella misma mañana él le había dicho que llegaría tarde porque tenía que ir a visitar a Olivia Lockhart Griffin a las seis; y por si fuera poco, al final había ido a verla antes de las cuatro.

No era difícil deducir lo que su marido estaba haciendo durante aquellas horas que quedaban sin justificar: estaba con otra mujer, y no quería que nadie se enterara. Era la única explicación posible para el hecho de que su marido, el reverendo de la iglesia metodista de la ciudad, la hubiera engañado.

—¿Te pasa algo, mamá?

Al ver que Matthew estaba contemplándola desde la puerta de la cocina, se obligó a sonreír y le dijo:

—No, claro que no. ¿Por qué lo preguntas?

—Porque tienes una cara rara.

—¿Ah, sí? —intentó relajarse, y al ver que Mark aparecía detrás de su hermano, les preguntó—: ¿Qué os parece si salimos a cenar fuera?

—¿Podemos ir al McDonald's?

—Pues claro —después de contemplar durante unos segundos la salsa que estaba enfriándose sobre la encimera y el queso rallado que tenía preparado, abrió el grifo del fregadero y encendió el triturador de basura.

—¿Qué haces, mamá?

—Se me ha echado a perder la cena.

Echó el cazo entero de salsa en el triturador, que empezó a hacer un desagradable gorgoteo mientras se tragaba la carne, las cebollas, los tomates y las especias que llevaban horas cocinándose. A continuación tiró el queso rallado y la pasta.

—La lasaña me encanta, mamá —le dijo Mark.

—Volveré a preparar una pronto —sintió un perverso placer al tirarlo todo. Sabía que después se sentiría culpable por haber desperdiciado tanta comida, pero hacerlo estaba dándole una satisfacción que necesitaba—. Los tres vamos a ir a cenar al McDonald's.

—¿Y papá? —le preguntó Matthew.

—Puede arreglárselas solo.

—Pero...

—Va a llegar tarde.

—¿Otra vez? —dijeron los dos niños al unísono.

—Id a por los abrigos —intentó mostrar algo de entusiasmo, pero tuvo que agarrar una servilleta de papel para secarse las lágrimas que le habían inundado los ojos.

Su debilidad la enfureció, y decidió que no iba a llorar. Iba a mantener la cabeza en alto, y a fingir como una actriz consumada. Su marido le había mentido y era posible que estuviera con otra mujer en ese mismo momento, pero estaba decidida a que nadie, ni siquiera sus hijos, notaran lo afectada que estaba. No estaba dispuesta a comportarse como si estuviera destrozada... o peor aún, humillada.

—¿Os gustaría verme de rubia? —les preguntó a los niños, mientras agarraba el bolso y el abrigo.

—¿A qué viene esa pregunta? —le dijo Matthew.

—Voy a teñirme el pelo.

—¿Por qué?

—Porque las rubias se lo pasan mejor —al ver que se miraban el uno al otro como si no entendieran nada, añadió—: Voy a pasarme por el Get Nailed, a lo mejor pueden hacerme un hueco.

Los jueves tenían abierto hasta las ocho; con un poco de suerte, habría habido alguna cancelación y alguna de las estilistas estaría disponible.

—Os daré unas cuantas monedas para que vayáis al salón recreativo mientras tanto.

—Vale.

Como se dio cuenta de que ninguno de los dos parecía demasiado entusiasmado, les preguntó:

—¿Preferís ir a casa de la señora Johnson?

La mujer en cuestión hacía de niñera en las escasas ocasiones en que salía a pasar una velada fuera con Dave. Hacía semanas que no tenía una «cita» con su marido, pero se dijo con cierta amargura que no era de extrañar; al fin y al cabo, parecía obvio que Dave prefería salir con otra persona en los últimos tiempos mientras su esposa estaba en casa preparándole lasaña y planchándole las camisas.

—Yo prefiero ir contigo —le dijo Mark.

—Supongo que yo también —apostilló Matthew.

—¿Lo supones? —le dijo, en tono de broma.

Los niños permanecieron en silencio mientras la seguían

hasta el garaje y entraban en el asiento trasero del todoterreno. Puso la radio y sintonizó una emisora donde estaban emitiendo villancicos, pero ninguno se puso a cantar. Era obvio que estaban tan poco animados como ella.

Gastar dinero de forma impulsiva era algo muy raro en ella, y sus hijos lo sabían. Quería tranquilizarlos, pero fue incapaz. Se sentía como si su matrimonio hubiera sido una farsa.

—Primero iremos a ver si pueden darme hora en la peluquería.

—Vale —le dijo Mark, en voz baja.

Después de pasar por el banco a por cambio, fueron al centro comercial. Todas las empleadas del Get Nailed parecían bastante atareadas, y estuvo esperando varios minutos en el mostrador hasta que apareció la recepcionista.

—Hola, venía a preguntar si... —de repente, ya no estaba tan segura de querer teñirse. La rabia que había mantenido viva su determinación había empezado a desvanecerse, y se sentía descorazonada—. Ya sé que tendría que haber llamado antes, pero ¿hay alguien que pueda teñirme el pelo esta misma tarde?

La joven comprobó la agenda, y le dijo:

—Rachel ha tenido una cancelación, iré a preguntarle si puede atenderla.

Para Emily fue como una señal divina.

—Sí, por favor. Se lo agradecería de verdad si pudiera hacerme un hueco.

La recepcionista fue a hablar con Rachel, y regresó al cabo de un momento.

—Dice que puede pasar ahora mismo.

—¡Perfecto!

Le dio unos puñados de monedas a los niños, y les dijo que tenían que durarles hasta que ella saliera de la peluquería. Cuando se fueron a toda prisa, la recepcionista la condujo al cubículo de Rachel; por suerte, el salón recreativo estaba justo enfrente de la peluquería y desde su silla alcanzaba a ver la puerta, así que iba a poder tenerlos más o menos vigilados.

—Hola, soy Rachel —le dijo una joven morena, mientras le colocaba una capa de plástico alrededor de los hombros.

—Hola, soy Emily Flemming. No nos conocemos, Teri me cortó el pelo la última vez que vine... no me acuerdo de cuándo fue exactamente, a mediados de verano.

Rachel le pasó los dedos por el pelo, y le dijo:

—Quieres que te tiña de rubia, ¿verdad?

—Sí. He oído que las rubias viven la vida a tope, y eso es justo lo que pienso hacer —era una razón bastante endeble además de absurda, pero tal y como estaban las cosas, le daba igual.

Poco después, estaba en el lavacabezas y Rachel le había enjabonado el pelo dos veces. Cerró los ojos para disfrutar de la caricia del agua en el pelo, pero a pesar de que intentó dejar la mente en blanco, no pudo evitar que los pensamientos se le arremolinaran en la cabeza.

Cuando Rachel estaba poniéndole el tinte, se dio cuenta de que se le había pasado por alto una parte crucial de la conversación con la juez Griffin: que ella supiera, Dave no tenía ningún reloj de oro. Como era muy poco probable que se lo hubiera comprado él mismo, la deducción lógica era que se lo había regalado alguien... seguro que una mujer.

Empezó a sentirse cada vez más indignada, y decidió preguntarle de dónde lo había sacado. Estaba harta de permitir que su marido destrozara su vida en común, de fingir que no pasaba nada, de poner la otra mejilla. Utilizaba el orgullo y la indiferencia fingida de cara al público, pero iba a plantarle cara a Dave. Le exigiría que le diera respuestas, y después decidiría lo que iba a hacer.

Cuando Rachel terminó, le costó reconocerse en el espejo. Su pelo castaño y liso había dejado paso a una melena más corta y moderna... y rubia, muy rubia.

—Es un color que te queda muy bien. Tuve mis dudas cuando me pediste un tono tan claro, pero la verdad es que has acertado de pleno —le dijo Rachel.

—Gracias.

No sabía cómo reaccionar, tanto el estilo como el color eran muy diferentes a los anteriores. Acabaría acostumbrándose a aquella nueva imagen, al igual que todos los demás; en todo caso, podría volver a su color natural si le apetecía en cuanto el pelo le creciera un poco más, pero eso dependía de cómo se sintiera en su momento.

Se sintió un poco culpable al ver el importe de la factura, pero se dijo que Dave no tendría más remedio que aguantarse; al fin y al cabo, no iban a arruinarse por aquel pequeño capricho. Seguro que él no dudaba a la hora de gastar dinero sin pensar ni en los niños ni en ella; de hecho, iba a seguir el consejo de su madre que había rechazado al principio: en cuanto pudiera, comprobaría los extractos de la tarjeta de crédito de su marido.

Matthew y Mark estaban esperándola en la puerta de la peluquería, pero ninguno de los dos dijo nada al verla.

—¿Qué os parece el cambio? —les preguntó.

—Es... diferente —dijo Matthew.

—Eso es bueno, ¿no? —se volvió hacia Mark para ver qué opinaba.

—No pareces mi madre.

—Pues sigo siéndolo. Anda, vamos a cenar. Seguro que tenéis hambre.

Después de devorar sus hamburguesas y sus patatas fritas, los niños pasaron un rato jugando en la zona infantil. Ella estaba hecha un manojo de nervios y era incapaz de comer, así que dejó a un lado su hamburguesa después de darle un único bocado.

Cuando llegaron a casa, vio el coche de Dave en el garaje. Aún no estaba preparada para verle, pero en cuanto aparcó junto a su vehículo, él entró al garaje por la puerta que daba a la cocina.

Los niños fueron corriendo a saludarle, y él le dio un abrazo a cada uno.

—¿Dónde estabais?, no me habéis... —se interrumpió en

seco, y se quedó mirándola boquiabierto—. ¿Qué es lo que le has hecho a tu pelo?

—Se lo ha teñido —le dijo Mark.

—Pero... ¿por qué?

—¿No lo sabes, Dave? —mantuvo la calma al entrar en la casa, y añadió—: Has preguntado dónde estábamos, pero la respuesta me parece obvia. Hemos ido a la peluquería.

—Id a vuestras habitaciones, chicos. Tenéis que hacer los deberes.

—¡Pero si acabamos de llegar a casa, papá! —dijo Mark, mientras su hermano soltaba una exclamación quejumbrosa.

Los dos dejaron de protestar de inmediato en cuanto Dave les lanzó una mirada. Debieron de darse cuenta de que era mejor obedecer, porque se fueron a regañadientes a sus respectivas habitaciones.

Emily fue al otro extremo de la cocina, pero su marido la siguió y le preguntó:

—¿Por qué te has cambiado el peinado?

—¿Por qué me has mentido? —se apoyó en la encimera, y lo fulminó con la mirada.

—¿Sobre qué se supone que te he mentido?

Su aparente actitud inocente parecía demasiado deliberada.

—Me dijiste que ibas a visitar a la juez Griffin, y me diste a entender que irías a última hora de la tarde.

—Sí...

—No estabas en su casa.

—¿Cómo lo sabes? —alzó un poco la voz, y la miró desafiante.

—Resulta que la juez ha llamado a casa, porque te dejaste el reloj de oro en la suya cuando fuiste a visitarla a primera hora de la tarde —a pesar de todo, no pudo evitar sorprenderse al ver el brillo de inquietud que relampagueó en los ojos de su marido—. No sabía que tenías un reloj de oro, ¿de dónde lo has sacado?

—No es lo que parece, Emily —se sentó en la mesa, y se frotó el rostro.

—¿Vas a decirme que no hay otra mujer en tu vida, Dave? Porque si es así, no será más que otra mentira.

Él la miró horrorizado, y le dijo:

—¿Cómo puedes insinuar siquiera algo así? ¡Eres la única mujer que ha habido en mi vida!, ¡la única!

—¿Y se supone que tengo que creérmelo?

—Sí.

—No soy tan ingenua como crees.

Él soltó un sonoro suspiro, y le dijo:

—Puedes creer lo que quieras, Emily, pero no hay nadie más.

—Claro, y supongo que ese mismo «nadie» es quien te ha dado el reloj que llevabas puesto, ¿no?

—¿Lo tiene Olivia? –le dijo, mientras se llevaba una mano a la muñeca.

La preocupación que se reflejaba en su voz la hirió en el alma.

—Sí, así que no te preocupes por eso.

Sin más, salió de la cocina y fue al dormitorio. Cerró con un sonoro portazo que dejó más que claro que no quería que él la siguiera.

CAPÍTULO 13

Rachel Pendergast no tenía ni una sola hora libre en su agenda de trabajo durante todo el mes de diciembre; al parecer, todas las mujeres de Cedar Cove (y algunos hombres) habían decidido pedir hora en el Get Nailed para cortarse el pelo, cambiar de imagen, hacerse la permanente, o teñirse.

Entraba a trabajar muy temprano por la mañana, y muchos días tenía que quedarse hasta tarde. Tanto Bruce, su prometido, como la hija de éste, Jolene, se quejaban porque la echaban de menos, pero era algo inevitable. El dinero extra que estaba ganando iría destinado a su boda, que se celebraría en febrero.

Sacó las toallas de la secadora y empezó a doblarlas, y cuando terminó se dio cuenta de que ya eran las nueve y cuarto. El centro comercial había cerrado a las nueve en punto. Bruce la había llamado antes para invitarla a cenar, pero a pesar de que le agradecía el detalle, lo único que quería era llegar a casa y relajarse.

Mientras iba hacia la puerta se despidió de Jane, que era la propietaria del Get Nailed junto con su marido y solía ser la última en marcharse.

Como el centro comercial estaba cerrado, el pasillo que conducía hacia la salida estaba medio a oscuras y desierto. Dos meses atrás le habría dado igual aquella quietud, pero todo había cambiado la noche en que la habían secuestrado.

Que la secuestraran dos matones había sido la experiencia más aterradora de su vida, y lo más absurdo de todo era que se habían equivocado de mujer. Los secuestradores la habían confundido con Teri Polgar al verla en la limusina que conducía James Wilbur. Teri había tenido que quedarse trabajando hasta tarde, y le había pedido a James que mientras tanto la llevara a ella a casa. Cuando los secuestradores se habían dado cuenta del error, el miedo que la atenazaba había aumentado de forma exponencial.

Durante unos momentos interminables, había creído que iban a matarla junto con James, y que después dejarían sus cadáveres en algún lugar apartado. Los matones hablaban en una lengua extranjera que no entendía... después se había enterado de que era ruso... y la verdad era que había preferido no enterarse de lo que decían.

Al darse cuenta de que quizás estaba al borde de la muerte, había empezado a analizar su vida... bueno, quizá sería más acertado decir que había hecho una valoración instantánea; por alguna razón, había recordado que aquella mañana había salido con prisa de casa y no le había dado tiempo de hacer la cama, y había empezado a darle vueltas al asunto. Cuando alguien encontrara su cadáver o se diera cuenta de que había desaparecido, los agentes de policía que tuvieran que registrar su dormitorio pensarían que era una dejada.

Después de centrarse en aquella preocupación tan trivial, su mente había pasado a asuntos más trascendentales. Se había dado cuenta de repente de que era posible que no volviera a ver ni a Bruce Peyton ni a Jolene, la hija de éste, que tenía doce años. Había sido entonces cuando había sabido con total certeza que estaba enamorada de Bruce. En aquel momento tan crítico no había pensado en Nate Olsen, el suboficial de la Armada con el que estaba prácticamente comprometida, sino en Bruce, y de repente sobrevivir se había convertido en algo crucial. Necesitaba decirle a Bruce que le amaba, quería ser la madrastra de Jolene, tener hijos con él, y pasar lo que le quedara de vida a su lado.

Las cosas habían avanzado con rapidez en cuanto los dos habían admitido que se amaban. Jolene, que era una jovencita de lo más romántica, había sugerido que se casaran el día de San Valentín, pero ella no estaba segura de poder organizarlo todo tan pronto y habría optado por una boda en primavera; por su parte, Bruce había insistido en que quería que estuvieran casados y viviendo como marido y mujer antes de finales de año.

En resumen: ella había votado por abril, Jolene por febrero, y Bruce por diciembre, y al final la niña había ganado y la boda iba a celebrarse en San Valentín.

A pesar de todo, la verdad era que la espera se le estaba haciendo muy larga. Tener que esperar dos meses y medio para casarse con Bruce le parecía un suplicio, quería ser su esposa y la madre de Jolene cuanto antes.

Se tensó de golpe al ver una sombra que se movía, pero al darse cuenta de que no era más que un guardia de seguridad doblando la esquina, respiró hondo y aceleró el paso mientras iba hacia la puerta. Bruce estaba esperándola allí, paseándose de un lado a otro, y al verla salir esbozó una sonrisa que se reflejó en sus ojos azules y que enfatizó aún más su atractivo.

—Me dijiste que saldrías más pronto, empezaba a preocuparme —le dijo, mientras la puerta del centro comercial se cerraba tras ella.

—Ya lo sé, lo siento —se sintió reconfortada por las luces que iluminaban el aparcamiento, pero hacía frío y le supo mal que Bruce hubiera tenido que esperarla a la intemperie.

Le había dicho mil veces que podía regresar sola a casa, pero él iba siempre que podía para asegurarse de que llegaba al coche sana y salva. Se había asustado tanto como ella con lo del secuestro. Ni siquiera quería esperarla dentro del centro comercial, prefería estar escuchando la radio dentro de su coche hasta que ella salía.

Cuando posó sus manos cálidas sobre sus orejas, que estaban heladas, y se alzó para besarlo, él la abrazó con fuerza y la besó; al cabo de un largo momento, ella se apartó un poco y le dijo:

—Te he echado de menos.

—Yo también —la tomó de la mano, y le preguntó—: ¿Hasta cuándo vas a tener que trabajar hasta tan tarde?

Era obvio que quería que ella pasara más tiempo con Jolene y con él, pero en aquella época del año había mucho trabajo en el Get Nailed.

—Las cosas se calmarán bastante después de Navidad —tenía que recordárselo una vez al día por lo menos.

Bruce la instó a que lo tomara del brazo mientras iban hacia su coche. A pesar de que era una tontería que fuera a buscarla, lo cierto era que le agradecía que fuera tan atento. Él acabaría convenciéndose de que estaba segura y ella acabaría sintiéndose a salvo, era una cuestión de tiempo. Jamás olvidarían el trauma del secuestro, pero la posibilidad de que volviera a suceder algo parecido era muy remota.

—Ya llega la dichosa Navidad —comentó él, con tono gruñón.

—No seas aguafiestas, Bruce Peyton. A Jolene y a mí nos encantan estas fiestas.

—No sé por qué os gustan tanto las fiestas a las mujeres, sobre todo la Navidad.

—No hace falta que lo entiendas.

Él se echó a reír, y comentó:

—Estás influenciando mucho a mi hija, ayer me dijo casi lo mismo que tú.

Hacía años que Jolene y ella tenían una relación muy especial. Como también se había criado sin madre, se había dado cuenta de que la niña necesitaba establecer un vínculo con una adulta que asumiera a veces el papel de figura materna. Había aceptado aquella responsabilidad seis años atrás, desde que Jolene estaba en primero.

Se apoyó un poco en él, y le pasó un brazo por la cintura.

—¿Has comido algo desde el mediodía? —le preguntó él.

La pregunta hizo que se diera cuenta de lo hambrienta que estaba, y el estómago empezó a hacerle ruido.

—No.

—El Taco House ya está abierto.

El restaurante en cuestión, que antes se llamaba Taco Shack, había abierto sus puertas de nuevo a principios de semana, y se formaban unas largas colas para poder entrar. Ella estaba deseando ir, pero era un viernes por la noche y estaba agotada después de pasarse todo el día de pie, así que no era un buen momento.

—No, gracias. Estoy demasiado cansada. Podríamos ir la semana que viene, si quieres.

Había leído en el *Chronicle* que los dueños del restaurante seguían siendo los mismos. Se había llevado un disgusto cuando habían cerrado el Taco Shack, porque solía ir a comer allí bastante a menudo; además, en aquella época, el cierre había parecido coincidir con el fin de su relación con Bruce.

—¿Qué te apetece cenar? —le preguntó él.

—Tengo un par de pasteles de carne en el congelador, los haré al microondas y así podré relajarme.

—No puedo quedarme hasta muy tarde.

—¿Dónde está Jolene?

—Ha ido a patinar con sus amigas. Le he dado permiso hasta las diez y media, y la madre de Carrie la llevará a casa.

—En ese caso, tenemos una hora —lo miró sonriente, y él le devolvió el gesto.

Bruce la acompañó hasta su coche, y esperó a que entrara y echara el cerrojo antes de ir a por su propio vehículo. Hizo todo el trayecto detrás de ella, y llegaron prácticamente al mismo tiempo.

Rachel recogió el correo y el periódico al entrar en la casa, y después de dejarlo todo encima de la mesa de la cocina, colgó su abrigo y el de Bruce en el perchero. Él encendió la tele, se arrellanó en el sofá con las piernas extendidas, y fue cambiando de canal con el mando a distancia.

No era un hombre romántico ni demasiado dado a lisonjearla con cumplidos y palabras de amor, pero ella sabía cuánto la amaba. No había dudado de la sinceridad de los sentimientos de Bruce ni por un solo momento, ni por un solo segundo.

Se puso a revisar el correo mientras los pasteles de carne se calentaban en el microondas. Había varias postales navideñas y las facturas de rigor, pero vaciló por un segundo al ver un sobre rojo que tenía en el remite una dirección de San Diego. A pesar de que no había ningún nombre, supo de inmediato que aquella carta se la había enviado Nate Olsen, el suboficial de la Armada con el que había estado saliendo durante unos tres años.

Le había conocido gracias a la subasta de perros y solteros que había organizado la protectora de animales de la ciudad. Durante un tiempo había creído que le amaba y que él sentía lo mismo, pero al final había descubierto que Nate estaba más interesado en el hecho de que tener una relación con ella podía ayudarle a avanzar en su carrera política. Procedía de una familia adinerada y prestigiosa, y casarse con una mujer normal y corriente como ella habría favorecido a su imagen pública.

—¿Qué pasa? —le preguntó Bruce, al entrar en la cocina.

Se preguntó si debería ocultarle la carta de Nate, pero decidió no hacerlo. Quería que en su relación reinaran la sinceridad y la confianza desde el principio.

—Me parece que Nate me ha enviado una postal navideña.

Él la miró a los ojos, pero no mostró ninguna reacción.

—¿Vas a abrirla?

—Supongo que sí —al ver que no contestaba, le preguntó—: ¿Prefieres que no lo haga?

Él se encogió de hombros como si le resultara indiferente, y al final dijo:

—Tú eliges, léela si quieres.

—No estaría mal que te pusieras un poco celoso, Bruce.

—Llevas puesto mi anillo de compromiso, ¿verdad? —le dijo, con una sonrisa de satisfacción.

—Sí, pero...

—Me amas —añadió, con una seguridad total—. Pudiste haberte casado con él si hubieras querido; si mal no recuerdo, yo te animé a que aceptaras su propuesta de matrimonio, porque él podía ofrecerte muchas más cosas que yo.

—Y si mal no recuerdo, me puse furiosa contigo —seguía enfureciéndola que Bruce pudiera decir algo así, porque lo que él le ofrecía era un amor incondicional que tenía un valor incalculable.

—Me amas a mí, Rachel, y eso no va a cambiar —le dijo él, con una sonrisa de oreja a oreja.

—Me parece que estás demasiado seguro de ti mismo, Bruce Peyton. Una mujer está en su derecho de cambiar de idea si quiere —le dijo, en tono juguetón.

Él sacó una galleta del paquete que había encima de la encimera, justo detrás de ella, y después de darle un mordisco, comentó:

—Si fueras a cambiar de idea, ya lo habrías hecho.

—¿Ah, sí? —abrió el sobre rojo y sacó la postal navideña. La abrió procurando que él no pudiera ver lo que Nate había escrito, y la leyó sin prisa.

—¿Y bien? —le dijo él, al cabo de un largo momento.

Ella cerró la postal con parsimonia, y la dejó sobre la encimera.

—¿Qué pone? —al verla ir hacia el microondas, se apresuró a seguirla.

—¿Estás seguro de que quieres saberlo?

—Sí... si te apetece decírmelo, claro.

Rachel respiró hondo, y le dijo:

—Nate dice que siempre me amará, que perderme le hizo replantearse su vida, y me suplica que me replantee mi decisión.

Él dejó a un lado la galleta, y su mirada se ensombreció.

—Puedes leerla si quieres, Bruce —añadió, mientras sacaba los pasteles del microondas.

—No, te la ha enviado a ti.

—Te doy permiso para que la leas —sacó dos platos de uno de los armarios, y los colocó en la mesa. Al verle negar con la cabeza, comentó en tono de broma—: Ya no estás tan seguro de ti mismo, ¿verdad?

—Vas a casarte conmigo, Rachel —lo dijo con firmeza, pero sin la misma convicción de antes.

Rachel sintió cierta satisfacción al ver su reacción, pero ya había tomado una decisión y sabía de corazón que era la correcta. Su futuro estaba junto a Bruce, Jolene, y los hijos que llegaran a tener.

Cuando se sentaron a la mesa, decidió cambiar de tema.

—Me gustaría quedarme embarazada cuanto antes, Bruce.

Él la miró boquiabierto, y al final alcanzó a decir:

—¿Cómo que cuanto antes? ¿Te refieres a esta misma noche? Yo estoy más que dispuesto, pero eres tú la que dice que...

—Después de la boda.

—Ah.

Al verle lanzar una mirada velada a la postal, que seguía encima de la encimera, fue a buscarla y se la dio.

Él la agarró a regañadientes, la abrió poco a poco, y leyó el escueto mensaje. Cuando terminó, alzó la mirada hacia ella y comentó:

—Sólo dice *Feliz Navidad. Nate.* ¿Dónde está todo eso de que nunca va a poder amar a otra mujer?

—¿Yo he dicho eso? —no pudo contener una risita.

—No con esas mismas palabras, pero es lo que has dado a entender.

—Hay que saber leer entre líneas.

—Sólo ha puesto *Feliz Navidad*.

—Bueno, eso es lo que ha escrito, pero tú y yo sabemos que ha querido decir mucho más. Está claro que me echa de menos.

—Perfecto.

—Pero...

—Puede echarte de menos todo lo que quiera, pero tú y yo vamos a casarnos, y punto.

—Estás celoso, Bruce —le dijo con dulzura.
—Ni hablar.
Ella se limitó a permanecer en silencio.
—Vale, puede que esté un poco celoso —tras una breve pausa, le preguntó—: ¿Tengo motivos?
Rachel sintió que se derretía al verlo tan inseguro, y fue incapaz de seguir tomándole el pelo.
—Nate ya no forma parte de mi vida. Estoy locamente enamorada de ti, Bruce.
—Ya lo sé —le dijo él, sonriente.
—Pero es agradable oírlo de vez en cuando, ¿verdad? —en eso hablaba muy en serio. A pesar de que su prometido era un hombre parco en palabras, no estaría de más que expresara de vez en cuando lo que sentía por ella.
—¿Qué te parece si te digo cada día durante lo que me resta de vida lo mucho que te amo?, ¿te bastará con eso?
—Sería un buen comienzo —admitió, con una sonrisa.
—Y en lo que respecta a empezar nuestra propia familia...
—Dime —estaba más que dispuesta a hablar de ese tema.

CAPÍTULO 14

—Tenías razón en lo de tejer.

Al oír aquella voz femenina que pareció surgir de la nada, Faith Beckwith se sobresaltó y alzó la mirada del libro de patrones que estaba hojeando. Estaba sentada en una de las mesas de The Quilted Giraffe, buscando ideas para empezar a tejer algo nuevo, y se quedó de piedra al ver a Megan, la hija de Troy.

—Hola, Megan —intentó ocultar su sorpresa, y tardó unos segundos en recobrar la compostura. A pesar de sus esfuerzos, olvidarse de él era imposible—. ¿Cómo estás?

—Muy bien —la joven bajó la voz al añadir—: Este embarazo es muy distinto al primero.

—Me alegro —lo dijo con sinceridad, se alegraba mucho por ella.

—Nadie sabe que estoy embarazada. Sólo se lo he dicho a Craig, mi marido. Él tenía que saberlo.

—Por supuesto —era un alivio, no se habría sentido bien sabiendo que Megan estaba ocultándoselo a todo el mundo.

—Mi padre y mis suegros aún no lo saben —vaciló por un segundo antes de admitir—: Me cuesta mucho no decírselo a mi padre.

—¿Por qué no lo haces? —estaba convencida de que Troy sería un abuelo fantástico.

—Estamos muy unidos, y no quiero que se preocupe sin

necesidad —esbozó una sonrisa, y se sentó junto a ella—. Pero tengo un buen presentimiento.

—Tú misma te darás cuenta de cuándo es el momento oportuno de decírselo a tu padre y a tus suegros —le resultaba difícil hablar de Troy de forma tan genérica. Evitó mirarla a los ojos, pero se dio cuenta de que parecía sana y fuerte. Tenía las mejillas sonrosadas, y la mirada límpida y brillante.

—Me he alegrado mucho al verte aquí, me ayudaste un montón cuando fui a la clínica el otro día —comentó, mientras dejaba encima de la mesa su enorme bolso.

—Era mi primer día de trabajo.

—¿Lo dices en serio? Sentí que estabas allí justo para mí. Estaba muy sensible, y tú me calmaste. Después de hablar contigo, me sentí... esperanzada de verdad.

Faith agradeció de corazón aquellas palabras tan amables.

—Y no sólo eso —siguió diciendo Megan—. Me dijiste que me iría bien tejer, y tenías razón. Cada vez que me pongo nerviosa al pensar en el bebé, agarro las agujas y recuerdo lo que me dijiste. Es como si... —vaciló por un segundo, y añadió—: No quiero darte una impresión equivocada, pero la verdad es que dijiste justo lo que me habría gustado que me dijera mi madre.

—Estoy segura de que ella te habría apoyado en todo si hubiera estado a tu lado.

—La echo de menos cada día —soltó un pequeño sollozo, y se apresuró a sacar un pañuelo del bolso—. Perdona, tengo las hormonas descontroladas y me echo a llorar cada dos por tres —intentó soltar una carcajada, pero no lo logró del todo.

—A mí me pasaba lo mismo cuando estaba embarazada. Una vez estaba viendo el show de Mary Tyler Moore, el capítulo en el que muere el payaso Chuckles, y me puse a llorar a lágrima viva a pesar de que era una comedia. En un abrir y cerrar de ojos, estaba llorando y riendo al mismo tiempo.

Megan la miró con los ojos como platos, y le preguntó:

—¿Te gustaba el show de Mary Tyler Moore? Solía verlo con mi madre en la residencia, me acuerdo de ese capítulo.

Era el programa de tele preferido de mi madre —pareció recordar de repente que estaba en la tienda, porque sacó del bolso las agujas y la lana y las dejó sobre la mesa—. He venido a ver si alguien podía ayudarme con esto. Se me escapó un punto, y no sé qué hacer.

—A ver si puedo ayudarte —le echó un vistazo a la mantita de bebé, y se dio cuenta de que Faith había cometido el error de parar de tejer en medio de una vuelta. Sacó una aguja de ganchillo de su propia bolsa de costura, y consiguió recolocar el punto que se había escapado—. Ya está, ahora puedes acabar la vuelta. ¿Has visto cómo lo he hecho?

—Sí. Tendría que comprar una aguja de ganchillo, ¿verdad?

—Es muy útil tener una.

—De acuerdo, la compraré hoy mismo. Muchas gracias, Faith.

—De nada —fijó la mirada en el libro de patrones y luchó por no pensar en Troy, en cuánto le echaba de menos.

—¿Te importaría...? Quiero decir... Ya sé que trabajas en la clínica y que apenas me conoces, pero...

—Dime.

—¿Te parecería bien que fuera a verte de vez en cuando? No me refiero como paciente.

—¿Quieres decir... como amiga?

—Exacto. Podríamos quedar a comer, o cuando tengas alguna hora libre.

Faith no supo qué hacer. Si Troy se enteraba de que había entablado una amistad con Megan, creería que lo había hecho por él, que estaba utilizando a su hija para intentar acercarse a él.

—¿Crees que estaría mal? —le preguntó Megan.

—No, supongo que no.

—Si lo prefieres, podríamos vernos fuera de la clínica —dio la impresión de que creía haber encontrado la solución perfecta.

—Supongo que podríamos vernos aquí, puedo ayudarte a

aprender a tejer. Esta manta es preciosa, pero podría enseñarte a hacer unos patucos y un gorro para cuando el bebé salga del hospital.

–¿Lo dices en serio?

–Eh... sí, tengo un diseño que uso cada vez que hay un nuevo nacimiento en la familia. Podríamos quedar en esta tienda, y usar esta mesa que tienen para las clases de costura.

–¡Genial! Gracias, Faith.

Cuando acordaron una hora de la semana siguiente, Faith se preguntó si estaba obrando con sensatez, si era buena idea establecer una relación con la hija de Troy. Megan necesitaba mucho apoyo desde un punto de vista emocional, sobre todo teniendo en cuenta que se había quedado embarazada tan pronto después del aborto, pero Troy podría pensar que...

No, no iba a ponerse a pensar en Troy Davis. Él ya no formaba parte de su vida, y no tendría nada que ver si ella llegaba a entablar una amistad con Megan. Las dos eran mujeres independientes y con ideas propias.

Cuando regresó a casa, se preparó una taza de té y fue a sentarse a la sala de estar. Había encontrado una lana de fibra natural en tonos terrosos, y había decidido hacer una manta. Como estaba deseando empezarla, agarró las agujas y la lana, pero oyó que llamaban a la puerta justo cuando iba a empezar a montar los puntos.

Eran poco más de las cuatro de la tarde, pero ya había empezado a oscurecer. Encendió la luz del porche, y se quedó de piedra al echar un vistazo por la mirilla y ver al sheriff Troy Davis.

Seguro que se había enterado de que había visto a su hija, había llegado a conclusiones del todo equivocadas, y había decidido inmiscuirse; si ése era el caso, no estaba dispuesta a escucharle. No necesitaba que él le diera permiso para ver a Megan.

Quitó el pestillo, y abrió la puerta con recelo. Había colgado una guirnalda fuera de la casa, y su olor le trajo recuerdos de las navidades de su niñez.

—Hola, Faith —aún estaba de uniforme, y tenía el sombrero en la mano.

—Hola, Troy —se esforzó por aparentar tranquilidad.

—¿Podemos hablar?

Ella abrió la puerta mosquitera sin decir palabra ni sonreír, y le indicó que pasara. Llevaba casi dos semanas sin verlo, y parecía haber adelgazado varios kilos en ese tiempo. Se preguntó si había estado enfermo, y no pudo evitar preocuparse.

Lo contempló con atención, como si estuviera ansiosa por verlo, y se enfadó consigo misma. No quería sentir nada por aquel hombre, lo único que iba a conseguir si le permitía entrar de nuevo en su vida era sufrir más. Él mismo se lo había demostrado.

—¿Puedo sentarme? —le preguntó él, cuando entraron en la sala de estar.

Faith se limitó a asentir. Era impropio en ella mostrarse tan fría y poco hospitalaria, pero no tenía más remedio que protegerse a sí misma. Se sentó en su butaca preferida, y Troy hizo lo propio en la que había justo enfrente.

Él permaneció en silencio durante un momento que pareció interminable, y al final comentó:

—Tienes buen aspecto —estaba sentado en el borde del asiento, con el sombrero en la mano.

—Gracias —lo dijo con rigidez. Tuvo que contener las ganas de decirle lo bien que estaba, lo bien que le iba sin él.

—He pensado...

Como necesitaba tener las manos ocupadas con algo, Faith agarró las agujas de punto.

—He pensado... en fin, tenía la esperanza de que... pudieras salir a cenar esta noche conmigo.

Ella dejó a un lado las agujas, y lo miró sin inmutarse.

—A ver si lo entiendo... ¿estás invitándome a cenar?

—Sí. En Cedar Cove hay varios restaurantes bastante buenos, y...

Ella lo cortó en seco al espetarle con indignación:

—¿Cómo te atreves? ¿Estás diciendo que te entendí mal

hace dos meses, y también hace poco más de una semana? ¿Acaso entendí mal tus palabras o tus intenciones? —como él se limitó a mirarla vacilante, añadió—: Que yo sepa, me dijiste que era mejor que no volviéramos a vernos. Es lo que yo recuerdo, así que corrígeme si me equivoco.

—Eso fue lo que dije, pero en ese momento no tenía ni idea de lo duro que sería. Te amo, Faith.

—No, no me amas —no estaba dispuesta a volver a caer en sus redes. Al verle alzar la cabeza como si lo hubiera golpeado, añadió con frialdad—: Si me amaras, no me habrías roto el corazón. Ya lo has hecho varias veces, Troy, y estoy harta. No va a haber una próxima vez —agarró de nuevo las agujas, y esquivó su mirada—. En cuanto a lo de la cena...

—Te he echado de menos, Faith.

Ella también le había echado de menos, y más de lo que estaba dispuesta a admitir, pero eso no cambiaba el hecho de que él le había dicho que no podían seguir viéndose. Sabía que estaba muy preocupado por Megan y podía llegar a entenderle, sobre todo después de conocer a la joven. Le habría parecido comprensible que él le pidiera paciencia, pero en vez de eso, había cortado con ella sin pensárselo dos veces; además, ni siquiera le habría dado una explicación si ella no se la hubiera exigido. No estaba dispuesta a volver a pasar por lo mismo, estaba harta de Troy Davis.

—No pasa ni un solo día sin que me acuerde de ti, Faith —admitió en voz baja. Al ver que ella se negaba a mirarle, añadió—: Cada vez que paso en coche por delante de tu casa, me doy cuenta de lo necio que he sido.

—Yo podría añadir a tu vocabulario varios adjetivos que te describirían a la perfección.

No lo había dicho a modo de chiste, pero él se echó a reír y comentó:

—No me extraña. He tardado todo este tiempo en hacer acopio del valor necesario para venir a verte. Lo que te pido no es una cena, Faith. Lo que quiero de verdad es... una segunda oportunidad.

—Sería la tercera, Troy.
—¿La tercera?
—Me rompiste el corazón cuando era una adolescente.
—No me salgas con eso otra vez, Faith. Tú también rompiste el mío, y no tienes derecho a echarme la culpa de lo que pasó.
—¿Por qué no?
—Porque tu madre me mintió.
—¡Y tú la creíste! Ni siquiera hablaste conmigo. Te creíste sin más lo que te dijo, te largaste tan tranquilo, y conociste a Sandy.
—Y tú conociste a Carl, y no tardaste demasiado en casarte con él —le espetó él con indignación.

Era obvio que no tenía sentido discutir. Estaban en punto muerto, y ninguno de los dos iba a dar su brazo a torcer.

—Eso fue hace años —dijo él, tras un tenso momento—. En lo que a mí respecta, fue desafortunado, pero sucedió. Los dos seguimos adelante con nuestras vidas, y encontramos a otras personas. Tú te casaste con un buen hombre y yo con una mujer a la que amaba, cada uno formó su propia familia y todo sucedió como debía ser.

Hacía que todo pareciera tan razonable... él no sabía cuántas noches había llorado hasta quedarse dormida en la universidad, cuántas veces se había preguntado por qué la había dejado, por qué había sido tan cruel con ella. Sí, era cierto que había conocido a Carl y se había casado con él, pero no había sido nada fácil olvidarse de Troy. Le había amado de corazón... al igual que le amaba en ese momento.

—El destino volvió a unirnos, Faith.
—Sí, y tú lo fastidiaste todo.
—Es verdad, y te pido perdón.

Al menos era capaz de admitirlo.

—Creía que Megan no sería capaz de aceptar que estuviera con otra mujer, sobre todo tan pronto después de la muerte de Sandy.

A Faith le habría gustado saber si Megan la había mencionado. Como aún no le había contado lo del embarazo ni a su padre ni a sus suegros, lo más probable era que tampoco hubiera dicho nada sobre su incipiente amistad con ella.

—Megan es mi única hija y la quiero, pero tengo mi propia vida —tras una breve pausa, añadió con voz suave y persuasiva—: En este momento, mi vida está muy vacía sin ti. ¿Podríamos intentarlo de nuevo?

Faith empezó a flaquear. Al verlo allí, esperando en silencio con expresión esperanzada, se obligó a apartar la mirada y le dijo:

—Tengo que pensármelo, Troy. ¿Estás realmente seguro esta vez?

—No tengo ninguna duda.

Quería confiar en él, pero tenía miedo. Sabía que no podría soportar otro rechazo, otra traición.

—Aún no estoy preparada para tomar una decisión.

Él parecía desilusionado, pero se sobrepuso de inmediato y le dijo con aplomo:

—De acuerdo —contempló su sombrero como si estuviera pensando bien sus siguientes palabras, y añadió—: Cuando la tomes, avísame.

—Vale.

—No volveré a molestarte, Faith —se puso de pie, y fue hacia la puerta—. Ya salgo solo, no hace falta que me acompañes.

Ella le acompañó hasta la puerta de todas formas. Al ver su postura rígida y erguida, se dio cuenta de que cumpliría con su palabra y no volvería a contactar con ella.

Le tocaba a ella dar el siguiente paso... si era que realmente quería darlo, claro.

CAPÍTULO 15

Justine Gunderson estaba deseando ver a su madre. La llamaba una o dos veces al día, pero no había podido ir a verla desde el miércoles. Iba a abrir un nuevo restaurante, y las dos disfrutaban de lo lindo hablando del tema. El salón victoriano de té estaba en plena construcción, y los consejos de su madre la habían ayudado mucho.

Estaba recuperándose bien de la operación, y en enero iba a empezar con la quimioterapia. El último día que se habían visto habían bromeado sobre aquella manera de empezar el año, y se habían echado a reír; al fin y al cabo, lo único que se podía hacer era reír... reír, y seguir adelante.

Después de acabar todos los recados que tenía que hacer aquel sábado por la mañana... ir a la tintorería, a la biblioteca, y también al supermercado a comprar azúcar glas para la casa de pan de jengibre que iba a prepararle a Leif aquella tarde... fue a casa de su madre.

Aparcó justo delante, y después de subir a toda prisa los escalones del porche, llamó bien fuerte a la puerta y abrió sin más.

—¿Mamá?, ¿Jack?
—¡Estoy en el dormitorio!

Fue hacia allí de inmediato, aunque le extrañó un poco que su madre siguiera acostada a aquellas horas en un sábado por la mañana. Sabía que la operación y la anestesia le habían quitado algo de energía, pero a pesar de todo no pudo evitar sorprenderse. Su madre llevaba toda la vida levantándose temprano, y aquello era muy inusual en ella.

Al entrar en la habitación en penumbra, la vio sentada en el borde de la cama.

—Pásame mi bata, por favor.

A juzgar por su voz, daba la impresión de que estaba un poco aturdida. Después de darle la bata, le preguntó:

—¿Quieres que abra las cortinas, mamá?

—Sí, por favor.

—¿Dónde está Jack? —le dijo, mientras la luz del sol iluminaba la habitación.

Su madre se quedó mirándola en silencio durante unos segundos, y al final le dijo:

—Eh... está escribiendo un artículo sobre el fútbol juvenil en el condado de Kitsap, y sólo pudo programar la entrevista para hoy —se levantó de la cama, y se puso la bata—. Seguro que no tarda en llegar... por cierto, ¿qué hora es?

—Las diez y cuarto.

—¿Cómo he podido dormir hasta tan tarde? —dijo, mientras se frotaba los ojos.

—Está claro que lo necesitabas. ¿Quieres que prepare un poco de té?

Su madre bostezó antes de contestar.

—Sí. Gracias, cariño.

A Justine le encantaba aquella vieja casa, sobre todo la cocina. La conocía al dedillo, así que se puso a preparar el té como si estuviera en la suya propia. Puso agua a hervir, y eligió su tetera blanca de cerámica preferida. Optó por unas bolsitas de té a la menta, porque supuso que les iría mejor a aquellas horas que el fuerte té irlandés para desayuno que solían tomar.

—¿Dónde está Leif? —le preguntó su madre, al entrar en la cocina diez minutos después.

—Ha ido con su padre a casa de sus abuelos.

Sirvió el té en las dos tazas que ya tenía preparadas sobre

la mesa mientras su madre se sentaba. Aún llevaba puestos la bata roja de lana que Grace le había regalado y el pijama de franela con un estampado de copos de nieve.

—Me alegro mucho de verte, Justine.

—Lo mismo digo, mamá. Iba a venir ayer, pero...

—No te preocupes por eso, hablamos a diario.

La relación que tenía con su madre pasaba por un muy buen momento. No siempre había sido así, y no quería hacer nada que dañara el progreso que habían logrado desde que se había casado con Seth.

—¿Estás bien, Justine? —le preguntó, mientras le lanzaba una mirada elocuente a su vientre.

—Mejor que nunca. Seguro que, hace cien años, habría sido una de esas mujeres que daban a luz cada uno o dos años. Estoy sana y fuerte, y me encanta estar embarazada.

—A mí también me encantaba. Tanto contigo como con tu hermano...

Su madre vaciló ligeramente, era algo que le pasaba a veces cuando hablaba de Jordan. Si no la conociera tan bien, Justine no habría alcanzado a ver el dolor que relampagueó en sus ojos. Ella sentía la misma sensación de pérdida por su hermano gemelo, que había muerto a los trece años.

—¿Crees que voy a tener gemelos? —era una posibilidad que había hablado con Seth; en todo caso, la ecografía que tenía que hacerse en breve les daría una respuesta definitiva.

—Ha habido varios casos en la familia —le dijo su madre, sonriente. Era obvio que estaba encantada ante aquella posibilidad.

—Los hermanos de la abuela eran gemelos, ¿verdad? —sus tíos abuelos ya habían fallecido, pero su abuela tenía un álbum lleno de fotos.

—Sí. Justine, ¿tienes la sensación de que estás esperando gemelos?

—No lo sé... creo que no. En fin, quería hablar contigo de cómo va el salón de té.

—Venga, ponme al día.

—He decidido pintar el exterior en un precioso tono rosa.

—¿Rosa? —su madre frunció el ceño. Parecía un poco desconcertada—. Rosa...

Justine sonrió al ver su expresión, y comentó:

—Seth reaccionó igual que tú cuando se lo dije.

Su marido no había intentado disuadirla, pero era obvio que su elección le parecía rara; aun así, ella tenía muy claro que era el color adecuado, había repasado mil veces hasta el último detalle. Iba cada día a ver cómo iban las obras, y hablaba a menudo con el constructor. Tenía que tomar tantas decisiones a diario, que era prudente y sensato estar en contacto con él, y su entusiasmo se acrecentaba después de cada visita. Estaba muy ilusionada con aquel nuevo restaurante y con lo que supondría para Cedar Cove, en especial para las mujeres. Seguro que les encantaría poder salir a merendar a un lugar de encuentro especial, un lugar orientado a ellas.

—El salón de té va a ser un referente en la ciudad —dijo con orgullo.

—Va ser rosa como un flamenco, así que será fácil localizarlo —comentó su madre, en tono de broma.

—No, será un tono rosa polvoriento... espero que no haga honor a su nombre, no quiero pasarme el día limpiando.

Se echaron a reír, pero Justine no tardó en darse cuenta de que la risa de su madre parecía forzada. Estuvo a punto de preguntarle si le pasaba algo, pero decidió no hacerlo. No quería entrometerse si su madre había discutido con Jack, prefería dejar que ella le contara lo que quisiera.

—Estoy muy cansada, Justine —comentó con voz queda, antes de tomar un sorbo de té.

—¿Quieres volver a la cama?

—Me parece que será lo mejor, pero dentro de unos minutos —apuró la taza de té y agarró la tetera para servirse más, pero las manos le temblaban mucho.

—Espera, ya lo hago yo —se apresuró a quitársela, y le llenó la taza.

Le preocupaba lo débil que estaba su madre desde la operación. Por mucho que le doliera admitirlo, la verdad era que tenía muy mal aspecto. Tenía la piel sonrojada, y no dejaba de moverse en la silla como si estuviera incómoda.

—¿Sabes si tu abuela ha acabado de escribir las recetas?
—Le falta poco, está haciendo un trabajo fantástico.
—Sabía que lo haría muy bien.
—Lleva años reuniendo recetas —ella se había limitado a pedirle algunas de sus recetas especiales para el salón de té, pero su abuela había superado con creces sus expectativas—. Quiere acabar de organizarlas antes de irse de crucero con Ben dentro de dos semanas.
—¿Tantas tiene? —le preguntó, mientras alzaba la taza con manos temblorosas.
—Yo diría que unas doscientas. Tienes que verlas, mamá. Ben se las pasa a ordenador, y ella las lee y añade pequeños toques y anécdotas. Está haciéndome mi propio libro de cocina familiar, ha llegado a añadir recetas de amigas como Grace, Corrie McAfee, y Peggy Beldon. Ha incluido todos los platos para ocasiones especiales, pero lo mejor de todo son las pequeñas acotaciones.
—Dame un ejemplo.
—A ver... en la receta de las galletas de canela, dice que no añade pasas cuando se las prepara a Jack. Le hace gracia que a Jack no le gusten las pasas y le encanten las uvas.
—También le gustan las ciruelas frescas, y no soporta las secas.

Justine decidió dejar a un lado el tema de la predilección de Jack por la fruta fresca, y comentó:

—Como te decía, la abuela ha puesto un montón de comentarios y consejos, y además especifica de dónde sacó cada receta. ¿Te acuerdas de todos los velatorios a los que ha ido a lo largo de los años? —intercambió con su madre una sonrisa cómplice, y añadió—: Ese libro de cocina es un verdadero tesoro, mamá.

—Cuando tu abuela se propone algo, no hay quien la pare.
—No podría haberme hecho un regalo mejor.

—Las galletas preferidas de tu hermano eran las de jengibre —parecía sumida en sus pensamientos.

—¿Te refieres a James?

—A Jordan. No le gustaba que se las preparara con forma de muñequitos... según él, eso era para niños pequeños... así que se las hacía redondas como las demás.

Justine no se acordaba de eso.

—Me pidió que se las hiciera —añadió su madre.

Casi nunca hablaban de Jordan, porque a pesar de que ya habían pasado más de veinte años, seguía siendo demasiado doloroso. Era muy raro que su madre estuviera hablando de sus galletas preferidas.

—¿Jordan te pidió que le prepararas galletas?, ¿cuándo? —su hermano había muerto en agosto, y era poco probable que su madre se hubiera puesto a hornear galletas en un caluroso día de verano.

—Esta mañana.

Justine se quedó helada, y le dijo con voz suave:

—Es imposible que hayas hablado con Jordan esta mañana, mamá.

Su madre se quedó mirándola con la mirada perdida durante unos segundos, y al final negó con la cabeza y le dijo:

—No, claro que no ha sido esta mañana. No sé en qué estaba pensando... Jordan no puede pedirme que le prepare galletas, ¿verdad?

—No, no puede —la miró cada vez más alarmada, y se dio cuenta de que tenía los ojos brillantes y febriles.

—Tengo mucha sed —agarró la taza, pero le temblaba tanto la mano, que el té se derramó por los bordes; de repente, la taza se le cayó y se estrelló contra la mesa. Los mantelitos con motivos navideños quedaron empapados.

Justine se levantó de golpe, y estuvo junto a ella en un abrir y cerrar de ojos.

—¿Qué he hecho?, ¡qué desastre!

—No te preocupes por eso, mamá. Ven, será mejor que te acuestes.

Su madre la miró confundida, como si no supiera dónde estaba.

Justine la ayudó a levantarse, y consiguió sacarla de la cocina y llevarla por el largo pasillo hasta el dormitorio principal. Le había pasado un brazo por la cintura, y la llevó medio a rastras hasta la cama.

Le puso una mano en la cara después de taparla con la sábana, y estuvo a punto de soltar una exclamación al ver lo caliente que estaba. Le puso un termómetro que encontró en el cuarto de baño, y tuvo que controlar una oleada de pánico al ver el resultado. Su madre tenía cuarenta grados y medio de fiebre, y estaba claro que su vida corría peligro.

—No te preocupes, Justine. Jack volverá ponto a casa —le dijo, arrastrando las palabras.

—¡Voy a llamarle ahora mismo!

—No... no lo hagas. No hace falta. Voy a dormir un poco, y después... estaré como nueva.

Justine no perdió el tiempo discutiendo. Fue corriendo a la cocina, y se puso a buscar como una loca el número del móvil de Jack. Su madre era muy organizada, y lo tenía anotado en su agenda de teléfonos.

El teléfono sonó tres veces que le parecieron tres años. Cuando Jack contestó al fin, le dijo a toda prisa:

—A mamá le pasa algo, tiene cuarenta y pico de fiebre y está hablando con Jordan... ¿qué hago?

Él no perdió el tiempo haciendo preguntas.

—Ahora mismo voy, llamaré a su oncólogo. Estoy cerca, tardaré menos de diez minutos en llegar.

Justine regresó al dormitorio, y se encontró a su madre manteniendo una conversación con Jordan. Estaba riéndose por algo, y murmuró:

—Siempre consigues hacerme reír, Jordan.

—Mamá... mamá... —se sentó en el borde de la cama, y la tomó de la mano. El corazón le martilleaba en el pecho, y tuvo que luchar por contener las lágrimas.

Al oír que un coche se acercaba a toda velocidad, salió

corriendo a la sala de estar mientras rezaba para que fuera Jack, pero resultó ser un joven imprudente que conducía un coche sin silenciador.

Jack llegó al cabo de cinco minutos, y entró en la casa como una exhalación mientras la llamaba a gritos.

—¡Estamos aquí!

Cuando él irrumpió en el dormitorio a toda velocidad, su madre no dio muestras de reconocerlo.

—Está delirando, Jack. Tiene mucha fiebre —no intentó ocultar el miedo que sentía.

—El doctor Franklin me ha dicho que la llevemos al hospital —la alzó de la cama con la sábana y todo, y fue hacia la puerta; a aquellas alturas, Olivia estaba demasiado débil para protestar.

Justine alzó el trozo de sábana que arrastraba por el suelo mientras iba tras él. Metieron a su madre en el asiento trasero del coche de Jack, y se sentó junto a ella mientras iban hacia el hospital de Bremerton a toda velocidad.

Su madre la miró, y le dijo:

—El pobre no pudo crecer.

—¿Te refieres a Jordan?

—El día que me pidió que le preparara las galletas de jengibre tenía trece años, y sigue teniéndolos... —sonrió y apoyó la cabeza en el asiento.

Justine se aferró a su mano mientras luchaba por mantener a raya su angustia. Jack sobrepasaba el límite de velocidad siembre que podía, y había bajado todas las ventanillas en un intento desesperado de que el frío aire de diciembre le bajara un poco la fiebre. Su madre cerró los ojos al notar el frío contra el rostro acalorado, y ella se estremeció. No se había molestado en agarrar ni la chaqueta ni el bolso, y empezaban a castañetearle los dientes.

En cuanto llegaron al hospital, todo pasó a gran velocidad. El médico de su madre había llamado para alertar sobre su llegada, y el personal de Urgencias estaba esperándolos.

Jack y ella permanecieron en la sala de espera sin decir palabra hasta que el doctor Franklin, el oncólogo, apareció con expresión muy seria.

—Me temo que Olivia tiene una infección en la zona de la incisión.

—¿Cómo puede ser? Hemos tenido mucho cuidado, seguimos todas las instrucciones a rajatabla —le dijo Jack con desesperación.

—Dudo que lleguemos a saber la causa concreta; en este momento, nuestra principal preocupación es bajarle la fiebre, y empezaremos a administrarle antibióticos por vía intravenosa.

Se fue después de añadir que regresaría en cuanto Olivia fuera ingresada.

Jack estaba macilento, y su rostro reflejaba la angustia que sentía. Daba la impresión de que se culpaba a sí mismo por lo que había sucedido.

—No tendría que haber salido de casa —decía, una y otra vez—. Gracias a Dios que tú estabas allí.

Los villancicos que sonaban de fondo parecían completamente fuera de lugar en aquella situación. Gracias a ellos recordó que Seth y ella tenían pensado decorar el árbol de Navidad aquella misma tarde, pero en ese momento le daban igual los preparativos para las fiestas.

—Mamá va a ponerse bien —necesitaba oírlo, necesitaba decirlo.

—Sí —Jack no parecía tan seguro.

Mientras seguían esperando, llamó a Seth para explicarle lo que pasaba, y él intentó tranquilizarla y le dijo que se encargaría de cuidar a Leif.

Cuando el doctor Franklin regresó al fin, les dijo con voz grave:

—Olivia está estable. Como os he dicho antes, hemos empezado a administrarle antibióticos, y la fiebre le ha bajado un poco. La manta térmica sobre la que la tenemos tumbada para aplicarle frío ha ayudado bastante.

—Gracias a Dios —la voz de Jack era apenas un susurro.

–Aunque está estable, no quiero restarle importancia a la infección. No sé si habríamos podido salvarla si hubiera llegado al hospital cuatro o cinco horas más tarde.

Justine se cubrió la boca con una mano.

–Vamos a hacer todo lo que podamos por luchar contra la infección, pero el problema radica en que su sistema inmunológico ya está debilitado. No es algo que pueda solucionarse de la noche a la mañana, así que va a tener que quedarse ingresada durante unos días.

–¿Puedo quedarme con ella? –le preguntó Jack.

El doctor Franklin asintió, y se fue poco después. Jack se volvió hacia ella y le dio las llaves de su coche, pero al ver que lo miraba con expresión interrogante, le dijo:

–Llévate mi coche. Cuando vuelvas, tráeme algo de ropa.

–Pero, Jack...

–Nunca volveré a dejar sola a Olivia, no pienso moverme de su lado.

CAPÍTULO 16

Shirley Bliss miró por la ventana que daba al porche delantero de la casa. Las farolas llevaban más de una hora encendidas, y Tanni iba a llegar tarde a cenar otra vez. Era algo que había empezado a ocurrir cada vez con más frecuencia desde que había empezado a juntarse con el tal Shaw, el chico que ni siquiera parecía tener apellido.

Ella sólo le había visto una vez, y de forma fugaz; por alguna razón que no alcanzaba a entender, su hija parecía querer evitar que hablara con él. En ocasiones así era cuando echaba más de menos a Jim. Su marido y su hija siempre habían estado muy unidos, y Tanni aún no había superado su muerte.

Ella tampoco la superaría jamás. Ya había pasado casi un año, un año muy difícil. Nunca olvidaría aquella tarde de enero en la que un joven agente de la policía de Washington había llamado a su puerta. Ella estaba en su taller del sótano, trabajando en un nuevo edredón, y la interrupción la había exasperado. Jim era piloto en la compañía Alaska Airlines, solía hacer la ruta que unía Seattle y Anchorage. Hacía dos horas que se había ido rumbo al aeropuerto y había optado por ir en la Harley-Davidson en vez de en el coche, como de costumbre.

Al principio, no alcanzaba a entender por qué había ido a verla aquel agente de policía, y le había costado asimilar lo que estaba oyendo... que había habido un accidente, y su marido no había sobrevivido.

Había seguido sin entenderlo y le había dicho al agente que debía de tratarse de un error, que dos horas antes Jim la había besado en la mejilla procurando no distraerla demasiado de su trabajo y se había marchado hacia el aeropuerto; dos horas antes, el hombre con el que había pasado veinte años de su vida se había despedido de ella hasta el día siguiente.

Era imposible que estuviera muerto, no podía ser.

El agente, que debía de estar acostumbrado a reacciones así, le había preguntado si había alguien con quien poder contactar en su nombre... un familiar, un cura, una amiga...

Cerró los ojos y luchó por dejar de pensar en aquella horrible tarde, aquel día en que su vida y la de sus hijos había cambiado de forma irrevocable.

De los tres, Nick era el que parecía haber asimilado mejor la muerte de Jim. Se mostraba muy protector con su hermana menor y con ella, era asombroso cómo había asumido aquel rol. Jim se habría sentido muy orgulloso de él. Su hijo estaba en la universidad, pero pensaba aprovechar para hablar con él sobre Tanni cuando regresara a casa a pasar las vacaciones navideñas.

Tanni no había vuelto a ser la misma desde la muerte de Jim. A diferencia de su hermano, se había aislado de sus amigos y su familia, en especial de ella; de hecho, parecía culparla del accidente, y se lo había dicho de forma más o menos velada. Según Tanni, si ella se hubiera opuesto con más vehemencia, era posible que Jim no hubiera comprado aquella moto. Ella tendría que haber insistido en que su marido optara por el coche aquella tarde, tendría que haberlo sabido, tendría que haberlo detenido, tendría que haber hecho algo... y así una y otra vez. Las conversaciones que tenía con su hija en los últimos tiempos no iban más allá.

Sabía que era inútil intentar defenderse de aquellas acusaciones, así que había optado por dejar de hacerlo. Su hija se pasaba horas y horas sola en su habitación, inmersa en su arte. Apenas hablaba con ella, y se negaba a enseñarle sus dibujos.

Verla entablar una amistad con el tal Shaw había sido alentador al principio, porque por primera vez desde la muerte de Jim, Tanni había mostrado cierto entusiasmo por la vida. Tenía un amigo, alguien que le importaba. Se habían conocido poco antes de Acción de Gracias, y desde entonces eran prácticamente inseparables.

Siempre quedaban delante de la casa. Shaw iba a buscarla, y después la llevaba de vuelta. Tanni salía a toda prisa sin apenas despedirse en cuanto le veía llegar y tardaba horas en regresar, así que no quedaba margen para hacer preguntas. Y cuando volvía a casa por fin, la ignoraba por completo y se enfadaba si ella intentaba «interrogarla».

Tanni le había repetido una y otra vez que la dejara en paz, pero no podía hacerlo. Le preocupaba que tuviera relaciones sexuales con Shaw a causa de su precario estado emocional, y se imaginaba toda clase de situaciones angustiosas... desde un embarazo adolescente a una enfermedad venérea, pasando por el consumo de drogas. Su hija era demasiado joven para tener una relación tan seria, demasiado confiada, demasiado ingenua... demasiado vulnerable.

Se sentía impotente. Cada vez que intentaba hablar con ella, Tanni se cerraba en banda.

Se sobresaltó cuando el teléfono empezó a sonar. Dio un pequeño respingo, y se apresuró a contestar.

—¿Diga? —esperaba que fuera su hija, que llamaba para explicarle a qué se debía su tardanza; o mejor aún, para decirle que estaba a punto de llegar.

—Hola, querría hablar con Shirley Bliss.

Al oír aquella voz masculina desconocida, su preocupación por Tanni se acrecentó y se le aceleró el pulso.

—Soy yo —la aterraba que aquel hombre tuviera malas noticias; al fin y al cabo, ya había pasado una vez, y la historia podía repetirse.

—Hola, Shirley. Soy Will Jefferson.

El nombre le resultó familiar, pero tardó unos segundos en recordar dónde lo había oído antes.

—Espero que no te moleste que te llame de forma tan imprevista.

Tuvo la impresión de que el nuevo propietario de la galería de arte sonaba demasiado lisonjero y poco natural.

—¿En qué puedo ayudarle, señor Jefferson? —le preguntó con formalidad.

—Tutéame, por favor.

Shirley se tragó una respuesta cortante, y se limitó a preguntarle:

—¿Qué querías?

—Compré hace poco la galería de arte de Harbor Street.

—Sí, ya lo sé —se alegraba de que la galería siguiera abierta, y de seguir teniendo un lugar donde exponer sus obras. Muchos artistas de la zona dependían del dinero que ganaban allí.

—Me han recomendado que hable contigo. Me interesaría exponer tus obras, por supuesto, pero también tengo varias ideas para renovar la galería y me gustaría hablar contigo y contar con tu asesoramiento.

—Eh...

—Ya sé que es un sábado por la tarde y una época del año muy ajetreada, pero me gustaría que pudiéramos vernos a principios de semana. ¿Te iría bien?

—Supongo que sí —alzó la cabeza al oír que un coche se acercaba.

—¿Te va bien el martes?

—Sí —lo único que quería era colgar el teléfono.

Will sugirió quedar en la galería de arte, y ella anotó la fecha y la hora en su agenda.

—Será un placer volver a verte otra vez —le dijo él.

—¿Otra vez?

—Nos conocimos hace unas semanas, cuando viniste a por el cheque por el collage en tela del velero.

Ah, sí, era cierto que se habían conocido; si mal no recordaba, Will Jefferson era un hombre muy atractivo... y su reputación le precedía; al parecer, había nacido y crecido en Cedar Cove y tenía fama de mujeriego, aunque sólo hacía un par de semanas que había regresado a la ciudad. Ella no solía prestar demasiada atención a los cotilleos, porque prefería formarse sus propias opiniones.

Al oír que se abría la puerta principal, se apresuró a decir:
—Nos vemos el martes.
—Perfecto. Gracias, Shirley —tras una pausa más que significativa, añadió—: Tengo la sensación de que llegaremos a ser grandes amigos, hasta el martes.
—Adiós.

Después de colgar, se quedó mirando el teléfono. La conversación había sido breve, pero tenía la sensación de que aquel hombre era bastante pagado de sí mismo y tenía una gran confianza en sus propios encantos.

Al ver que Tanni iba a su habitación y se encerraba allí sin decir palabra, fue tras ella y llamó a la puerta.
—¿Qué quieres?

En vez de hacerle preguntas que sólo servirían para enfadarla, optó por otra vía de acción.
—La cena está lista.
—Ya he cenado —le dijo la joven, sin abrir la puerta.
—Me gustaría que me hicieras compañía, es muy aburrido cenar sola todas las noches.

Esperó a que le contestara, pero al cabo de unos minutos de silencio, regresó descorazonada a la cocina. Aquella tarde había preparado una de las sopas preferidas de Jim. Estaba hecha a base de coliflor, patata y queso, y era perfecta para una fría noche invernal.

Se sirvió un plato, y se sentó a la mesa; tal y como solía hacer siempre, agachó la cabeza para rezar una breve oración, y pidió también ayuda para poder mejorar su relación con su hija. Alzó la cabeza justo a tiempo de verla entrar en la cocina, pero en vez de mostrar satisfacción, sacudió la servilleta y se la colocó sobre el regazo.

—¿Qué has hecho de cena?
—Sopa.
—Jo, eso ya lo veo. ¿Qué clase de sopa?

En condiciones normales habría reaccionado ante aquella falta de educación, pero decidió dejarla pasar de momento. Sabía a qué se debía la actitud de su hija y era consciente de que lo principal era mostrarse abierta al diálogo, así que se limitó a contestarle con calma:

—La de coliflor —al verla sonreír por primera vez en semanas, añadió—: ¿Quieres cenar conmigo? —en cuanto pronunció las palabras, deseó haberse mordido la lengua. Cada vez que mostraba interés en pasar algo de tiempo con ella, Tanni se distanciaba.

—Te he dicho que ya he cenado.
—Perdona, se me había olvidado.

Se sintió alentada al ver que no se marchaba de la cocina. Se limitó a comer en silencio por miedo a decir algo que estropeara el momento, pero no pudo aguantar por mucho tiempo.

—¿Te lo has pasado bien con Shaw esta tarde? —era una pregunta arriesgada, pero le pareció lo bastante inocua como para que no ofendiera a Tanni. Tomó otra cucharada de sopa... y procuró no fijarse en el chupetón que su hija tenía en el cuello.

—Sí, no ha estado mal.

Quería preguntarle dónde habían estado, pero decidió no poner en peligro aquella oportunidad de comunicarse con ella.

—Estaba al teléfono cuando has llegado, el nuevo dueño de la galería de arte quiere hablar conmigo y hemos quedado esta semana.

—Me enteré de que la habían vendido, ¿de qué quiere hablar contigo?

—De la renovación que tiene planeada, dice que está interesado en que le asesore.

—Ah.

Intentó ocultar la sorpresa y el alivio que sintió al verla sentarse a la mesa, pero se dio cuenta de que el hecho de que su hija estuviera dispuesta a hablar significaba casi con certeza que quería algo.

—¿Tenemos planes para Navidad, mamá?

—Sí.

—¿Qué tenemos que hacer? —no parecía una pregunta, sino una acusación.

—Tu hermano estará en casa, y...

—Qué novedad.

—Y vamos a ir a ver a vuestros abuelos —los padres de Jim vivían en Seattle, y consideraba que era importante para todos seguir en contacto.

—Puedo ir a verlos cuando me dé la gana.

—Sí, pero nunca tienes tiempo. Están deseando que vayamos.

Su hija frunció el ceño y fijó la mirada en sus manos. Daba la impresión de que estaba debatiéndose entre sus obligaciones y sus deseos.

—¿Querías ir a otro sitio, Tanni?

—Shaw y yo... —dejó la frase inacabada.

—¿Quieres invitarle a venir con nosotros?

Tanni alzó la mirada, y pensó en ello durante unos segundos antes de contestar.

—Puede que sí.

—Que venga si quiere.

—Tiene mucho talento, mamá.

—¿En qué sentido? —no quería parecer corta de entendederas, pero no tenía ni idea de cómo se manifestaba aquel supuesto talento.

—En el artístico —lo dijo como si fuera una obviedad.

Aquello explicaba muchas cosas. Tanni tenía mucho talento, aunque hacía mucho que no le enseñaba sus obras. Había sido la primera sorprendida al enterarse de que su hija había ganado un concurso artístico que se había celebrado en la zona; al parecer, una profesora había presentado a concurso uno de sus cuadros sin avisarla. Su hija se había alterado bastante, y había insistido en que el asunto carecía de importancia.

—¿Quieres que le eche un vistazo a su trabajo? —le dijo con naturalidad.

Tanni se lo pensó antes de contestar.

—Aún no está preparado, pero creo que lo estará dentro de poco.

—Vale, que me lo enseñe cuando le vaya bien.

—Es que...

—Dime.

—Puede que no te guste lo que dibuja.

—Soy capaz de ver más allá de la temática de una obra, Tanni.

—¿Podrías...? —parecía no saber cómo pedirle algo.

—¿Qué?

—Si sus obras te parecen buenas... yo creo que sí que lo son, mamá, de verdad que sí... ¿podrías mencionarle cuando hables con el señor Jefferson?

Tardó unos segundos en entender lo que estaba pidiéndole.

—¿Quieres que averigüe si estaría interesado en exponer las obras de Shaw? —cuando su hija asintió, le dijo—: Si es tan bueno como dices, no habrá ningún problema.

Tanni le sonrió por primera vez en meses. Fue más bien un pequeño movimiento de los labios que una sonrisa de verdad, pero de momento era más que suficiente.

—Así que crees que tiene talento, ¿no? —al verla asentir de nuevo, añadió—: ¿Más que tú?

Tras una ligera vacilación, su hija contestó sin vanidad:

—No, pero no ha tenido la ventaja de tener una madre artista y un padre interesado en el arte.

Le gustó que mencionara a Jim. Casi nunca lo hacía, y mucho menos con tanta naturalidad.

—Estoy enseñándole todo lo que aprendí de vosotros.

Años atrás, antes de que empezara a trabajar con telas, su

hija solía jugar a sus pies mientras ella pintaba. Le había dado el primer cuaderno a los cuatro años, y Tanni había seguido dibujando desde entonces.

Había sido un duro golpe enterarse de que Tanni había destruido aquellos primeros cuadernos de dibujos tras el funeral de Jim.

—Me alegro de que pueda aprender de ti, Tanni.

—No estoy diciendo que la relación sea poco equitativa —Tanni esbozó una sonrisa, y se cubrió con la mano el chupetón que tenía en el cuello—. Shaw también está enseñándome un montón de cosas.

Eso era justo lo que preocupaba a Shirley.

CAPÍTULO 17

La tensión que existía entre Dave y su mujer había llegado hasta tal punto, que se había vuelto casi intolerable. Cada vez que intentaba hablar con ella, Emily se comportaba como si no le oyera; de hecho, en cuanto él hacía ademán de acercarse, ella se iba a otra habitación.

Mantenían las formas delante de los niños, pero Emily le evitaba en la medida de lo posible. No le dirigía la palabra a menos que tuviera que contestarle, y eso sólo si había otras personas delante. Y si no tenía más remedio que contestar, lo hacía diciendo el mínimo imprescindible. El hecho de que se hubiera teñido de rubia le parecía una provocación.

Pero a pesar de todo, él no se atrevía a contarle la verdad por miedo a cómo podría afectar a su matrimonio.

El sermón del domingo fue el más difícil que había tenido que dar desde que era párroco; al terminar, supo en lo más hondo que había decepcionado a su congregación, a su familia... y aún peor: a su Dios.

Para cuando la iglesia se vació, Emily ya se había llevado a los niños a casa, pero él se quedó allí y se sentó en el primer banco, sintiéndose como un completo fracasado. Había mentido a su mujer, no había sido sincero con sus empleados y había intentado ocuparse de todo él solo, y al final había acabado fallándole a todo el mundo.

A aquellas alturas, sólo quedaba admitir sus errores, porque aquella situación no podía seguir así. Sabía lo que tenía que hacer, pero no estaba seguro de cómo hacerlo. Permaneció allí sentado durante más de media hora, intentando encontrar la forma de contárselo a Emily. Era increíble que le costara tanto decir la verdad.

Agachó la cabeza y le pidió perdón a Dios. Después de rezar, se puso de pie y salió de la iglesia dispuesto a pedirle perdón a su mujer. Fue al aparcamiento sin prisa, como si tuviera los zapatos llenos de plomo. Le habría gustado que surgiera cualquier tipo de interrupción, cualquier cosa que le diera un respiro de unos cuantos minutos para poder superar sus dudas y aquella sensación de ineptitud. No había sido su intención dejar que las cosas llegaran tan lejos. Si pudiera dar marcha atrás en el tiempo y tomar mejores decisiones, lo haría, pero no le quedaba más remedio que confesar adónde le había llevado su orgullo, tenía que contarle a su esposa que había caído en la trampa que le había tendido aquel orgullo desmedido.

Cuando llegó a su casa y aparcó, permaneció en el coche durante unos minutos. A Emily le encantaba aquella casa, había querido irse a vivir allí en cuanto la había visto; como la amaba y quería complacerla en todo lo posible, había hecho todo lo que estaba en sus manos por comprarla, sin saber los quebraderos de cabeza que iba a acarrearle. Pero el culpable de todo era él.

Los niños estaban sentados en la mesa de la cocina, y alzaron la cabeza al oírle entrar.

—Mamá ha hecho macarrones con queso —le dijo Mark.

—Qué bien —se acercó a él, y le alborotó el pelo.

—¿Por qué has tardado tanto?, mamá ha dicho que comiéramos sin esperarte —apostilló Matthew.

—¿Dónde está? —estaba decidido a resarcir a sus hijos por todo el tiempo que no había pasado con ellos, y esperaba poder resarcir también a Emily.

—En vuestro cuarto, supongo —Mark lo miró con preocupación, y añadió—: No se encuentra bien, se ha acostado en cuanto ha preparado la comida.

—Sí, y estaba llorando —añadió Matthew. Lo miró muy serio, como si lo culpara por las lágrimas que había vertido su madre.

Dave sintió que se le retorcían las entrañas, y le dijo:

—Voy a verla. No os comáis todos los macarrones, dejadme unos pocos —añadió, en un tono de broma que sonó muy forzado.

Fue al dormitorio principal, y vaciló por un segundo antes de abrir la puerta y entrar. Las cortinas estaban cerradas, y cuando sus ojos se acostumbraron a la oscuridad, vio a Emily acostada.

No supo si estaba dormida de verdad o si fingía estarlo, y vaciló de nuevo mientras sopesaba sus opciones. Habría preferido retrasar su confesión, pero sabía que no le resultaría más fácil por mucho que la aplazara.

Se acercó poco a poco a la cama, y el colchón se hundió ligeramente cuando se sentó en el borde. Emily estaba acostada de lado, de cara a él. Aún no se había acostumbrado a verla con el pelo rubio, aunque ya hacía cuatro días que se había teñido. El color y el estilo nuevos habían llamado mucho la atención en la iglesia aquella mañana, y era obvio que eso era lo que ella quería... atención, amor, reconocimiento... cosas que él no le había dado en los últimos tiempos.

Si no estaba dormida, lo disimulaba muy bien, aunque no le extrañaba: al fin y al cabo, se había vuelto toda una experta a la hora de ignorarle.

—Me parece que ya es hora de que resolvamos esto de una vez, Emily —le dijo, con voz tensa y controlada.

Ella se limitó a darle la espalda; al parecer, no estaba dispuesta a aclarar las cosas. Era comprensible que estuviera enfadada, pero no estaba dispuesto a rendirse.

—Crees que tengo una aventura, ¿verdad? —en cuanto lo dijo, se dio cuenta de que empezar haciéndole preguntas no era una buena táctica. Lo que su mujer necesitaba eran respuestas—. No contestes, no tiene importancia.

—¿Que no tiene importancia? —se incorporó de golpe, y se volvió hacia él.

—No quería decir eso...

—Yo creo que sí —se cruzó de brazos, y lo fulminó con la mirada. Su lenguaje corporal dejaba claro su estado de ánimo.

—Emily, te juro por lo más sagrado que siempre te he sido fiel, y que siempre lo seré.

Todo lo demás podía esperar, lo principal era que ella supiera que jamás la traicionaría, que jamás rompería sus votos matrimoniales.

—Ningún marido infiel admite que lo es. ¿Quieres que te traiga la Biblia para que puedas jurar sobre ella? —sus palabras destilaban sarcasmo.

—Por favor, Emily...

—¿Crees que no sé reconocer los indicios? Me los sé de memoria, y la verdad es que las pruebas te delatan.

Parecía tan segura, tan convencida de lo que decía, que no supo cómo reaccionar.

—Crees que soy una ingenua y una estúpida, ¿verdad? He leído artículos sobre el tema, y todas las mujeres acaban dándose cuenta. Es una traición tan profunda y básica, que es imposible no saberlo de forma instintiva. Algunas intentan fingir que no se dan cuenta, pero en el fondo lo saben.

—Pero...

—Dicen que la esposa siempre es la última en enterarse, pero se equivocan. Somos las primeras.

—Si me escucharas...

—No, ahora te toca a ti escucharme. ¿Creías que no me daría cuenta de que llegabas tarde dos o tres noches por semana? Ha llegado a ser algo sistemático, ¿me tomas por tonta?

—Son tres noches.

—¡Vaya! ¿Admites que tienes una aventura?

—No —como ella apenas le dejaba articular palabra, decidió dejar que se desahogara y explicárselo todo cuando hubiera acabado.

—Lo suponía. Vas a intentar contarme alguna patraña, pero no pienso seguir fingiendo. Si quieres que nos divorciemos, me parece bien. Estoy harta.

La miró boquiabierto durante unos segundos, y al final alcanzó a decir:

—¡No quiero que nos divorciemos! Si me dejaras explicártelo todo, podría...

Ella volvió a interrumpirle.

—¡No, claro que no quieres que nos divorciemos! En tu currículo pastoral quedaría muy mal que pusiera que eres un padre de dos hijos divorciado, ¿verdad?

—¡Para ya, Emily! Esto es una locura.

Ella echó a un lado las mantas, y se arrodilló en la cama.

—¡No pienso parar! Tengo tanta rabia acumulada dentro, que siento que voy a estallar. ¿Cómo te atreves a dejarme en evidencia delante de mi familia y mis amigos? ¡Hasta mi madre se dio cuenta de que pasaba algo!

—¿Hablaste con ella de todo esto?

—¿Te extraña?

Sí, le extrañaba, y hacía que se sintiera incluso más humillado.

—¿Le contaste a ella lo que sospechabas y a mí no me dijiste nada? —aquello le dolía más que el hecho de que hubiera hablado con su madre.

—Al principio, no quería saberlo; según los artículos que he leído, a ninguna mujer le gusta admitir que su marido tiene una aventura con otra.

—Voy a repetírtelo, y es la pura verdad: no tengo ninguna aventura.

—Sí, claro —le dijo con sarcasmo. Seguía de brazos cruzados, manteniendo las distancias.

—Conseguí un trabajo a tiempo parcial.

Ella bajó los brazos y se quedó mirándolo desconcertada. Él le sostuvo la mirada sin vacilar.

—¿U... un trabajo?

—Estoy trabajando de guardia de seguridad en el First National Bank fuera del horario de atención al público, tres tardes a la semana.

Le había parecido la solución perfecta. Estaba dentro del edificio el noventa y cinco por ciento del tiempo, así que nadie le veía. De forma muy esporádica le tocaba suplir a algún compañero, como la tarde en que había ido a visitar a Olivia, pero por regla general trabajaba de cuatro a diez; básicamente, tenía que limitarse a vigilar varios monitores de televisión, era un puesto que se había creado a raíz de varios robos que había habido en la zona. No llevaba pistola, sólo iba pertrechado con una radio.

Emily lo miró boquiabierta mientras sopesaba aquella información. Era obvio que estaba intentando decidir si creerle o no, si aquello era una mentira como tantas otras.

—¿Por... por qué buscaste otro trabajo? —le preguntó al fin, con voz trémula.

Aquélla era la parte más difícil de su confesión, pero ella sacó sus propias conclusiones antes de que pudiera explicárselo.

—¿Eres un jugador compulsivo?

—¿Cómo puedes preguntarme algo así? —a pesar de sus esfuerzos, no pudo evitar que su voz reflejara la angustia que sentía—. ¿Es que no me conoces? ¿Lo he echado todo a perder por querer darte la casa que tanto te gustaba?

Su mujer pasó de la suspicacia al asombro en un abrir y cerrar de ojos.

—¿La... la casa?

—Estaba por encima de nuestras posibilidades, pero la compramos.

—Pero creía que... di por hecho...

—Sí, y yo dejé que lo creyeras.

Él era el que tenía la culpa, porque no se había dado cuenta de que comprar aquella casa podía llevarlos a la ruina. Emily la quería, y él quería dársela. Era el encargado de lidiar con la economía doméstica, el que pagaba las facturas. Le daba a Emily un presupuesto mensual, y ella se las arreglaba para mantener los gastos dentro de los límites.

—Dave... ¿estás diciéndome que no podemos permitirnos tener esta casa?

Él sintió que se le formaba un nudo enorme en la garganta. Se sentía incapaz de mirarla a los ojos, así que agachó la cabeza y admitió:

—El asesor hipotecario ha conseguido mantener las mensualidades dentro de nuestras posibilidades, con la condición de ir aumentándolas cada seis meses.

La economía familiar ya estaba al límite cuando los seis meses habían pasado y el banco había aplicado la primera subida.

—Buscaste otro trabajo sin decírmelo, sin explicarme la situación... ¿por qué? —era obvio que se sentía muy dolida.

—No quería que te preocupara que pudiéramos perder la casa —admitió, con voz queda.

—¿Preferías que pensara que estabas con otra mujer?

La verdad era que ni siquiera se le había pasado por la cabeza que ella pudiera pensar algo así.

—Creía que no te darías cuenta, que pensarías que simplemente estaba trabajando hasta más tarde —algunas tardes tenía que asistir a reuniones del comité, así que había pensado que eran una buena excusa.

—Fue lo que pensé al principio, pero empecé a darme cuenta de lo distraído que estabas y me pareció muy raro. Y entonces...

—¿Qué?

—Hace unas cuantas semanas cerraste la puerta de tu despacho, y yo esperé un rato y le di al botón de rellamada del teléfono —bajó la mirada antes de añadir—: Contestó una mujer que preguntó por Davey.

—Era Maxine, otra guardia de seguridad del banco. Quería preguntarme si podía cambiarle el turno, me dejó un mensaje en el contestador del móvil y yo le devolví la llamada. Tiene unos sesenta años, y es abuela. Te aseguro que no tengo ningún lío con ella.

—Pero es que... pasabas mucho tiempo fuera de casa.

Dave era consciente de que las horas extras le habían dejado agotado hasta tal punto, que cuando llegaba a casa sólo tenía ganas de descansar.

—Venderemos la casa, no puedes seguir así —añadió su mujer.

Era cierto que la situación tenía que cambiar, estaba irascible con todo el mundo por culpa del cansancio. Incluso Angel, su secretaria, lo había comentado. No le gustaban los cambios que veía en sí mismo, pero era incapaz de superarlos.

—No podemos venderla —aquello era lo peor de todo: estaban atrapados.

—Claro que podemos.

—¿No crees que ya he pensado en eso? Tal y como está el mercado, la casa ya no vale lo que pagamos por ella. Por mi culpa nos hemos metido en un enorme agujero financiero.

—Me pondré a trabajar —lo dijo como si aquello pudiera solucionarlo todo. Se puso en cuclillas en la cama, y añadió—: He estado haciendo de voluntaria en la escuela, puede que haya algún puesto libre. Y también puedo preguntar en The Quilted Giraffe, me conocen de sobra.

—Cuando nos casamos decidimos que serías ama de casa para cuidar de nuestros hijos.

—Pediré un horario que encaje con el de los niños, seguiré cuidándolos igual de bien.

A Dave no acababa de gustarle la idea.

—No me gusta que tengas que trabajar, yo debería ser capaz de sacar adelante a nuestra familia.

—No digas tonterías, Dave, estamos en el siglo veintiuno. Te agradezco que quieras que esté en casa y la verdad es que me gusta, pero quiero aportar dinero a la familia; además, los niños ya no son tan pequeños. Necesito colaborar; de hecho, insisto en ello.

Se sintió aliviado, pero ocultó su reacción por cuestión de orgullo.

—¿Crees que en la escuela o en esa tienda podrán darte un horario que te convenga? —jamás le habría pedido a su mujer que se pusiera a trabajar, pero era una solución a sus problemas.

—Claro que sí. En la escuela haría de ayudante en clase, el director ya me sugirió que presentara mi solicitud si consiguen permiso para cubrir esa plaza.

—No me lo habías comentado.

—No, la verdad es que aún estaba pensándomelo. Yo también tengo un par de secretillos.

Sintió un alivio abrumador al verla sonreír y bromear.

—Tendría que habértelo contado antes, tendría que haberte dicho lo que pasaba.

—Sí, es verdad.

Se sentía como si le hubieran quitado un peso enorme de encima. Era un párroco, un hombre de Dios, pero había hecho caso omiso del credo básico de la Biblia: La verdad os hará libres.

Por primera vez en meses, era libre de verdad. Cuando Emily se le acercó, la abrazó con fuerza y se aferraron el uno al otro durante un largo momento, pero se puso tenso al oír que ella le susurraba algo al oído.

—Eh... ¿el reloj?

—Sí, será mejor que me cuentes también qué es lo que pasa con él —le dijo ella.

Dave se apartó un poco y suspiró apesadumbrado. Se había sentido muy culpable al perder aquel reloj, pero había sido de lo más embarazoso que apareciera en la casa de la juez Griffin.

—¿De dónde sacaste un reloj de oro, Dave?

—Me lo regaló Martha Evans antes de morir —tal y como esperaba y temía, su esposa frunció el ceño como si no le creyera—. Ya sé lo que estás pensando... que no tendría que haber aceptado una reliquia familiar. La verdad es que tienes razón.

—No es eso, Dave.

Lo contempló con tanta intensidad, que él tuvo ganas de gritar de rabia y frustración.

—¿Por quién me has tomado, Em? ¿Qué clase de hombre crees que soy?

—Eh...

—Primero me acusas de tener una aventura, y ahora crees que soy un ladrón.

Le costaba creer que su mujer tuviera tan mal concepto de él. Siempre había creído que lo apoyaría contra viento y marea, a pesar de cualquier supuesta prueba comprometedora. Si su propia esposa dudaba de él, era obvio que todos los demás lo harían también; por suerte, tenía pruebas que demostraban las intenciones de Martha Evans.

—Ya lo sé, Dave. Perdona, lo siento mucho.

—Días antes de morir, Martha me dijo que quería darme el reloj que le habían dado a su marido como regalo de jubilación.

—Dave...

—Le dije que ni hablar, que no podía aceptar un regalo así, pero ella me dijo que había hablado con su abogado y que todo estaba arreglado. Me legó el reloj en su testamento —a pesar de todo, sabía que tendría que haberle pedido a Allan que se lo confirmara, porque le llamaba la atención que el abogado no hubiera mencionado el reloj en ningún momento—. Cuando me enteré de que se habían echado en falta algunas de las joyas de Martha, me preocupó que sospecharan de mí al ver que yo tenía el reloj.

—No te lo habías puesto hasta esta semana, ¿verdad?

—Exacto. No me lo había puesto antes, pero decidí que no tenía nada que ocultar. Martha me lo dio y está explicitado en su testamento, así que no había razón alguna para no llevarlo puesto; además, al mío se le acabó la pila. El problema es que no me di cuenta de que tenía el cierre flojo.

—Ah.

—Sería incapaz de robar —no sólo era un precepto básico de su fe, sino también una dolorosa lección que había aprendido de joven. Ni siquiera su mujer sabía que le habían arrestado cuando era adolescente. Al ver que ella no decía nada, añadió–: Me crees, ¿verdad? –la vacilación de su mujer fue casi imperceptible, pero él la notó–. ¿Emily?

–Sí, sí que te creo –le dijo, antes de abrazarle de nuevo.

–Lo siento, cariño. Tendría que haberte contado lo de los problemas económicos, y también lo del reloj.

–Quiero estar al corriente de nuestras finanzas a partir de ahora, Dave.

–De acuerdo –de hecho, sería un alivio que su mujer se ocupara de pagar las facturas en lo sucesivo, para que pudiera valorar la presión a la que había estado sometido. A pesar del trabajo a tiempo parcial en el banco, las cosas no habían mejorado demasiado.

Cada vez que pensaba que estaban progresando, surgía algo nuevo. El mes anterior habían sido las ruedas del coche de Emily. A pesar de que no podían permitírselas, la seguridad de su mujer y sus hijos estaba por encima de todo. Se había quedado con una única tarjeta de crédito que dejaba para las emergencias, pero ya la tenía cerca del límite y sólo podía hacer pequeños pagos con ella.

Desearía haber vendido el reloj de oro. Había cometido un error absurdo al ponérselo, y había sido una imprudencia perderlo... sobre todo en casa de la juez Griffin.

CAPÍTULO 18

Era bastante tarde. Grace estaba en una silla de la habitación de Olivia en el hospital, dormitando a trompicones. Su amiga estaba conectada a varios monitores y aparatos, y a los tubos por los que le administraban por vía intravenosa una solución salina para evitar que se deshidratara y antibióticos. A pesar de que le había bajado la fiebre, el personal médico seguía muy pendiente de ella.

Le echó un vistazo a su reloj al darse cuenta de que ya había oscurecido. Las horas diurnas iban reduciéndose conforme se aproximaba el solsticio de invierno. El espíritu navideño inundaba el ambiente, pero ella no estaba de humor para celebraciones. Su mejor amiga estaba enferma. Poco después de que se recuperara de la infección y saliera del hospital tendría que empezar con la quimioterapia, y aún estaba por ver lo duro que sería ese proceso.

Se irguió y se inclinó hacia delante para poder estirarse un poco. Jack debía de estar a punto de regresar, y no quería que la encontrara temerosa y preocupada. Él había permanecido junto a Olivia en todo momento, y cuando Cliff y ella habían llegado al mediodía le habían dicho que se tomara unas cuantas horas de descanso, que Cliff lo llevaría a su casa para que pudiera ducharse y cambiarse de ropa. Al final habían conseguido convencerlo, y se había ido a regañadientes.

En ese momento, la puerta se abrió y Cliff se asomó y le preguntó en voz baja:

—¿Alguna novedad?

Olivia seguía dormida, no había despertado en ningún momento.

—No. ¿Dónde está Jack?

—Está poniendo al día a Justine, nos la hemos encontrado en el pasillo.

Había sido providencial que Justine hubiera decidido ir a casa de su madre el día anterior, porque Olivia podría haber muerto si no la hubieran llevado al hospital a tiempo.

—Charlotte y Ben también están aquí —añadió Cliff.

La madre de Olivia había pasado toda la mañana en el hospital junto con Ben. Se habían ido a casa para descansar unas horas, pero al parecer ya estaban de vuelta.

La habitación en la que estaba Olivia era individual y bastante pequeña, así que decidió tomarse un descanso cuando entraron Justine y Jack. Le iría bien tomar una taza de café y respirar aire fresco. Cuando salió y vio a Cliff sentado con Ben y Charlotte en la sala de espera, viendo la tele, les dijo:

—Voy a la cafetería.

Charlotte, que estaba atareada tejiendo, fue la única que dio muestras de haberla oído.

—¿Ya estás despierta? Me he asomado antes, pero no he querido despertarte.

Ben y Cliff estaban centrados en ver los minutos finales del partido de rugby de los Seahawks de Seattle.

—¿Alguien quiere algo?

—Yo no, gracias —le dijo Charlotte.

—¿Cliff?, ¿Ben?

Su marido le lanzó una breve sonrisa, y le dijo:

—Yo no quiero nada.

—Yo tampoco —apostilló Ben, sin apartar la mirada de la tele.

Cliff le había comentado que en aquel partido se decidía el puesto que iba a ocupar el equipo en las eliminatorias del final de temporada. A ella le gustaba el rugby, pero en ese momento le parecía irrelevante. Su principal preocupación era Olivia.

Al llegar a la cafetería, se puso a hacer cola detrás de varios enfermeros. Notó que alguien se ponía detrás justo cuando estaba agarrando una taza, pero no se molestó en volverse para ver quién era.

—Hola, Grace.

Intentó ocultar su reacción al oír la voz de Will Jefferson. No debería sorprenderse de verlo en el hospital; al fin y al cabo, Olivia era su hermana y era normal que estuviera preocupado por ella. Sabía que también había estado allí el día anterior por la tarde, pero no había coincidido con él.

Se volvió hacia él, y le dijo con calma:

—Hola, Will —había aprendido de sus propios errores, y no se fiaba de él. Will era capaz de hacer o decir algo que la incomodara.

—¿Cómo está mi hermana?

—No ha habido ningún cambio desde esta mañana.

—Está fuera de peligro, ¿verdad?

—Sí, al menos de momento. Sigue luchando contra la infección.

—Pobre Liv.

Cuando le tocó el turno de usar la máquina de café, llenó su taza y él hizo lo propio. Al ver que tenía los hombros mojados, le preguntó:

—¿Está lloviendo? —de ser así, no podría salir a tomar el aire.

—Eso me temo, aunque yo esperaba que nevara —le dijo él.

—Claro, como todos los niños de Cedar Cove —comentó, sonriente.

Él le devolvió la sonrisa, y le dijo:

—Supongo que en el fondo sigo siendo un niño.

—Eso parece —se dijo para sus adentros que aquel hombre seguía siendo un niño en más de un sentido.

Se metió la mano en el bolsillo para pagar su café, pero él se le adelantó y le dijo a la cajera:

—Cóbreme los dos cafés, por favor.

—Te lo agradezco, pero no hace falta.

—Considéralo una oferta de paz —le indicó una mesa libre, y le preguntó—: ¿Tienes unos minutos?, me gustaría hablar contigo —al verla vacilar, comentó—: Si crees que a Cliff le sentaría mal, entenderé que me digas que no.

Ella sabía que estaba provocándola. Cliff no era un hombre irracional ni especialmente celoso, aunque Will le había dado motivos para que dudara de ella.

—Sólo quiero hacerte unas preguntas sobre la galería de arte, Grace.

—Supongo que no pasa nada por un par de minutos —dijo, mientras miraba su reloj de pulsera en un gesto elocuente.

—Perfecto.

Fueron a la mesa, y en cuanto se sentaron, él comentó con orgullo:

—La semana pasada firmé todo el papeleo y cerré el trato.

—¿Tan pronto?, pensaba que no te harías cargo de la galería hasta enero.

—Eso creía yo también, pero las gestiones fueron como la seda y no tenía sentido esperar. Los anteriores dueños pensaron que les beneficiaría desde un punto de vista fiscal que todo quedara resuelto cuanto antes, y yo accedí.

—Felicidades.

Cuando alzó la taza, él alzó la suya y brindaron.

—De no ser por Olivia, no me habría enterado de que la galería estaba en venta.

—La ciudad entera se alegra de que siga abierta.

Aquella galería había sido un punto de inicio para muchos de los artistas de la zona. Uno de ellos era su propio yerno, Jon Bowman, que había empezado a exhibir allí sus fotografías en la época en que Maryellen aún era la gerente; de hecho, la pareja se había conocido allí.

La carrera de Jon había avanzado mucho desde entonces,

y en ese momento exponía sus obras en una enorme galería de Seattle e incluso tenía un agente. Sus fotografías aparecían en anuncios gráficos, incluyendo unos a escala nacional para la oficina de turismo estatal.

–La verdad es que me he quedado sorprendido con la cantidad de talento artístico que hay en esta zona. ¿Cuándo estuviste por última vez en la galería?

–Sólo he ido una o dos veces desde que Maryellen dejó de trabajar allí.

Su hija era la artífice del éxito que había tenido aquella galería de arte, y cuando había tenido que dejar el trabajo debido a un embarazo de riesgo, el negocio había caído en picado.

–No eres la única. Estoy en contacto con tu hija, por supuesto, pero también estoy hablando con artistas locales para que me den su opinión sobre cómo conseguir que la galería vuelva a generar interés.

–Buena idea –lo dijo con sinceridad.

–Gracias –con la mirada fija en su taza, le preguntó–: ¿Conoces a Shirley Bliss?

–Me parece que sí... creo que Maryellen estaba muy impresionada con sus obras.

–Es artista textil. Usa varias técnicas, y es muy creativa con los materiales. Sus obras son realmente interesantes.

En la galería se exhibían obras textiles como las de Shirley de vez en cuando, pero siempre habían predominado las pinturas y las fotografías.

Will alzó la mirada hacia ella, y le dijo:

–Espero que tenga ideas frescas, he quedado con ella esta semana. Me gustaría darle más protagonismo al arte textil –le echó azúcar al café, y lo removió antes de añadir–: Mi madre me ha comentado que hacer colchas y tejer está muy de moda en los últimos tiempos.

–Sí, es verdad.

–Mamá me recomendó que montara una exposición especial de colchas. Se las considera desde un punto de vista práctico, productos domésticos tradicionales, pero pueden llegar a ser verdaderas obras de arte.

Le gustó que mostrara tanto entusiasmo por la galería de arte, y se sintió aliviada al ver que había encontrado algo en qué centrar su tiempo y sus esfuerzos. Después de apurar su taza de café, comentó:

—Será mejor que vuelva.

—Vale —agarró su taza con ambas manos, y le dijo—: Diles a todos que iré en unos minutos.

—De acuerdo. Hasta luego —se puso de pie, y se fue sin más.

Cuando entró en la sala de espera el partido ya había acabado, y Bill y Cliff estaban comentando animadamente la victoria en el último segundo de los Seahawks. Después de sentarse junto a su marido, que la tomó de la mano y entrelazó los dedos con los suyos, se volvió hacia Charlotte y le dijo con toda naturalidad:

—Me he encontrado a Will en la cafetería.

—Qué bien, me dijo que vendría.

—Hemos estado charlando —lo mencionó para que a Cliff no le tomara por sorpresa si Will lo mencionaba después, pero al ver que su marido se limitaba a asentir sin hacerle preguntas, se sintió aliviada y le dio un ligero apretón en la mano.

En ese momento, Justine salió de la habitación de Olivia y se les acercó. Jack salió también, y les dijo:

—Cambio de turno.

Todo el mundo tenía que salir de la habitación cuando el nuevo grupo médico iniciaba su turno y se informaba a las enfermeras de la situación de cada paciente.

—¿Cómo está Olivia? —dijo Charlotte con ansiedad.

—No está mal, es toda una luchadora —le contestó Justine.

—Está despierta —apostilló Jack. Se volvió hacia Cliff y Grace, y les dijo—: Teníais razón, ni siquiera se había dado cuenta de que me había ido un par de horas.

—Mamá va a ponerse bien —comentó Justine, con la certeza y el optimismo que da la juventud.

Grace quería creer en aquellas palabras. Y si el amor, la fe y las plegarias realmente servían para algo, entonces no había duda de que Olivia se recuperaría.

—Hola a todos —les dijo Will, desde la puerta de la sala de espera.

—Hola, Will —Cliff se levantó y le estrechó la mano.

Después de besar a su madre en la mejilla, Will se sentó junto a Ben, y éste le comentó:

—Los Seahawks han ganado.

—Sí, se lo he oído decir a un médico en el ascensor —se inclinó hacia delante, y apoyó los codos en las rodillas—. ¿Cómo está mi hermana?

—Nos dio un buen susto, pero va mejorando —le dijo Jack.

—Me alegro de que esté mejor.

—Todos nos alegramos, pero sigo pensando que Ben y yo no deberíamos irnos de crucero —apostilló Charlotte.

—Claro que vais a ir, abuela —le dijo Justine—. Mamá se enfadaría si se enterara de que estás planteándote quedarte en tierra.

—Contratamos el seguro de viaje, así que podemos cancelarlo si hace falta. Quiero que Charlotte lo pase bien, y no lo hará si está preocupada por Olivia —dijo Ben.

—En ese caso, sólo nos queda una opción: asegurarnos de que Olivia se recupera lo antes posible —dijo Jack, mirándolos uno a uno.

—Voy a casa a prepararle una buena sopa de pollo con fideos, siempre funcionaba cuando Olivia era pequeña —dijo Charlotte.

—Me encanta esa sopa —comentó Will, sonriente—. Me acuerdo que me hacía el enfermo para que mamá la preparara.

—¡Eres un pillo! —exclamó Charlotte.

Todo el mundo se echó a reír, y Will añadió:

—Mamá, siempre decías que esa sopa lo curaba todo.

—¿Saben los oncólogos que esa sopa tiene poderes curativos? —dijo Jack, en tono de broma.

—Yo se lo diré —apostilló Justine.

Charlotte metió su labor en el bolso, y se volvió hacia su marido.

—Vámonos, Ben. Volveremos con varios termos de sopa —se levantó poco a poco, y alargó la mano hacia él.

No era la primera vez que Grace notaba los signos del envejecimiento en Charlotte... y también en Ben, que también estaba levantándose con lentitud. Su mirada se encontró con la de Jack mientras la pareja salía a paso pausado de la sala, y se dio cuenta de que él tenía la misma inquietud. Quizá sería buena idea que Charlotte y Ben tomaran un buen plato de aquella sopa de pollo fortalecedora.

Al cabo de unos minutos, una enfermera entró en la sala y les dijo sonriente:

—Ya pueden entrar a ver a Olivia. Está evolucionando bien, el doctor Franklin me ha dicho que seguramente le dará el alta dentro de un día, dos como mucho.

—¡Qué gran noticia! —exclamó Grace.

—Y que lo digas, y eso que aún no se ha tomado la sopa —comentó Jack.

Ella lo miró sonriente. Si Jack había recuperado el sentido del humor, no había duda de que las cosas estaban mejorando.

CAPÍTULO 19

A Christie le daba un poco de vergüenza admitir lo nerviosa que estaba ante la cena que había organizado su hermana. Cuando se habían visto la semana anterior, había decidido contactar ella misma con James, pero a pesar de que le había parecido una buena idea en su momento, al final había sido incapaz de hacerlo por miedo a que él la rechazara. Teri había acabado perdiendo la paciencia, y había optado por intervenir organizando una cena a la que iban a asistir los dos.

No se sentía demasiado cómoda sabiendo que James no tenía ni idea de que ella también estaba invitada, porque no le parecía justo, pero Teri decía estar muy segura de lo que estaba haciendo.

A lo largo del día habían repasado juntas los planes varias veces. Cuando ya sólo faltaba una hora para la cena, Teri la llamó y le preguntó:

—¿Qué vas a ponerte?

—No lo sé. ¿Tienes alguna sugerencia? —se había probado toda la ropa que tenía, y nada acababa de convencerla.

—No te pongas demasiado elegante, va a ser una cena informal.

Christie se miró en el espejo del dormitorio, y se desabrochó el top de lentejuelas que acababa de ponerse; en cualquier caso, no le gustaba cómo le quedaba.

—¿Voy con vaqueros y un jersey? —había visto unos vaqueros rebajados en Wal-Mart, y había aprovechado la oportunidad. Como además tenía el descuento de empleada, se los habían dado prácticamente gratis.

—Eso sería demasiado informal, Christie. ¿Tienes unos pantalones negros?

—Sí, creo que sí —seguro que había alguno perdido por el fondo del armario. Solía llevar vaqueros, porque le quedaban bien y eran cómodos.

—Pues póntelos con un jersey. Oye, voy a tener que colgar ya si quiero acabar de preparar la cena.

—James sigue sin saber que voy a ir, ¿verdad?

Su hermana vaciló por un instante antes de contestar.

—Lo siento, pero se ha enterado. A Bobby se le olvidó que tenía que mantener la boca cerrada.

—Ah.

—No te preocupes, seguro que viene.

—Vale.

—Hasta dentro de una hora.

Una hora le parecía muy poco tiempo para poder prepararse, así que se puso a rebuscar en el armario a toda velocidad. Había ropa esparcida por el suelo y encima de la cama, y cualquiera que viera la habitación así pensaría que habían entrado a desvalijarla. Como había tenido que ir a trabajar, no se había molestado en hacer la cama, y entre eso y la ropa que había tirada por todas partes, la habitación estaba hecha un desastre. No le costó imaginarse lo que diría James si viera aquel desorden...

De repente, se lo imaginó desnudo en su cama, y se preguntó cómo sería como amante. Seguro que de lo más tierno y considerado... sacudió la cabeza para quitarse aquella imagen de la mente, pero tenía el corazón acelerado.

No tenía ni idea de por qué le importaba tanto aquel estirado tan finolis, pero no podía evitarlo. Quería gustarle, ser mejor persona por él. Aún recordaba lo decepcionado que parecía al verla salir del Pink Poodle, pero a pesar de que era cierto que había bebido, no estaba borracha ni mucho menos; además, ella tenía derecho a ir a donde quisiera y con quien quisiera, y a hacer lo que le diera la gana. James no tenía derecho a entrometerse... pero no podía olvidar aquella mirada de decepción que había visto en sus ojos.

Tal y como había dicho Teri, James Wilbur era el primer hombre decente que se interesaba en ella, y eso la hacía sentir vulnerable y expuesta; además, él parecía sentir tanto desaprobación como atracción hacia ella, y eso la confundía. Esa confusión hacía que se sintiera resentida, y el resentimiento... el resentimiento también la confundía.

La cita de aquella noche era el ejemplo perfecto: en realidad no era una cita, sino una cena informal, y en teoría podía vestirse como le diera la gana, pero estaba medio histérica y sin saber qué ponerse porque iba a ver a James.

Cuando se acercó al espejo, en la mujer que vio reflejada no había ni rastro del porte y la elegancia que tanto se había esforzado por crear. Se echó el pelo hacia atrás, y se preguntó si lo que pasaba en realidad era que, una vez más, codiciaba lo que Teri tenía.

Cuando era pequeña, había seguido a su hermana como una sombra, pero Teri no lo soportaba y solía hacer todo lo posible por deshacerse de ella. Durante la adolescencia y pasados los veinte, la animosidad que había entre ellas había estado a punto de destruir su relación. Si Teri tenía algo, ella lo quería, y eso incluía a los chicos... y más tarde, a los hombres.

Se preguntó si lo que Teri tenía en ese momento era realmente tan atrayente, y no tuvo más remedio que admitir que la respuesta era afirmativa.

En primer lugar, su hermana estaba casada con un hombre que la amaba, mientras que su breve matrimonio había sido un desastre desde el principio. El hombre que había prometido amarla y respetarla le había dado una paliza estando borracho, y teniendo en cuenta el ritmo al que había ido aumentando la violencia, lo más probable era que hubiera acabado muerta en menos de un año.

Teri también tenía seguridad, tanto económica como emocional, y eso era algo que ninguna de las dos había tenido durante la infancia. Su hermana no era la misma persona de antes de casarse con Bobby, el amor la había cambiado, y eso era algo que ella le envidiaba.

Miró ceñuda a su propio reflejo. No tenía tiempo de pararse a analizar lo que sentía por James. Sus sentimientos eran los que eran, y punto. En ese momento tenía que vestirse, maquillarse, y peinarse.

Llegó a casa de su hermana con un cuarto de hora de retraso. Como no había encontrado ni un solo par de pantalones negros, había optado por unos de color gris y un jersey largo rojo, pensando que era una combinación bastante festiva. Se había puesto un collar con cascabelitos de plata que tintineaban cada vez que se movía, y unos zapatos que por desgracia le apretaban un poco.

—Llegas tarde —le espetó Teri en voz baja, al abrirle la puerta. Estaba tan radiante como se suponía que debía estar una mujer embarazada. La agarró del brazo, y tiró de ella para que entrara.

Hacía bastante que no iba a casa de su hermana, y se quedó atónita al ver la transformación navideña. Había adornos por todas partes.

—Madre mía —comentó, mientras miraba a su alrededor. Desde donde estaba alcanzó a ver tres árboles de Navidad (uno en el rellano de la escalera, el otro en la sala de estar, y el tercero en un rincón del vestíbulo), y belenes de diferentes estilos y tamaños en varias superficies disponibles.

—Bobby me dijo que podía decorar la casa como me diera la gana —le dijo Teri.

—¿A qué viene tanto árbol? Por cierto, ¿cuántos hay?

—Cinco.

—¿Cinco árboles de Navidad?

—Me encantan estas fiestas.

—Ya lo veo —a ella también le gustaban, pero ni podía permitirse algo así, ni tenía el espacio necesario–. Debe de haberos costado un pastón.

—A Bobby le da igual, lo único que le importa es que yo sea feliz —Teri no pudo contener una sonrisa bobalicona.

—Qué fácil sería odiarte —le dijo, ceñuda.

Su hermana soltó una risita, pero posó una mano sobre su vientre ligeramente abultado y comentó:

—Nada de todo esto valdría nada sin Bobby y el bebé.

Christie miró de nuevo a su alrededor, y como no vio a James por ninguna parte, se volvió hacia su hermana y le preguntó en voz baja:

—¿Dónde está James?

—Aún no ha llegado.

—¿Llega tarde? —le parecía muy inusual en él.

Bobby apareció en ese momento, y le dijo:

—No va a venir. Lo siento, levanté la lengua.

—Te fuiste de la lengua, cariño... o levantaste la liebre —le corrigió su mujer.

Él asintió muy serio, y añadió:

—Cuando le dije que tú también estarías en la cena, dijo que no podía venir.

—No pasa nada —Christie se quitó el abrigo, y lo dejó sobre una silla junto con el bolso.

—La cena ya casi está lista —le dijo Teri, mientras agarraba el abrigo y lo colgaba en el ropero. En cuanto fueron a la cocina, le echó una ojeada a lo que tenía en el horno—. Es uno de los platos preferidos de Bobby.

Ella echó un vistazo también, pero el guiso de arroz no le pareció nada del otro mundo. Llevaba todo el día mal del estómago y apenas tenía hambre; en ese sentido, era una suerte que James hubiera decidido no asistir a la cena, porque no habría podido probar bocado si lo hubiera tenido cerca.

—Sé lo ilusionada que estabas con lo de la cena, siento que al final no haya podido ser —le dijo su hermana.

—No te preocupes, he ahuyentado a mejores hombres que James.

Teri masculló algo ininteligible, y añadió:

—No sabes lo cabreada que estoy con él.

—No pasa nada. Me aconsejaste que tomara la iniciativa y hablara con él, y como fui incapaz, organizaste esta cena que al final tampoco ha funcionado. Está claro que no voy a tener ninguna relación con James. *C'est la vie*.

—¿Desde cuándo sabes hablar francés?

Christie le dio una palmadita en el brazo, y se echaron a reír.

A pesar de que la cena fue bastante amena, ella apenas probó bocado. Como no quería que su hermana y su cuñado se dieran cuenta de lo deprimida que estaba, no dejó de parlotear, y en cuanto pudo se despidió y fue a por su bolso y su abrigo; en todo caso, Teri parecía cansada después de pasarse el día entero decorando y limpiando, y ya se le habían escapado varios bostezos.

Bobby se fue a su despacho después de despedirse de ella, y cuando Teri la acompañó a la puerta, las dos se volvieron hacia el enorme garaje de tres plazas en cuya planta superior estaba el apartamento de James. Las luces estaban encendidas, así que no había duda de que estaba en casa.

—Ve a hablar con él —le dijo su hermana, en voz baja.

—Ni hablar.

Era obvio que aquel hombre no quería saber nada de ella, y lo cierto era que quizás era lo mejor. Ella ya tenía bastantes problemas, no necesitaba más.

—Tengo hora en el ginecólogo el miércoles, ya te llamaré. Va a hacerme la primera ecografía, y me dijo que ya podría ver una imagen del bebé.

—¿En serio? —estaba deseando verla.

Fue hacia su coche después de despedirse de su hermana con un abrazo, y al entrar miró de nuevo hacia la luz encendida que salía del apartamento de James. Aquel hombre era un cobarde, y no estaba dispuesta a ir tras él.

Metió la llave en el contacto, pero el coche no se puso en marcha. Lo intentó de nuevo, y nada.

Genial, se había quedado tirada. Bobby sólo sabía de ajedrez, así que no iba a poder ayudarla. Teri tampoco tenía ni idea de mecánica, y en todo caso, no iba a sacarla a la intemperie estando embarazada. Y hacía años que no tenía seguro de asistencia en carretera, porque no podía permitírselo.

Al final, se dio cuenta de que no iba a tener más remedio que pedirle ayuda a James. Después de subir la escalera exterior y llamar dos veces a la puerta, retrocedió un poco y esperó a que saliera.

En cuanto él abrió, le dijo sin preámbulos:

—Mi coche no arranca —al ver que estaba trajeado, se preguntó si no tenía ni unos simples vaqueros.

—Pues llama al servicio de asistencia en carretera de tu seguro —mantuvo agarrado el picaporte de la puerta, como si estuviera dispuesto a cerrarla a toda prisa.

—¿Crees que habría venido a pedirte ayuda si tuviera? —se dio cuenta de que estaba siendo demasiado cortante, y se esforzó por hablar con más serenidad—. ¿Podrías llevarme a mi casa?

—Sí, por supuesto. Espera, ahora mismo vuelvo.

—Gracias —se sentía mortificada.

Él regresó al cabo de un momento pertrechado con un abrigo, sombrero y guantes, y comentó:

—Si te parece bien, me gustaría ver si puedo arrancar tu coche.

—Claro, todo tuyo.

Después de trastear con el motor durante unos minutos, la miró muy serio y le dijo:

—Me parece que necesitas un alternador nuevo.

—Genial —no sabía cuánto podría valer, pero sabía de antemano que no podía permitírselo; tal y como estaban las cosas, ya le costaba lo suyo salir adelante con el pago mensual del alquiler y las deudas.

—Voy por la limusina.

Ella se limitó a asentir. Iba a tener que ingeniárselas para que remolcaran el coche hasta el taller de reparaciones, y eso tampoco iba a ser barato. Su coche había elegido el peor momento para dejarla tirada.

Después de sacar la limusina del garaje poco a poco, James bajó a abrirle la puerta.

—Puedo abrirla yo sola.

—Como usted diga, señorita.

No soportaba que la tratara con tanta formalidad.

—Te he dicho mil veces que no quiero que me llames así.

—Sí, ya lo sé.

—Entonces, ¿por qué insistes en seguir haciéndolo? ¿Te gusta cabrearme? —estaba cada vez más enfadada, él tenía la culpa de que aquella velada hubiera acabado siendo un desastre—. Mira, será mejor que no me lleves a casa. Prefiero ir andando —cerró la puerta de un portazo, se colgó el bolso del hombro, y echó a andar. Los cascabeles del collar tintineaban con cada paso que daba. Le dolían los pies, pero no tenía más remedio que aguantarse; al fin y al cabo, no podía quitarse los zapatos en medio de la calle.

Cuando sólo había recorrido unos metros, James la alcanzó y siguió andando junto a ella.

—Lárgate, James.

—No puedo.

—¿Por qué no? —como él no contestó, le dijo con firmeza—: No quiero que me acompañes.

—Estás sola, no es seguro.

—He estado sola durante la mayor parte de mi vida. No necesito un guardaespaldas.

—Ya lo sé —le dijo él con voz suave.

—¿Qué es lo que sabes? —lo fulminó con la mirada, y añadió—: No sabes nada de mí —no pudo evitar que se le quebrara un poco la voz. Se metió las manos en los bolsillos, y se estremeció de frío.

—Christie...

El hecho de que él hablara con voz tierna y tranquilizadora, como si fuera una niña, la irritó aún más.

—¡Lárgate! Déjame en paz, ¿no entiendes que no quiero

que me acompañes? —aún no habían llegado al final del largo camino de entrada de la casa, y ya estaba sin aliento y con los pies hinchados. Su casa debía de estar a unos ocho kilómetros de allí.

James vaciló por un segundo, pero siguió andando junto a ella.

—Todo el mundo cree que eres un héroe —masculló, mientras intentaba no pensar en cuánto le dolían los pies—. Te enfrentaste a aquellos matones, y Teri está convencida de que le salvaste la vida a Rachel —se detuvo durante unos segundos, y añadió—: Soy la única que sabe la verdad sobre ti, James. Eres un cobarde, ¿verdad? —como él no dijo nada, se volvió hacia él para enfrentarlo cara a cara—. ¿Me has oído, cobarde?

—Sí.
—¿No vas a decir nada?
—No.

Aquel hombre la enfurecía tanto, que dio una patada al suelo en un gesto de lo más infantil. Fue un gran error, porque le había salido una ampolla en el pie. Al comprar aquellos zapatos sabía de antemano que eran un número menos del que necesitaba, pero estaban rebajados y quedaban muy bien con su jersey rojo.

—¿Por qué estás cojeando?
—No estoy cojeando. Lárgate.
—Sé razonable, Christie.
—¡No! —tuvo que contener las ganas de echarse a llorar—. Odio mi vida, me odio a mí misma, y te odio a ti.
—Eso no es verdad —le dijo él con calma.

Era exasperante discutir con aquel hombre, y estaba harta. Se volvió con brusquedad hacia él, se llevó las manos a las caderas, y le espetó:

—¿Qué tengo que hacer para que me dejes en paz? —como él no respondió, añadió—: Vale, sígueme si quieres, me da igual.

Consiguió avanzar unos metros más, pero al final no pudo

más. El zapato derecho le rozaba contra la ampolla, que estaba sangrando y en carne viva. No tuvo más remedio que quitárselo, pero cuando sólo había dado unos cinco pasos más, James la alzó en brazos como si no pesara nada.

—¡Suéltame, idiota!

Tenía ganas de gritar y patalear, de discutir con él, pero al ver su mandíbula tensa y su expresión decidida, supo que no iba a dejarla en paz.

—¿Te duele? —le preguntó él, al oírla sollozar con voz queda.

Christie asintió mientras soltaba otro pequeño sollozo, y le preguntó quejumbrosa:

—¿Por qué me odias? —estaba enfadada consigo misma, porque no podía controlar lo que sentía por él. No quería ni la ternura ni la amabilidad de aquel hombre, porque la confundían.

—No te odio.

—No has ido a la cena de Teri porque yo estaba allí —permaneció en silencio al ver que él no contestaba, pero al cabo de un minuto, no pudo seguir aguantándolo y le exigió que la soltara—. Por favor, déjame en paz. Te lo ruego... —estaba hundida desde un punto de vista emocional. Luchó por contener las lágrimas, porque no quería que la viera llorar.

Él soltó un sonoro suspiro, pero en vez de soltarla, la aferró con más fuerza. Ella apoyó la cabeza en su hombro, y saboreó la calidez y la sensación de seguridad que sentía entre sus brazos.

—¿Puedo llevarte a tu casa en la limusina?

Ella decidió dejar de comportarse como una boba, y asintió. Le dolían mucho los pies, había sido una ridiculez pensar que podría recorrer aquella distancia caminando.

—Perfecto —le dijo él, antes de dejarla en el suelo con cuidado.

Regresaron hacia la limusina tomados de la mano, caminando el uno junto al otro. Ella tenía el zapato en la otra mano, y cojeaba un poco. Cuando llegaron al vehículo y James le abrió la puerta del pasajero, no protestó y se dispuso a entrar, pero cuando ya tenía medio cuerpo dentro, él la detuvo, hundió la mano en su pelo, y la besó de lleno en la boca.

Fue un beso profundo que la dejó sin aliento y la estremeció, y estuvo a punto de desplomarse en el interior del coche cuando él la soltó al fin.

Le habría gustado preguntarle por qué lo había hecho, pero era incapaz de articular palabra y permaneció callada durante todo el trayecto. Cuando llegaron a su casa y él la ayudó a salir de la limusina, le dijo con voz queda:

—Gracias, James —fue incapaz de mirarlo a los ojos.

Al ver que él se limitaba a asentir con formalidad, se hizo un poco la remolona para ver si volvía a besarla, y sus deseos se cumplieron. La besó con una pasión desatada durante un largo momento, y al final volvió a entrar en la limusina y se fue mientras ella aún luchaba por recobrar el aliento.

CAPÍTULO 20

Faith tenía ganas de ver a la hija de Troy, que la había llamado a la clínica aquella misma mañana. Como su teléfono no estaba en el listín, Megan no había tenido más remedio que llamarla al trabajo, y se había disculpado por ello.

No había podido dejar de pensar en la visita de Troy; por un lado, creía que quizás había sido demasiado intransigente con él, pero por el otro, se preguntaba si él había utilizado a Megan como excusa para cortar con ella. La joven parecía una persona razonable y era obvio que adoraba a su padre, así que cabía suponer que quería que él fuera feliz.

No sabía si el problema de Troy radicaba en que no estaba seguro de lo que sentía por ella, o si había malinterpretado la actitud de su hija.

—¿Te va bien que quedemos? La manta está dándome problemas, y te agradecería de verdad que le echaras un vistazo. Te invito a comer —le dijo Megan.

—No digas tonterías, no hace falta que me invites. Te ayudaré en lo que pueda con la manta.

Al final, habían quedado el martes, y Faith había repasado después la breve conversación telefónica. Las dos habían entablado una buena amistad, pero Megan no sabía que ella había estado saliendo con Troy; de hecho, aquella cita para comer era la oportunidad perfecta para decírselo. Troy había intentado ocultar su relación, pero a ella no le gustaban los secretismos. Se había dado cuenta desde el principio de que él no quería que Megan supiera que estaban saliendo juntos, pero eso era algo que a aquellas alturas ya no tenía importancia.

Cuando llegó al restaurante, Megan estaba esperándola en una mesa junto a la ventana, y la saludó con la mano al verla. Se puso de pie mientras ella atravesaba el concurrido local, y después de darle un pequeño abrazo, comentó:

—He venido un poco antes para poder conseguir mesa.

Parecía sana y fuerte. Le brillaba el pelo, y tenía buen color de cara; en su caso, se confirmaba lo de que las mujeres embarazadas estaban radiantes. Troy y ella estaban muy unidos, así que seguro que estaba muy ilusionado con aquel nuevo embarazo... si ella le había dado ya la noticia, claro. Decidió preguntárselo en cuanto surgiera una oportunidad.

La camarera llegó en ese momento con un par de menús bajo el brazo y dos vasos de agua, y les dijo:

—La sopa del día es la de brócoli con queso, y el plato especial salpicón de cangrejo.

Las dos pidieron la sopa, y decidieron partirse un plato de salpicón. Para beber pidieron té, y la camarera regresó al cabo de unos minutos con una tetera azul bastante grande y dos tazas.

Megan sacó la manta que estaba tejiendo, y comentó:

—Me equivoqué por aquí.

Faith supo a primera vista dónde estaba el error: aunque el diseño era bastante simple, incluía una sección de cuatro vueltas, y Megan había repetido la tercera.

—¿Te molesta? —le preguntó, mientras repasaba el resto de la manta a medio hacer.

—Al principio pensé que no, por eso seguí avanzando.

—Pero ahora te parece que se nota demasiado, ¿verdad?

—Sí.

—Pues retrocede y corrígelo.

—¿Estás segura?, ¿crees que debería deshacer tanto trozo? —suspiró como si aquello fuera justo lo que temía oír.

—Yo lo hago bastante a menudo, a veces deshago tres o cuatro veces una sección hasta que consigo que me salga bien. Otras veces prefiero dejarlo tal y como está si el error es muy pequeño, y nadie más se da cuenta de que el resultado no es perfecto.

—Este error es bastante grande, ¿verdad?

—Depende de tu punto de vista.

—¿Deshaces lo que haga falta si no estás satisfecha con el resultado?

—Sí, normalmente sí. Después me siento mejor, y cuando vuelvo a tejerlo me da la impresión de que voy el doble de rápida.

—Está decidido, voy a deshacerlo. Por cierto, ya les he dicho a mi padre y a mis suegros que estoy embarazada.

—Supongo que se habrán puesto locos de alegría.

—Sí, sobre todo mi padre.

Al ver que Megan se centraba de nuevo en la manta, le dijo:

—Si quieres, puedo echarte una mano después de comer.

Megan metió la manta en el bolso de costura, y llenó las dos tazas de té antes de decir:

—Gracias por acceder a venir a comer conmigo.

—Es un placer, Megan —estaba casi convencida de que la joven no la había invitado sólo por el problema con la manta—. ¿Puedo ayudarte en algo más?

—Supongo que sospechaste algo cuando te invité a comer —comentó, mientras se reclinaba en su silla.

—No es eso, pero si algo te preocupa, me gustaría ayudarte en lo que pueda.

—Muchas gracias, Faith. Necesitaba hablar con alguien, y no sabía qué hacer.

—Me alegra que hayas acudido a mí.

—Eres la persona ideal. Sé que serás honesta conmigo, y confío en tu criterio.

—Gracias —no pudo evitar sentirse un poco culpable.

—Ya te comenté que estaba muy unida a mi madre.

—Sí.

—Iba a verla a diario. En los últimos tiempos le costaba hablar, pero siempre me escuchaba. Papá y yo estuvimos a su lado cuando murió, y fue... hermoso —parpadeó mientras intentaba controlar las lágrimas, y añadió—: La muerte puede llegar a ser hermosa, ¿verdad?

—Sí, creo que sí —le tomó la mano por encima de la mesa, y le dio un pequeño apretón.

—Mamá estuvo enferma durante mucho tiempo.

—Sí, ya lo sé.

Megan luchó de forma visible con sus emociones, y al final logró controlarlas. Cuando volvió a hablar, su voz había ganado en fuerza y convicción.

—Poco después de que mi madre muriera, mi padre insinuó que estaba interesado en salir con otra mujer, y ni te imaginas lo mal que me sentó la idea.

La culpabilidad que la embargaba se acrecentó de forma exponencial. Era obvio que Troy no había exagerado al hablar de la reacción de Megan, y empezaba a entender mejor por qué había insistido en mantener en secreto su relación sentimental con ella.

—Al principio, pensé que estaba bromeando. Por el amor de Dios, sólo habían pasado unos meses desde la muerte de mamá.

Faith vaciló, porque no sabía qué hacer. Megan no tenía ni idea de que ella era la mujer con la que había estado saliendo Troy, y decírselo en ese momento habría dado pie a una situación de lo más embarazosa.

—Has dicho que tu madre estuvo enferma durante mucho tiempo... —dijo con cautela.

—Sí, ya lo sé, y entiendo lo solo que debió de sentirse mi padre durante todos aquellos años. Siempre estuvo centrado en cuidarla.

La camarera llegó en ese momento con la comida y un plato vacío extra. Pasaron unos minutos repartiéndose el salpicón y comentando lo buena que estaba la sopa, y aquella interrupción en la conversación fue todo un respiro para Faith. Necesitaba pensar, sabía que no estaba bien seguir escuchando las confidencias de Megan sin decirle que había mantenido una relación sentimental con Troy.

—Tu padre es el sheriff Troy Davis, ¿verdad? —le pareció una forma sutil de introducir el tema.

—¿Le conoces?

—Sí, fuimos juntos al instituto —esperó su respuesta con el aliento contenido.

—¡Qué sorpresón!, ¡es genial! —era obvio que Megan estaba encantada.

—Era un joven muy guapo.

—Sí, ya lo sé —sonrió con orgullo, y añadió—: He visto sus anuarios de aquella época, y la verdad es que era un guaperas.

Faith estaba de acuerdo con ella; en su opinión, Troy siempre había sido muy atractivo, y seguía siéndolo.

—Entonces, ¿tu padre quiere rehacer su vida?

—Sí. Le dije hace poco que creo que debería hacerlo, pero teniendo en cuenta cómo me puse la otra vez, no sé si me creyó. Me arrepiento de haber reaccionado tan mal, pero es que me pilló por sorpresa. Ni siquiera se me había pasado por la cabeza que pudiera interesarse por alguien al poco tiempo de perder a mi madre —bajó la mirada antes de añadir—: Supongo que fui una egoísta, pero no pude evitar sentirme así.

—No te sientas culpable, todos tenemos derecho a nuestros propios sentimientos.

La joven tomó una cucharada de sopa antes de responder.

—Papá no es tan viejo, no le culpo por no querer pasar solo el resto de su vida. Sé que me costaría verlo con otra mujer, pero no quiero ser egoísta.

—Es normal que te sientas así, Megan. Y es positivo que seas sincera con él y le cuentes tus preocupaciones —tomó un poco de salpicón antes de sacar a la luz el espinoso tema—. Supongo que te sorprenderá saber que tu padre y yo estuvimos saliendo juntos cuando íbamos al instituto.

—¿Qué?

Vaciló por un instante al ver que la joven la miraba boquiabierta, pero al final asintió y le dijo:

—Tú misma has dicho antes que era un guaperas.

—¡Qué guay! —dijo, con una risita.

—En aquella época me gustaba mucho —lo dijo en pasado para enfocar la situación desde un punto de vista más o menos objetivo. Si encontraba la forma de hacerlo, iría encauzando la conversación hasta admitir que Troy y ella habían estado en contacto de nuevo brevemente poco después de la muerte de Sandy.

—Me parece que podría aceptar la situación mucho mejor si papá saliera con alguien como tú.

Justo cuando estaba a punto de admitir que sí que había estado viéndose con Troy, Megan añadió:

—Pero la mujer con la que está ahora no me gusta nada.

Faith se quedó helada, y no pudo evitar decir:

—¿Qué mujer?

—Se llama Sally, y es viuda.

Los escalofríos que le recorrieron la espalda no tenían nada que ver con el frío de diciembre. Tal y como sospechaba, Troy Davis era un impresentable... no, peor que eso, era un tipo voluble capaz de jurarle su amor incondicional un día y de irse con otra mujer al siguiente.

—Me parece que no quería que me enterara de que está con ella —comentó Megan, ceñuda.

Ella dejó la cuchara junto al plato, y dijo con cierta aspereza:

—Es lo más probable —al parecer, Troy prefería mantener en secreto sus romances.

—Craig dice que algunos hombres necesitan tener una mujer en su vida. Por mucho que me cueste creerlo, empiezo a pensar que mi padre es uno de ellos.

—¿Por qué lo dices?

—Pues porque estuvo con la otra mujer de la que te he hablado antes que con Sally.

—A lo mejor se trata de la misma mujer —se sintió mortificada y furiosa. No tenía forma de saber cuándo había empezado la relación de Troy con la tal Sally, era posible que hubiera estado saliendo con las dos al mismo tiempo.

—Ahora que lo dices... sí, es posible que Sally sea la mujer de la que me habló poco después de la muerte de mi madre.

Le costaba asimilar todo aquello, y estaba cada vez más furiosa. ¿Cómo se atrevía a tratarla así? Troy le había hecho creer que era la única mujer que le interesaba, ¡había llegado a decirle que la amaba!

—¿La conoces en persona? —si Troy le había presentado a su hija, la otra mujer debía de ocupar un puesto más alto que ella en el escalafón.

—Craig y yo nos los encontramos en Wal-Mart cuando fuimos a comprar los adornos navideños.

—Ya veo —el hecho en sí era bastante deprimente, teniendo en cuenta que a Troy no le gustaba ir de compras.

—Me di cuenta de que papá parecía un poco incómodo, intentó fingir que no nos había visto.

—¿Cómo es? —no respondía de sus actos si aquella otra mujer era joven, rubia y alta.

—¿Te refieres a Sally? Supongo que es pasable. Debe de tener la edad de mi padre más o menos, y está un poco regordeta.

—Supongo que es guapa, ¿verdad?

—La verdad es que no.

—¿Qué fue lo que no te gustó de ella? —se sintió mal por seguir sacándole información a la joven.

—En primer lugar, es mandona.

—¿Cómo lo sabes?

—Me dijo que papá y ella iban a ir a cenar sushi, y resulta que mi padre no lo soporta.

—Ah.

—Y tampoco le gusta ir de compras.

—En ese caso, tu padre debe de estar bastante impresionado con... con Sally —le costaba incluso pronunciar su nombre. Estaba cada vez más furiosa, y se dio cuenta de que tenía que marcharse de allí cuanto antes.

Agarró su bolso con determinación, y se lo puso sobre el regazo. Troy había ido a verla días antes para pedirle que le diera otra oportunidad, estaba claro que aquel hombre jugaba con las mujeres. Era un verdadero payaso.

—¿Qué me aconsejas que haga? —le preguntó Megan.

Estaba tan inmersa en sus propios sentimientos, que no entendió la pregunta. La joven debió de notar su confusión, porque añadió:

—¿Debería hablar con él sobre Sally? A mí no me cae bien, pero si él está muy interesado en ella... en fin, podría surgir algún problema. Si es tan mandona con papá, puede que también lo sea conmigo.

—Pues...

—Supongo que lo que él haga no es de mi incumbencia, a lo mejor debería mantenerme al margen.

—Eh... la verdad es que... en fin, no sé qué aconsejarte. Es... es que... —en cuestión de minutos, se había convertido en una boba incapaz de hablar con fluidez.

—No entiendo cómo es posible que mi padre no se dé cuenta de que esa mujer no le conviene.

—En eso tienes razón.

—Los hombres pueden llegar a ser bastante tontitos, ¿verdad?

—Y que lo digas —se obligó a soltar una pequeña risita forzada.

El restaurante estaba cada vez más lleno, y las dos tenían que regresar a sus respectivos puestos de trabajo.

—Deja que te invite —dijo Megan, al verla agarrar la cuenta que la camarera les había llevado poco antes.

—Ni hablar —abrió el bolso con manos temblorosas, sacó doce dólares del monedero, y los puso sobre la mesa—. Esto cubre mi parte más la propina.

—Gracias por venir, te llamé con poca antelación.

Consiguió esbozar una sonrisa sincera, y le dijo:

—Ha sido un placer, Megan. Aunque la verdad es que no sé si te he ayudado demasiado —había sido una comida de lo más reveladora; en ese sentido, probablemente le había sido más útil a ella que a Megan, porque se había dado cuenta de cómo era en realidad Troy Davis.
—Me has ayudado mucho, Faith. De verdad.
Se marchó sin alargar demasiado la despedida. Había ido a la cita en coche para resguardarse del frío, y lo tenía aparcado en una calle cercana. Encendió el motor y la calefacción en cuanto entró en el vehículo, pero permaneció donde estaba mientras la furia iba desvaneciéndose y daba paso a una profunda tristeza.

CAPÍTULO 21

Era el primer día de Emily Flemming en aquel puesto de trabajo, y también el primer empleo que tenía desde los primeros días de casada. The Quilted Giraffe le iba como anillo al dedo, y se sentía bien al poder colaborar para solucionar los problemas de dinero familiares; de hecho, en ese momento se sentía bien por un montón de cosas, pero la principal era Dave. Volvía a confiar plenamente en él, aunque en su debido momento le preguntaría sobre los pendientes de diamantes.

Estaba segura de que eso también tenía una explicación. No se había acordado de preguntarle al respecto el domingo, cuando habían estado hablando, pero sospechaba que Martha se los había dado junto al reloj de oro, y que él estaba esperando a dárselos como regalo de Navidad.

Sabía que había sido una necia por no haberle contado antes sus sospechas; si lo hubiera hecho, los dos se habrían ahorrado muchos quebraderos de cabeza. Dave también tenía parte de culpa, porque tendría que haberle contado antes que tenían problemas económicos. Ella no tenía ni idea de lo precaria que era la situación hasta que él le había enseñado las facturas que estaban pendientes de pago. El hecho de que su marido hubiera buscado un segundo trabajo para poder llegar a fin de mes la había dejado atónita.

El martes por la mañana, después de llevar a los niños al cole, fue en coche a The Quilted Giraffe, que estaba en el mismo centro comercial que el Get Nailed. En la tienda se vendían todo tipo de telas, lanas y productos de costura, y además se impartían diferentes clases; de hecho, la famosa artista textil Shirley Bliss había dado una clase allí el año anterior, antes de que su marido tuviera el accidente.

Ella no había podido asistir porque el horario le coincidía con una serie de reuniones parroquiales; habría preferido ir a las clases, pero ya se había comprometido y no podía eludirlo.

Solía ir mucho a aquella tienda, y a lo largo de los años había ido entablando una buena amistad con Roxanne York, la propietaria, que en más de una ocasión le había ofrecido un empleo. Era increíble lo rápido y sencillo que había sido todo; en cuestión de minutos, tenía un trabajo con un horario perfecto.

Los niños habían empezado a protestar en cuanto les había dicho que había conseguido un empleo. No les hacía ninguna gracia la idea de que su madre trabajara, y la habían acribillado a preguntas y protestas.

—¿Qué pasará si me pongo malo y alguien tiene que ir a buscarme al cole? —le había preguntado Matthew.

—¿Quién preparará las galletas para cuando lleguemos a casa? —parecía ser la mayor preocupación de Mark.

—Si me necesitáis, sólo tenéis que llamarme. Será igual que cuando estaba en casa.

Matthew no había quedado demasiado convencido, y había estado de morros el resto de la mañana.

—Y no te preocupes por las galletas, Mark. Seguiré preparándolas.

—¿Me lo prometes?

—Te lo prometo —a su hijo menor le encantaban las galletas de dátiles que solía hacer sólo en Navidad, y ya había comprado los ingredientes necesarios.

Entró en The Quilted Giraffe pletórica de energía. El negocio iba muy bien en aquella época del año, y Roxanne estaba encantada de tener una dependienta más.

—Buenos días, Roxanne.

Después de dejar el bolso y el abrigo en una habitación

trasera donde ya tenía una taquilla con su nombre, se puso con orgullo el delantal especial con seis bolsillos y la plaquita con su nombre que su jefa acababa de darle. Estaba lista para ponerse manos a la obra.

A los diez minutos de llegar se quedó sola en la tienda cuando Roxanne fue a hacer unas gestiones al banco, y sus primeras clientas llegaron antes de que acabara de revisar el nuevo inventario.

—¿Estás trabajando aquí? —le preguntó Peggy Beldon, que entró junto con Corrie McAfee—. ¡Me encanta lo que te has hecho en el pelo!

Emily le agradeció el cumplido, aunque no habría sabido decir si era sincero o no.

A Peggy se le daba muy bien tejer, su buen ojo para los colores era la envidia del grupo de costura. Su marido y ella eran los propietarios de la Thyme and Tide, una pensión que había recibido una crítica fantástica en una revista de viajes nacional.

—Es mi primer día —admitió, sonriente. Después de casarse, antes de que nacieran los niños, había estado trabajando en unos grandes almacenes durante un breve periodo de tiempo, y era un alivio tener algo de experiencia—. ¿Puedo ayudaros en algo?

—Aún no —le dijo Corrie. Había aprendido a tejer recientemente, pero se lo había tomado con muchas ganas y ya se había unido al grupo de costura; en cualquier caso, en Peggy Beldon tenía a una mentora fantástica.

Como a ella le fastidiaban las dependientas que estaban dando la lata todo el rato, dejó que echaran un vistazo por la tienda a su aire y se quedó en la caja registradora. Estaba a su disposición en caso de que necesitaran algo, y si tenían alguna pregunta que ella no pudiera contestar, Roxanne no tardaría en volver.

—Roy lleva unos días que no hay quien le aguante —comentó Corrie, mientras pasaba la mano por un rollo de tela.

Emily sabía de primera mano lo difícil que podía ser lidiar

con un hombre malhumorado, porque Dave había pasado unos meses muy malos; por suerte, ya estaba enterada de a qué se debía aquella actitud. Los problemas económicos eran una carga muy pesada.

—¿Le preocupa algo? —le preguntó Peggy a su amiga.

—Es algo relacionado con las joyas desaparecidas de Martha Evans, sé que está colaborando con el sheriff para intentar esclarecer el tema.

Emily se les acercó un poco. Fingió que estaba atareada con unos libros de patrones para que no se notara que estaba escuchándolas, pero tenía curiosidad por oír lo que decían.

—Según Troy, las hijas de Martha están muy afectadas y han ido a verle varias veces. Las joyas no estaban aseguradas, y su seguro general no cubre pérdidas tan altas.

—Y supongo que las joyas también tenían un valor sentimental considerable.

Emily se sintió culpable por estar escuchando aquella conversación privada, pero no tenía otra opción. Necesitaba recabar toda la información posible.

—Perdonad que os interrumpa, pero no he podido evitar oíros. He estado rezando para que esas joyas aparezcan —el tema en sí le resultaba bastante incómodo, porque Troy era más que consciente de que había sido Dave el que había encontrado el cadáver de Martha.

—Todo el mundo quiere que el tema se aclare, lo último que he oído tiene que ver con el reloj de oro del marido de Martha —comentó Corrie—. Roy me comentó que la hija mayor fue a ver al sheriff ayer mismo, para que lo incluyeran en la lista de objetos desaparecidos; al parecer, se le había olvidado hasta ahora.

Emily sintió que le flaqueaban las piernas, y se apresuró a regresar a la parte delantera de la tienda; según Dave, Martha le había regalado aquel reloj de oro... de hecho, incluso se lo había puesto. Ningún ladrón en su sano juicio llevaría en público algo robado, seguro que había habido algún malentendido.

Le dio vueltas a la conversación que había mantenido con él, y recordó que Dave le había comentado que había dudado antes de aceptar el reloj, pero que Martha se lo había legado en su testamento para que después no hubiera ningún problema.

—Mack ya ha acabado de instalarse en su nuevo piso —dijo Corrie.

—Qué bien. Tengo entendido que Will Jefferson está viviendo encima de la galería de arte —apostilló Peggy.

—Sí, Mack me lo comentó.

—Me alegro de que la galería siga abierta.

Emily dejó de prestar atención a la conversación, y cuando las dos mujeres compraron varios metros de tela cada una y se marcharon mientras hablaban de dónde iban a ir a comer, siguió dándole vueltas al tema. ¿Cómo era posible que el reloj de oro estuviera entre los objetos desaparecidos? Seguro que había habido algún error, y ella iba a encargarse de rectificarlo.

En su hora libre para comer, fue a ver a Allan Harris. En la oficina sólo estaba el joven que se encargaba del mostrador de recepción, que alzó la cabeza al oírla entrar y le dijo:

—¿En qué puedo ayudarla?

—Hola, soy Emily Flemming.

—Hola —era obvio que no se había dado cuenta de su relación con Dave.

—Soy la esposa del reverendo Flemming.

—Ah, sí, por supuesto —se levantó de la silla de inmediato, y le estrechó la mano—. Soy Geoff Duncan.

—Hola, Geoff.

—Hablé con su marido hace poco, y accedió a darnos clases prematrimoniales a mi prometida y a mí.

Emily asintió mientras intentaba encontrar la forma de sacar el tema del reloj de oro. Estaba convencida de que todo aquello no era más que un malentendido, y que todo se arreglaría en cuanto el sheriff Davis viera una copia del testamento de Martha Evans.

—A Dave le gusta trabajar con parejas.

—¿Ha venido a ver al señor Harris? En este momento está en el juzgado, pero puedo concertarle una cita con él a última hora de esta tarde.

—No me hace falta una cita propiamente dicha, sólo necesito que me dé cierta información —con todos los problemas económicos que tenía, no quería complicar más las cosas añadiendo los honorarios de un abogado, sobre todo por un asunto tan sencillo como aquél.

—En ese caso, a lo mejor puedo ayudarla yo mismo.

—Es que... necesito ver algo —le parecía muy osado y quizás hasta poco ético pedir una copia del testamento de otra persona. Al ver que él se limitaba a mirarla como esperando a que se explicara, añadió—: Algo que mencionó mi marido.

—¿De qué se trata?

No había llegado tan lejos para rendirse en el último momento y quedarse sin respuestas. Respiró hondo, y dijo con firmeza:

—Necesito ver una copia del testamento de Martha Evans —se le cayó el alma a los pies al verle fruncir el ceño y negar con la cabeza—. ¿No es correcto pedir algo así?

—Me temo que no puedo acceder a su petición.

—Vaya.

—¿Se trata de un asunto importante?

—¡Sí!

Era obvio que jamás pediría algo así si no fuera importante. Consideraba que era responsabilidad suya defender el buen nombre de su marido en la comunidad. Olivia Griffin había visto el reloj, y no dudaría en decirlo. Y en cuanto a los pendientes... era posible que también estuvieran en la lista de objetos robados.

—¿Podría decirme por qué es tan importante? —le preguntó Geoff, al cabo de unos segundos.

No sabía hasta qué punto podía explicárselo sin implicar a su marido, pero al final le dijo:

—Supongo que sabe que fue él quien descubrió el cadáver de Martha.

—Sí, por supuesto.

—Supongo que... que es normal que, como han desaparecido varias cosas, las sospechas recaigan en él.

—El reverendo Flemming sería incapaz de robar.

Se sintió alentada ante aquella defensa tan firme e inmediata, y admitió:

—Es que hay un problema.

—¿Cuál?

—Martha le regaló a Dave un reloj de oro que había pertenecido a su marido.

—Ya veo.

—Le pregunté a Dave al respecto cuando me enteré de que lo había perdido. El cierre estaba roto, y...

—¿Perdió el reloj? —Geoff la miró alarmado.

—No se preocupe, lo recuperó.

—Gracias a Dios, es muy caro reemplazar un reloj así.

Emily no vio la necesidad de comentar que, tal y como estaban sus finanzas, a Dave y a ella les habría sido imposible comprar algo tan caro.

—Por suerte, la juez Griffin lo encontró. Dave lo perdió en su casa, cuando fue a visitarla después de que la operaran.

—Qué alivio.

—Sí.

—Así que el reverendo se ha puesto el reloj, ¿no?

—Por supuesto. Se lo regalaron, no hay razón para que no se lo ponga.

—Las cosas se han complicado por lo del robo de las joyas, ¿verdad?

Aunque era obvio que Geoff entendía lo espinosa que era la situación, ella no se atrevió a mencionar los pendientes. Había decidido que investigaría por su cuenta esa cuestión, pero de momento era la única que sabía que Dave los tenía.

—¿Qué tiene que ver la señora Evans en todo esto? —le preguntó Geoff.

—Todo. Le dijo a mi marido que había especificado en su

testamento que el reloj era para él, y quiero verificar que está todo por escrito.

—Ah.

—Por eso necesito ver una copia del testamento.

—Qué dilema. Ya le he comentado que su marido se ofreció a darnos clases prematrimoniales a mi prometida y a mí, ¿verdad?

—Sí.

—Supongo que no hace falta que le diga que no gano un dineral trabajando como asesor legal. Su marido es tan amable, que se ofreció a darnos las clases gratis.

Dave siempre estaba dispuesto a ayudar al prójimo.

Geoff suspiró y recorrió la sala con la mirada, aunque estaba vacía. Bajó la voz al decir:

—Me arriesgo a perder mi trabajo si alguien se entera de que le he dado una copia de ese testamento.

—Jamás le pediría algo así, no quiero que corra ese riesgo.

Él alzó la mano para indicarle que no siguiera hablando, y dijo con firmeza:

—Si esto ayuda a demostrar que su marido es inocente, merece la pena correr el riesgo.

—Me ha dicho que el señor Harris está en el juzgado, ¿verdad?

—Sí.

—En ese caso, puede que sea mejor que se limite a dejarme leer el testamento. Haré una copia de la página pertinente, y así Dave tendrá una prueba de su inocencia en caso de que el sheriff Davis o quien sea le pregunte sobre el reloj.

—Bien pensado —Geoff se levantó de la silla, y se acercó al archivador que tenía detrás.

—No sabe cuánto se lo agradezco.

—Como ya le he dicho, el reverendo está haciéndome un favor. Será un placer ayudarle en lo que pueda.

—Será nuestro pequeño secreto, nadie tiene por qué enterarse. El sheriff es el único al que podría llegar a enseñarle la copia.

—Tendré que confiar en usted —su voz reflejaba cierta cautela.

—Le prometo que no se lo diré a nadie —estaba deseando echarle un vistazo al testamento.

Cuando Geoff sacó la documentación del archivador y se la dio, ella fue a sentarse al sofá de cuero que había en la zona de espera y empezó a pasar las páginas. No era una experta en derecho, pero era obvio que cualquier cosa más allá de las cláusulas habituales debía de estar en un anexo; tal y como esperaba, encontró el listado de objetos en las últimas páginas, y lo repasó con rapidez.

Martha tenía una colección de joyas bastante grande. Dave había comentado en una ocasión que a la anciana le gustaba recordar los viajes que había hecho a lo largo de los años junto a su esposo, que había trabajado como ejecutivo en una empresa de productos de papelería; al parecer, a él le encantaba comprarle joyas, la mayoría de estilo clásico. Para Martha, cada anillo y cada par de pendientes contenía un montón de recuerdos.

El listado ocupaba dos páginas y junto a cada objeto se especificaba quién debía heredarlo, pero no vio el reloj de oro por ninguna parte. Mientras estaba releyendo la lista con más detenimiento, Geoff le preguntó con nerviosismo:

—¿Lo ha encontrado?

—¿Hay alguna parte del testamento que no esté incluida aquí?

—Que yo sepa, no.

—¿Le importaría comprobar el fichero? —se esforzó por aparentar optimismo.

Geoff fue a mirar, y al cabo de unos segundos comentó:

—Ah, sí, aquí hay algo más.

La invadió un alivio inmenso, había empezado a preocuparse de verdad.

—Son fotografías —añadió él, con menos entusiasmo.

—¿De qué?

—De las joyas. La señora Evans tenía varios pendientes de diamantes, y unos cuantos broches de esmeralda. Las fotos son para distinguir cada pieza —vaciló por un instante antes de añadir—: Tengo entendido que el señor Harris insistió durante bastante tiempo en que lo hiciera, porque no estaba bien asegurada.

—¿Puedo verlas? —sabía que era arriesgado ahondar aún más en todo aquello, pero no tenía otra opción.

—Puede que el reloj de oro esté aquí —comentó Geoff, al darle el dosier con las fotos.

—Seguro que sí —lo dijo con una confianza que no sentía. Fue pasando las hojas, y se detuvo al ver la foto que esperaba no encontrar: la de los pendientes de diamantes que había encontrado por casualidad en el abrigo de Dave, la tarde en que iban a celebrar el aniversario de boda.

—¿Tiene ya lo que necesita? —Geoff estaba cada vez más nervioso, porque estaría metido en un buen lío si llegara alguien en ese momento y se diera cuenta de lo que estaban haciendo.

—Tenga.

En cuanto le devolvió las fotos y el testamento, él se apresuró a volver a meterlos en el archivador. Después de cerrarlo, se volvió a mirarla y le dijo:

—Está un poco pálida, ¿se encuentra bien?

—Sí, no se preocupe.

—Espero que sus dudas hayan quedado resueltas.

—Gracias por su ayuda.

—No puede decirle a nadie que ha visto la documentación de la señora Evans.

—No se preocupe, nadie lo sabrá.

Horas antes, sentía que su matrimonio había rejuvenecido. Dave la amaba, y tenía dos empleos para poder lidiar con los gastos añadidos que acarreaba la nueva casa. Ella también había empezado a trabajar para colaborar en la economía doméstica, ya que necesitaban dinero si querían conservar aquel hogar que tanto les gustaba.

Sólo cabía esperar que su marido no hubiera optado por otro método para pagar las facturas... un método que pudiera acabar llevándolo a la cárcel.

CAPÍTULO 22

Teri Polgar aún no se había recobrado del sorpresón que se había llevado en el ginecólogo. Era un sorpresón increíble, fantástico y maravilloso, pero no sabía si Bobby estaba preparado para enterarse de algo así; de hecho, ella misma aún no había acabado de asimilarlo.

—Por favor, James, llévame al Get Nailed —le dijo, desde el asiento trasero de la limusina. Necesitaba hablar con alguien y la candidata ideal era Rachel, su mejor amiga.

—Como quiera, señorita Teri —casi nunca hacía comentarios ni preguntas.

—Gracias —empezó a morderse una uña, pero apartó la mano de la boca en cuanto se dio cuenta de lo que estaba haciendo. Morderse las uñas era una mala costumbre que había tenido siempre, y había conseguido superarla casi por completo.

Bajó de la limusina de inmediato cuando se detuvieron delante del centro comercial, y James no tuvo tiempo de ir a abrirle la puerta. La miró vacilante, y le preguntó:

—¿Quiere que la espere?

—Sí, por favor —le contestó, por encima del hombro, mientras se alejaba.

Jamás había visto el centro comercial tan abarrotado. Al pasar cerca de una mujer que estaba tocando una campana para pedir ayuda para los más necesitados, metió veinte dólares en el recipiente rojo que había junto a ella. Christie y ella se habían criado con una madre alcohólica, así que tenían una experiencia muy limitada con las fiestas navideñas. Quizá por eso estaba celebrándolo por todo lo alto ese año. Los únicos regalos que habían recibido de pequeñas procedían de asociaciones benéficas, porque su madre solía gastarse todo el dinero que podía en bebida.

La calidez que reinaba en el centro comercial logró protegerla de la gélida sensación que acababa de embargarla. Aceleró el paso, porque estaba deseando llegar cuanto antes al salón de belleza; una vez allí, atravesó la sala de espera y entró en la zona de trabajo.

—¡Mirad quién ha venido! —exclamó Jane al verla. Llevaba el pelo adornado con una ramita de acebo de plástico, y estaba haciéndole las uñas a una clienta.

—¡Feliz Navidad, Teri!

—¡Hola, Teri! ¡Cuánto me alegro de verte!

Mientras sus amigas se acercaban a saludarla, su mirada fue hacia Rachel de forma instintiva. Sabía que ella la ayudaría a ver las cosas con cierta objetividad, que conseguiría calmarla un poco.

Rachel era muy intuitiva, y se dio cuenta de inmediato de que le pasaba algo. En cuanto se le acercó, Teri le tomó las manos y le preguntó:

—¿Podemos charlar un rato?

—Sí, he acabado una permanente ahora mismo. La señora Holman va a venir a cortarse el pelo, pero tengo unos minutos libres. ¿Qué te pasa?

—Será mejor que hablemos a solas —la soltó de las manos, y señaló con un gesto hacia la sala del personal. Estaba tan nerviosa, que le flaquearon las rodillas.

—¿Es algo tan preocupante? —le preguntó su amiga con preocupación.

—No, sólo es... abrumador.

Fueron hacia la sala de descanso de las empleadas, que estaba al fondo del local. Cuando Rachel sacó dos sillas, ella se sentó con pesadez en la suya y le dijo:

—Esta mañana me han hecho la ecografía. Bobby está muy nervioso con lo del embarazo. No ha podido acompañarme porque tenía una entrevista muy importante en la radio, pero de todas formas, yo prefería que no viniera. Se preocupa demasiado.

—Tenías hora a las nueve, ¿verdad? —Rachel le echó un vistazo a su reloj antes de añadir—: Ya casi es mediodía, ¿por qué has tardado tanto?

—Porque un montón de gente ha querido echar un vistazo. Ni te imaginas lo que es tener el estómago a la vista de todo el mundo.

—Podría haber sido peor, imagínate que hubiera sido tu trasero.

Su amiga era única a la hora de verle el lado positivo a las cosas.

—Teri... todo va bien, ¿verdad? —añadió.

—Dímelo tú —abrió su voluminoso bolso con manos temblorosas, y sacó la imagen que le había dado el ginecólogo. La dejó sobre la mesa sin apartar la mirada de su amiga.

Rachel observó la imagen durante unos segundos, y de repente exclamó:

—¡Teri...! ¡Estás embarazada de gemelos!

—Mira mejor.

Después de observar la ecografía con atención, su amiga soltó una exclamación ahogada y se llevó la mano al corazón. Abrió los ojos como platos, y tragó con fuerza.

—¿*Trillizos?*

—Exacto. El médico me dijo la semana pasada que le parecía oír dos corazones, por eso me programó la ecografía para hoy.

Aún no se había recuperado de la sorpresa. Habría podido acostumbrarse a la idea de tener gemelos, pero... ¿trillizos? Bobby era toda una celebridad local de por sí, y encima ella iba a tener trillizos.

—No os sometisteis a ningún tratamiento de fertilidad, ¿verdad?

—No —ésa era una de las razones por las que la ecografía había llamado tanto la atención, era muy raro que una mujer estuviera embarazada de trillizos de forma natural.

—Supongo que por eso estás tan cansada últimamente.

Como era su primer embarazo, había creído que quizás era lo normal.

—Sí, y también estoy muy sensible.

—No me extraña.

—El médico me dijo al principio que a lo mejor estaba de más tiempo del que creíamos. Como nunca he controlado cuándo me viene la regla, no me extrañó.

—¡Por eso has ganado tanto peso!

—Sí, el doctor Joyce ha tenido que disculparse conmigo por eso. Le dije que estaba cuidando mi dieta, y que no me merecía ganar tanto peso.

Su amiga sonrió de oreja a oreja, y le dijo:

—Entiendo que estés sorprendida, pero es una noticia fantástica. Se lo has dicho ya a Bobby, ¿verdad?

Ése era el problema.

—No, no se lo he dicho, y no sé si quiero hacerlo.

—No puedes ocultárselo.

—Quizá sería lo mejor. Le preocupa que tenga que dar a luz a un bebé, ¿cómo quieres que le diga que voy a tener tres? Tres hijos... tengo mucho miedo, Rachel.

—Vas a ser una madre fantástica. No te preocupes, Bobby se lo tomará bien.

—Estaba preparada para tener un hijo, y resulta que por poco tengo mi propio equipo de hockey.

—Tómate un tiempo para poder hacerte a la idea, y entonces díselo a Bobby.

Teri estaba sumida en sus pensamientos. Como su propia madre no era ningún ejemplo a seguir, ya se había comprado seis libros sobre cómo criar a los hijos, pero ninguno de ellos la había ayudado demasiado. La información de unos difería de la de otros, había teorías opuestas...

—Tres hijos... lo harás genial, Teri; además, en caso de que te haga falta, puedes permitirte el lujo de contratar a alguien para que te ayude.

—¿Una niñera? —la idea no se le había ocurrido, pero podría contratar a una niñera a tiempo parcial para que la ayudara a bañar a los niños y a darles de comer.

—¿Puedo volver a ver la ecografía? Me he sorprendido tanto al ver que eran tres, que no me he fijado en si eran niños o niñas.

—Hay uno de cada, y el tercero está un poco girado y no se alcanza a ver lo que es —le dijo, antes de cubrirse la cara con las manos.

—Yo también tengo novedades —lo dijo en voz baja, y miró por encima del hombro como para asegurarse de que no había nadie cerca—. Voy a casarme con Bruce.

—Eso no es ninguna novedad, hace semanas que tengo el día de San Valentín marcado en mi calendario.

Era una fecha de lo más romántica. Rachel quería una boda formal, y le había pedido que fuera su dama de honor a pesar de que para entonces estaría embarazada de poco menos de seis meses.

—El banquete de boda se celebrará en febrero, pero... ¿tienes planes para el veinte de diciembre?

—¿Vais a casaros antes de lo planeado? —le preguntó, boquiabierta.

—Sí, no tiene sentido esperar dos meses más. Los dos sabemos lo que queremos, y la espera está enloqueciéndonos.

—Vete a vivir con él, hoy en día es lo más normal del mundo.

—Ya lo sé, pero tenemos que tener en cuenta a Jolene. Estamos intentando hacerlo todo como Dios manda por ella, pero Bruce está cada vez más impaciente... y la verdad, yo también. Le amo tanto, que no quiero esperar ni un segundo más de lo necesario.

Teri la entendió a la perfección; de hecho, su propia boda había sido de lo más acelerada. Bobby había insistido en que tenían que casarse en vez de conformarse con vivir juntos; al parecer, sabía de forma instintiva lo que ella también había acabado descubriendo: que no era lo mismo. El matrimonio era una promesa... sí, una que muchas personas acababan rompiendo, pero una promesa al fin y al cabo. Los cónyuges se prometían amor eterno, y estar juntos al disfrutar de los buenos momentos y al lidiar con los malos.

Según Bobby, el matrimonio era mucho más que convivir con otra persona, y para una chica tan avispada como ella, esa filosofía revelaba todo lo que le hacía falta saber sobre él. Se emocionó al recordar su noche de bodas, y sintió que se le llenaban los ojos de lágrimas.

Rachel se dio cuenta de inmediato, y le preguntó:

—¿Aún estás preocupada por lo de los trillizos?

—No. Estaba pensando en Bobby, y en lo mucho que lo amo.

—Díselo cuanto antes, Teri. Ya verás lo contento que se pone. Es normal que se preocupe, seguro que no te quita el ojo de encima hasta mayo.

—No, el médico quiere programar una cesárea para la última semana de abril, para que no haya complicaciones. Los trillizos nacerán el veintisiete de abril.

—¡Qué emoción!

—Ahora entiendo por qué me siento como una vaca a los tres meses y medio de embarazo. ¿Te imaginas cómo estaré a los ocho meses? —ni siquiera quería pensar en ello.

—Aprovechando que estás aquí... dime cómo van las cosas entre James y tu hermana.

Ella había mantenido al corriente a Rachel de lo que pasaba entre su hermana pequeña y el chófer de Bobby, y estaba claro que acababa de sacar el tema para intentar distraerla.

—¿Dónde me había quedado?

—Lo último que sé es que Bobby y tú los invitasteis a cenar.

—Eso fue un desastre, James no quiso venir.

—Los hombres son unos testarudos.

—Y que lo digas. Pero resulta que después de la cena debió de pasar algo.

—¿El qué?

—No estoy segura, pero el coche de mi hermana seguía delante de mi casa al día siguiente.

—¿Christie no se marchó?, ¿estás diciendo que pasó la noche con James?

—No la pasó en mi casa, así que llegué a la misma conclusión que tú. Pero resulta que no fue así.

—Entonces, ¿dónde pasó la noche?

—En su propia casa; al parecer, su coche se estropeó.

—Ah. Supongo que James la llevó a casa, ¿no?

—Eso parece. Cuando se lo pregunté, se quedó callado. Sólo sé que mi hermana tuvo problemas con el coche, porque lo vi trasteando con el motor.

—¿Se lo arregló?

—Supongo que sí. Cuando volví a asomarme, ya no estaban ni el coche ni él —soltó un sonoro suspiro antes de añadir—: No tardó mucho en volver, así que lo más seguro es que le devolviera el coche a Christie sin apenas dirigirle la palabra.

—No entiendo a ese hombre —desde lo del secuestro, Rachel se preocupaba mucho por la salud y la felicidad de James Wilbur.

—La cuestión es que conozco a mi hermana. Está enamorándose de James, pero lucha contra sus propios sentimientos.

—Desde luego, él es mucho mejor que su ex.

—Hasta un asesino en serie sería mejor que su ex... bueno, no tanto, pero ya me entiendes.

Rachel miró hacia la zona de trabajo del salón. Su siguiente clienta estaba esperándola y alguien, seguramente Jane, ya le había cubierto los hombros con una capa de plástico y le había dado una revista para que se entretuviera.

—Tengo que volver al trabajo.

—Gracias por escucharme, Rach.

Se pusieron de pie, y se dieron un abrazo.

—Mantén en secreto lo del veinte de diciembre, ¿vale? —dijo su amiga.

—Claro.

—Aún no se lo hemos dicho a nadie más, ni siquiera a Jolene. El reverendo Flemming se ha ofrecido a casarnos en la iglesia en esa fecha, será una ceremonia íntima.

—Pero estoy invitada, ¿no?

—¡Claro que sí! No puedo casarme sin mi dama de honor y su marido.

Teri le dio un cariñoso apretón en el brazo, y le dijo:

—Cuenta con Bobby y conmigo, Rachel. Gracias.

—No, gracias a ti. En fin, tengo que irme. Algunas tenemos que trabajar para vivir —lo dijo en tono de broma, sin ninguna acritud; al fin y al cabo, su estatus de mejor amiga le daba derecho a tomarle el pelo. Cuando salieron de la sala del personal, añadió—: No tengas miedo de contarle a Bobby lo de los niños, y llámame esta misma noche. Seguro que se pone loco de contento.

Teri deseó tenerlo tan claro. Había sido ella la que había querido quedarse embarazada; por su parte, Bobby tenía miedo de ponerla en peligro, de arriesgar su integridad física, y habría preferido esperar. Seguro que se sentía aterrado cuando se enterara de que iban a tener trillizos.

James se acercó con la limusina en cuanto salió del centro comercial. Bajó del vehículo de inmediato, y le abrió la puerta antes de que pudiera hacerlo ella. Cuando estuvo cómodamente sentada, se puso al volante de nuevo y le preguntó con preocupación:

—¿Va todo bien, señorita Teri?

—Sí, creo que sí. ¿Por qué lo preguntas?

Él puso en marcha el vehículo antes de contestar.

—Pasó mucho rato en la consulta del ginecólogo, y al salir parecía bastante alterada. Entonces me pidió que la trajera al centro comercial... supongo que porque quería ver a la señorita Rachel.

—Es mi mejor amiga, y... perdona —le dijo, cuando su móvil empezó a sonar. Lo sacó del bolso, y al ver en la pantalla que se trataba de su hermana, contestó de inmediato—. Hola, Christie —se dio cuenta de que los hombros de James se tensaban.

—Hola —le dijo su hermana—. He llamado a tu casa, y Bobby me ha dicho que aún no habías vuelto del médico. ¿Tienes planes para esta tarde?

—No.
—¿Puedes cortarme el pelo?
—Claro, ¿puedes venir a eso de las cuatro? —así tendría tiempo de sobra para darle la noticia a Bobby, y él podría ir haciéndose a la idea.
—Perfecto —Christie vaciló por un instante antes de añadir—: ¿Crees que James estará en casa?
—Supongo que sí —no pudo contener una sonrisa.
—Me arregló el coche, y le he comprado un pequeño regalo para agradecérselo. ¿Podrías dárselo en mi nombre?
—Puedes dárselo tú misma, Christie.
—No sé si...
—Decídelo cuando vengas y veas cómo van las cosas.
—Vale.
Después de despedirse de su hermana, volvió a meter el móvil en el bolso y le dijo a James con naturalidad:
—Mi hermana va a venir a casa esta tarde.
—¿Sigue teniendo problemas con el coche?
—No lo sé, no me ha comentado nada.
—Me temo que ese coche no va a durarle mucho más, y también necesita unas ruedas nuevas.
A ella no le gustaba que Christie condujera aquel trasto, pero decidió dejar esa preocupación para otro día y comentó:
—Te ha comprado un detalle para agradecerte que la ayudaras con el coche —lo observó con atención para ver cómo reaccionaba.
—No hacía falta que se molestara.
—Eres un hombre de buen corazón, James —vio en el retrovisor cómo se ruborizaba.
—Gracias, señorita Teri.
Cuando llegaron a casa, encontraron a Bobby paseándose de un lado a otro en el jardín delantero. En cuanto James abrió la puerta para ayudarla a bajar, él metió la cabeza en el vehículo y le preguntó con ansiedad:
—¿Por qué has tardado tanto?

—Todo va bien, Bobby, pero tengo que darte una noticia —se esforzó por hablar con serenidad.

Él la miró con una mezcla de perplejidad y de miedo, y le preguntó:

—¿Qué clase de noticia?, ¿es algo que te ha dicho el médico? —la ayudó a bajar del coche, y la agarró de la mano mientras iban hacia la casa.

—Será mejor que te sientes.

Él empalideció aún más, y eligió el sofá. Ella se sentó en su regazo, y le rodeó el cuello con los brazos.

—¿Qué me dirías si te dijera que vamos a tener gemelos? —le preguntó, para ir allanando el terreno.

—¿Gemelos? —dio un respingo tan grande, que estuvo a punto de tirarla—. Gemelos... —empezó a sonreír poco a poco—. ¡Gemelos!

—Es emocionante, ¿verdad?

Él asintió, y le preguntó:

—¿Un niño y una niña? —al verla carraspear, supo de inmediato que había algo más, y la miró con cautela.

—Cariño... da lo mismo tener uno más, ¿verdad?

—¿Un qué?

—Un niño más.

—¿Quieres tener otro hijo? —estaba desconcertado.

—No, es que ya voy a tenerlo.

Él tardó unos segundos en entenderlo. La miró a los ojos, y le preguntó con voz entrecortada:

—¿Estás di... diciendo que vamos a tener tri... trillizos? —al verla asentir, repitió con voz queda—: Trillizos...

De repente, se echó a reír. El sobrio y serio Bobby Polgar rió con todas sus fuerzas, y el sonido reflejó una felicidad que le salía de lo más hondo. Entonces empezó a abrazarla y a besarla, a demostrarle de todas las formas posibles cuánto la amaba.

Y Teri a su vez le demostró a él que el sentimiento era mutuo.

CAPÍTULO 23

Después de llamar a la puerta del apartamento de James, Christie respiró hondo y retrocedió un paso mientras hacía acopio de valor. Mientras esperaba, se llevó la mano al pelo. Hacía años que no lo llevaba tan corto. Antes le llegaba a los hombros, pero el nuevo corte que le había hecho Teri le quedaba muy bien y era fácil de cuidar.

Cuando James abrió la puerta, se quedaron mirándose en silencio durante varios segundos, pero de repente recordó para qué había ido a verlo y le dio un pequeño paquete.

—Ten, para ti —como él parecía un poco incómodo por la situación, añadió—: Es un pequeño detalle para darte las gracias por arreglarme el coche.

—Conseguí que el alternador volviera a funcionar, pero vas a tener que comprarte un coche nuevo cuanto antes —agarró el regalo, pero seguía bastante nervioso.

—No tengo dinero para un coche nuevo, ni siquiera puedo permitirme reparar el que tengo —vivía sola, y ya le resultaba más que difícil pagar el alquiler de su casa y las deudas de su ex marido, además de los demás gastos. Las horas extras que hacía en la época navideña le iban genial.

—Gracias por el regalo, pero no hacía falta que te molestaras.

—No es gran cosa —esperaba que le gustara el chocolate de almendras típico de la zona. Lo había comprado rebajado en Wal-Mart, junto con un precioso papel de regalo plateado.

—Es todo un detalle por tu parte.

Christie hizo ademán de girarse para bajar la escalera, pero él la detuvo al decir:

—Te he dicho en serio lo del coche, no deberías seguir usándolo.

—Supongo que tienes razón.

Sabía que aquel coche tenía los días contados, que muy pronto surgiría otro problema y no volvería a ponerse en marcha. Entonces tendría que informarse sobre el transporte público, y en una ciudad del tamaño de Cedar Cove no había demasiadas opciones. Pero gracias a James, de momento iba a poder seguir yendo a trabajar en su coche durante aquella semana al menos, y eso era de agradecer.

Él seguía con el paquete de chocolate en las manos, como si no supiera qué hacer con él.

—James... ¿puedo preguntarte algo?

—Te has cortado el pelo —dio la impresión de que acababa de darse cuenta.

—Sí, me lo ha cortado Teri. ¿Te gusta? —se llevó la mano a la nuca de forma instintiva.

—Estás diferente.

Supuso que con aquella respuesta quería decir que no le gustaba el cambio. Todos los hombres con los que había salido la preferían con el pelo largo... no era lo mismo, claro, porque no estaba saliendo con James, pero ésa no era la cuestión. No entendía la actitud de los hombres respecto al pelo de las mujeres, pero seguro que Teri tenía su propia opinión al respecto.

James le había contestado con una evasiva, pero como no estaba dispuesta a dejar que la desviara del tema, contraatacó con otra pregunta.

—¿Por qué me besaste el lunes por la noche?

—¿Quieres que me disculpe? —le dijo, muy serio.

—No, sólo quiero saber por qué lo hiciste —tenía la esperanza de que admitiera que se sentía atraído por ella, que lo había enloquecido de deseo. Sí, era un poco melodramático, pero era maravilloso dejarse llevar por la imaginación–. No tienes que decírmelo si no quieres –estaba claro que no estaba dispuesto a contestar, o a lo mejor no sabía cómo hacerlo.

–Me sentí aliviado al ver que estabas dispuesta a entrar en razón, al principio parecías bastante enfadada.

–Lo estaba.

–Y también irracional.

Tuvo que darle la razón, aunque se había comportado así porque estaba desesperada. Él se habría sentido igual si se hubiera tratado de su coche y no hubiera tenido dinero para pagar la reparación, sobre todo si hubiera tenido que entrar a trabajar a las seis de la mañana siguiente.

–Vale, primero me besaste porque estabas aliviado –había sido una caricia delicada, poco más que un roce de los labios–. ¿Qué me dices del segundo beso? –al besarla aquella segunda vez, él había sacado a la luz una pasión y un deseo tan fuertes como los que ella sentía.

–Ése fue puro egoísmo.

–Ah –alargó la mano, y se aferró a la barandilla de la escalera.

–¿Te escandalizó?

–No –era obvio que él no sabía gran cosa sobre su pasado, porque no era de las que se ofendían por un beso pasional; aun así, en el beso de James había habido una ternura y una dulzura muy especiales, no le había parecido nada egoísta.

Empezó a bajar la escalera sin muchas ganas, y rezó a cada paso para que él la detuviera. No se le ocurría nada para alargar la conversación, ya le había hecho todas las preguntas que se le habían pasado por la cabeza. Había oscurecido, y ya era hora de regresar a casa. El cielo de diciembre estaba despejado y tachonado de estrellas.

–Christie...

Giró con tanta rapidez al oír su voz, que estuvo a punto de caerse.

–¿Qué?

–Conduce con cuidado.

La desilusión que la embargó fue como un peso enorme que le encorvó los hombros. No entendía por qué ansiaba tanto que James la invitara a entrar en su apartamento, ¿qué más daba si quería volver a verla? Muchos hombres estarían encantados de estar con ella, debería darle igual que él no fuera uno de ellos.

—Tus ruedas están muy desgastadas.

Hizo caso omiso de sus palabras, su autoestima ya había recibido bastantes golpes; en todo caso, no le gustaba ni lo estirado que era ni su formalidad al hablar... estaba decidido, no volvería a intentar hablar con él.

De camino a casa en su coche, pasó por delante del Pink Poodle y sintió la tentación de pararse y entrar, pero la cerveza costaba dinero. Tenía ganas de ahogar sus penas, pero había formas más productivas de pasar una velada. Fue al parque del paseo marítimo, que estaba de lo más festivo con los adornos navideños; según un anuncio que había visto en la sala del personal de Wal-Mart, el coro del instituto iba a ofrecer un concierto navideño. Un poco de música festiva le iría bien para mejorar su estado de ánimo.

Tuvo la suerte de encontrar una plaza de aparcamiento, y mientras se dirigía a pie hacia la glorieta y las sillas que se habían colocado para el público, reconoció a varias personas a las que había atendido trabajando de cajera. El sheriff Davis estaba acompañado de una pareja... a juzgar por el parecido, ella debía de ser su hija, y seguro que él era su yerno.

Charlotte y Ben Rhodes, una pareja a la que todo el mundo conocía, estaban sentados en la primera fila. Charlotte había ido a comprar varias cosas para su inminente crucero aquella tarde. Estaba muy animada e ilusionada con el viaje, y habían estado charlando como si fueran viejas amigas.

También vio a Grace Harding, la bibliotecaria. Estaba de pie junto a su marido a pocos metros del gentío. Él le había rodeado la cintura con un brazo, y ella tenía la cabeza apoyada contra su hombro. Formaban una estampa enternecedora que reflejaba ternura y confianza. Junto a Grace había dos mujeres jóvenes con sus respectivos maridos e hijos, cada una tenía un bebé en los brazos. Sabía que eran las hijas de Grace, pero no se acordaba de sus nombres.

El coro del instituto empezó el concierto de villancicos con *Jingle Bells*. Para cuando llegaron a *O, Little Town of Bethlehem*, tenía unas ganas enormes de echarse a llorar. Todas aquellas personas tenían alguien que los quería, alguien que los consideraba especiales, pero ella no tenía a nadie. Si desapareciera de la faz de la tierra en ese momento, nadie se daría cuenta... bueno, sus hermanos acabarían notándolo, pero seguramente tardarían días o semanas.

Se secó con la mano las lágrimas que le inundaron los ojos. Estar sola en aquellas fechas era horrible. Teri la había invitado a comer el día de Navidad, pero seguro que lo había hecho por lástima. Su hermano Johnny pensaba pasar el día con la familia de su novia, así que ella sería la única invitada.

Aún no le había dicho a Teri si pensaba ir o no, porque no quería ser una molestia. No quería entrometerse en el hogar y la vida de su hermana y su yerno, sobre todo teniendo en cuenta que estaban esperando trillizos. No era justo que Teri tuviera que lidiar con la molestia añadida de una invitada en la celebración navideña.

Se sentía tan decaída, que se fue del parque y se puso a pasear por el paseo marítimo sumida en la autocompasión. Se detuvo frente al puerto mientras la música del concierto seguía sonando de fondo, y contempló los barcos. Muchos de ellos tenían los mástiles decorados con luces navideñas, y algunos incluso tenían árboles de Navidad en cubierta.

Cuando dio media vuelta para regresar a casa, vio que delante de la librería había un enorme contenedor para recoger libros para los niños necesitados. Ella misma había sido uno de esos niños de pequeña...

En ese momento, supo lo que quería hacer aquel día de Navidad: iba a trabajar de voluntaria repartiendo cestas de comida y regalos. En vez de pasarse el día como alma en pena y regodeándose en la autocompasión, iba a hacer algo constructivo. Muchas personas la habían ayudado cuando no era más que una niña, y le había llegado el turno de hacer algo por los demás.

Sí, eso era lo que iba a hacer. Y si no podía repartir regalos, quizá podría servir comida en algún albergue social. Tomar aquella decisión hizo que se sintiera mucho mejor. Se apresuró a ir a por su coche, y al llegar a su casa se quedó atónita al ver a James aparcado delante.

Salieron de sus respectivos vehículos a la vez, y sintió que se le aceleraba el corazón cuando él se le acercó.

—Voy a trabajar de voluntaria —le dijo con entusiasmo. Necesitaba contarle a alguien aquella decisión tan trascendental. Como él se limitó a parpadear como si acabara de hablarle en algún idioma extranjero, añadió—: Si puedo, el día de Navidad repartiré cestas de comida y regalos a niños necesitados —se echó a reír al ver su expresión de perplejidad—. Estaba bastante depre, y me di cuenta de que lo que tenía que hacer era echarle una mano a los demás —se calló al darse cuenta de que aún no sabía por qué había ido a verla. Esperó a que le dijera algo, pero estaba claro que a James nunca se le había dado bien explicarse. Al ver que seguía callado, le preguntó—: ¿Quieres venir a hacer de voluntario conmigo?

—Vale.

—¿Te apetece tomar...? —estuvo a punto de ofrecerle una cerveza, pero rectificó a tiempo—. ¿... Un té?

—Sí, gracias —le dijo, sonriente.

Su casa, para variar, estaba limpia. No era el Ritz ni mucho menos, pero al menos era acogedora. En un arranque de entusiasmo navideño, había colgado una guirnalda a lo largo de la varilla de las cortinas, y había puesto la figurita de un muñeco de nieve en la mesita baja.

Mientras James doblaba su abrigo con pulcritud y lo dejaba en el respaldo del sofá, ella se puso a preparar la tetera y le preguntó:

—¿Has venido a verme por algo en concreto?

—¿Dónde estabas? —parecía tener la costumbre de responder a sus preguntas con otra pregunta.

—En el paseo marítimo, el coro del instituto está dando un concierto en el parque. He estado escuchando la música durante un rato, y entonces he decidido que voy a hacer de voluntaria.

—¿Por qué has elegido justo el día de Navidad?

No quería decirle que no tenía adónde ir en ese día tan señalado. Era una confesión demasiado personal, demasiado... embarazosa y patética.

—Por agradecimiento. Cuando era pequeña y no tenía ni un solo regalo por Navidad, hubo personas que me ayudaron, y ahora me toca a mí echarle una mano a los demás.

—Es una gran idea.

—No me has contestado, James. ¿Por qué has venido?

—Porque quería verte. Pensé que irías al Pink Poodle.

La verdad era que había estado a punto de ir.

—¿Querías verme?, qué detalle —como él se limitó a asentir, añadió—: Me gustas, James.

Era la verdad pura y dura, sin palabras rebuscadas. Estaba por ver si él la rechazaba o la aceptaba.

Después de mirarla a los ojos durante un largo momento, esbozó una sonrisa que la dejó sin aliento y le dijo:

—Tú también me gustas, Christie.

Era la mayor admisión que había hecho en el transcurso de aquella relación tan extraña. Para que no se diera cuenta de lo ilusionada que estaba, fingió estar muy atareada sacando las bolsitas de té y el azúcar de uno de los armarios.

En cuanto el té estuvo listo, llevó las dos tazas a la mesita baja y las colocó sobre unos posavasos con estampado navideño. Como sólo había un sofá, no tuvo más remedio que sentarse junto a él.

—Me alegro de que hayas venido —le dijo, sin atreverse a mirarlo.

—Yo también. Me gusta tu pelo.

—Gracias —se le había olvidado que Teri se lo había cortado.

—Eres muy guapa.

Estaba acostumbrada a que la piropearan; por regla general, los hombres solían saber lo que tenían que decirle para sacarle lo que querían. Ella había escuchado todas aquellas mentiras porque necesitaba creer que eran ciertas, pero aquellas tres palabras de James tenían más valor que todos los piropos que había recibido en su vida.

Tardó unos segundos en poder responder, y al fin alcanzó a decir con voz queda:

—Gracias. ¿Quieres volver a besarme? —añadió, medio en broma.

—Sí, pero aún no. Después —le dijo, muy serio.

Ella estuvo a punto de echarse a reír. Cualquier otro ya la habría llevado a la cama a aquellas alturas, y habrían encontrado formas más interesantes de entrar en calor que tomar té.

—No sé nada sobre ti, James.

—Sí, ya lo sé.

—¿Hace mucho que trabajas para Bobby?

—Bobby y yo somos amigos.

—¿Hace mucho que sois amigos?

—Sí.

Al ver que él no añadía nada más y que el silencio se alargaba, le dijo:

—No quieres contarme nada más, ¿verdad?

Él se movió con nerviosismo, y dejó su taza en el posavasos antes de decir:

—Me parece que ha llegado.

—¿El qué? —le preguntó, desconcertada.

Él la miró con aquella sonrisa suya de niño travieso, y le quitó la taza de las manos.

—El momento adecuado de besarnos otra vez —se le acercó más, y le cubrió los labios con los suyos.

Ella tuvo que contener una exclamación ahogada ante el deseo explosivo que la embargó, y susurró con voz entrecortada:

—James... oh, James...

Le rodeó el cuello con los brazos y le devolvió el beso, pero él no permitió que la caricia se profundizara y mantuvo una suave presión. Cuando estaba tan desesperada que pensó que iba a derretirse a sus pies si no la besaba en condiciones, él hundió los dedos en su pelo, ladeó un poco la cabeza, y le enseñó que no había necesidad de apresurarse. Se pertenecían el uno al otro.

Cuando la soltó, Christie se desplomó contra el respaldo del sofá. Mantuvo los ojos cerrados, y tardó una eternidad en recobrar el aliento.

—Madre mía —alcanzó a decir al fin.

—Ha sido muy agradable —apostilló él, con voz entrecortada.

Ella se inclinó hacia delante, y posó la frente contra la suya.

—Hay cosas que no sabes de mí, James.

—No me importa.

—A mí sí —quería contarle toda la verdad, para que más adelante no hubiera sorpresas desagradables—. He estado casada, y... no fue un buen matrimonio.

Le contó algunos detalles, los suficientes para que entendiera que su marido no había sido ni su primer amante ni el último.

Él la escuchó en silencio antes de abrazarla y besarla de nuevo, y le hizo alguna pregunta de vez en cuando. Cuando ella se puso a llorar, le secó las lágrimas con los labios, y la abrazó con ternura cuando terminó de confesárselo todo y hundió la cabeza en su hombro.

—Gracias, Christie —le dijo, en voz baja.

Ella no entendió qué era lo que le estaba agradeciendo, y alzó la cabeza para poder mirarlo a los ojos.

—Debe de haberte costado mucho contarme todo eso.

—Sí.

—¿Soy importante para ti?

—Sí, por eso quería que supieras toda la verdad.

—La verdad es un verdadero regalo —le dijo, antes de besarla en la sien. Siguió abrazándola durante un largo momento, pero al final murmuró contra su pelo—: Tengo que volver a casa —se puso de pie con dificultad, y le dijo de nuevo—: Gracias.

Ella no supo qué decir, así que se limitó a hacer un pequeño gesto de asentimiento. Contuvo las ganas de preguntarle cuándo volvería a verle, porque vio en sus ojos que pensaba llamarla. Estaba claro que ella le importaba; si no fuera así, no habría ido a verla. Se había sincerado del todo, y él había aceptado sin ninguna censura todo lo que le había contado. No le había ocultado nada, así que lo sabía todo sobre ella. Deseó que no tuviera que marcharse.

Él se marchó después de besarla una vez más; por suerte, le dijo que no hacía falta que le acompañara hasta la puerta, porque estaba temblorosa y le flaqueaban las rodillas. Tardó unos cinco minutos en recobrar las fuerzas necesarias para ponerse en pie.

Era la primera vez que le abría el corazón así a un hombre, y lo cierto era que se sentía mejor. Contárselo todo a James había sido una liberación. Al principio temía que él la rechazara después de enterarse de todo, pero sus temores habían resultado ser infundados. La había abrazado con ternura, la había alentado y la había apoyado.

Sabía de forma instintiva que él la amaba, lo intuía aunque él no se lo hubiera dicho de forma explícita. Y sabía sin ninguna duda algo más: ella también le amaba a él.

CAPÍTULO 24

—Ya sé que estás decepcionada, mamá —dijo Linnette por teléfono.

Ella también se había llevado una decepción, pero no podía ir a pasar las navidades a Cedar Cove; si lo hacía, no podría tenerlo todo preparado para abrir según lo previsto la clínica de Buffalo Valley.

Le lanzó una mirada de disculpa a Pete Mason, que la había invitado a comer. Estaban en el 3 of a Kind, el restaurante donde antes había trabajado de camarera. Les acababan de servir la comida, y justo cuando acababa de darle un mordisco a su bocadillo, su móvil había empezado a sonar. Deseó no haber contestado, pero ya era demasiado tarde para arrepentimientos.

—En Acción de Gracias nos dijiste que vendrías en Navidad —le recordó su madre.

—Ya lo sé, y lo siento —el tono lastimero de su madre acrecentó aún más la culpabilidad que ya sentía.

Cuando el silencio empezó a alargarse, suspiró mientras se preguntaba qué más podía decir para consolarla... y de paso, consolarse a sí misma. Echaba de menos a su familia y a sus amigos de Cedar Cove, pero a pesar de que le encantaría poder pasar aquellas fiestas en casa de sus padres, esperaba poder abrir la clínica en febrero y estaba muy atareada con todos los preparativos; además, no tenía el dinero necesario para hacer un viaje así. El precio que tenían los billetes de avión en aquella época del año estaba fuera de su alcance.

—Mack y Gloria pasarán el día con vosotros, ¿verdad?

—Aún no lo sé. Los dos son los más nuevos en sus respectivos trabajos, así que lo más probable es que les toque trabajar. No será un día de Navidad de verdad sin mis hijos.

—Lo siento —para intentar cambiar de tema, añadió—: Por cierto, ¿cómo está Mack?

—Bien. Está aclimatándose a su nuevo empleo en el cuerpo de bomberos, y parece que le gusta.

—Sabía que le iría bien.

—Tenía una sorpresa para ti.

—¿Qué sorpresa? —no quería tener una causa más para sentirse culpable.

—Bob Beldon consiguió que tu padre y tu hermano accedieran a participar en el pesebre viviente de la iglesia.

—Estás de broma, ¿verdad? Papá... ¿y Mack también? —no le extrañaba que su hermano participara en algo así, pero debía de haber costado mucho convencer a su padre.

—Mack hará de pastor, y tu padre es uno de los reyes magos.

Linnette se echó a reír. Le habría encantado poder verlos.

—¿Cómo se las ingeniaron el reverendo Flemming y el señor Beldon para convencer a papá?

—No sé lo que le dijeron, pero fuera lo que fuese, funcionó. Tendrías que haber visto a tu hermano persiguiendo a las ovejas en el primer ensayo —comentó, con una carcajada. Daba la impresión de que se había relajado un poco.

—¿Tienen ovejas de verdad?

—Sí, y hasta un camello... bueno, puede que sea una camella, no sé. No tengo ni idea de cómo lo consiguió el reverendo, pero tu padre va a tener que llevarlo alrededor del pesebre.

—¿Papá llevará un camello? —al ver que Pete enarcaba las cejas, lo miró sonriente.

—Hay que tener cuidado con ese tipo de animales, me parece que tu padre es el único capaz de controlarlo.

—Escupen y muerden, ¿verdad? —la situación le pareció cómica.

—Y que lo digas. Gloria y yo nos desternillamos de risa.

—Seguro que a papá no le hace ninguna gracia —estuvo a punto de replantearse la posibilidad de ir a casa, porque ver a su padre vestido con túnica y sandalias y luchando con un camello recalcitrante sería toda una experiencia.

—Íbamos a darte la sorpresa.

—Prométeme que harás un montón de fotos.

—Te lo prometo; de hecho, me compré una cámara digital como regalo adelantado de Navidad. También graba vídeos, tu padre está enseñándome a usarla.

Su padre era investigador privado, y hacía años que tenía una cámara.

—Te enviaré por correo electrónico un vídeo del pesebre viviente... o le pediré a Roy que lo envíe por mí.

—Sí, por favor. No quiero perderme nada —sintió una profunda añoranza. Iba a ser la primera Navidad que pasaba sin su familia.

—¿Qué piensas hacer en Navidad?

Al darse cuenta de que la conversación se estaba alargando bastante, le lanzó a Pete una mirada de disculpa. Le indicó con un gesto que siguiera comiendo, y él lo hizo.

—Pasaré el día con Hassie Knight, prepararemos una comida sencilla y jugaremos a las cartas.

Hassie, la propietaria de la farmacia Knight, era la persona que había impulsado la creación de la clínica. Había formado un comité en el que estaban la propia Linnette y varios empresarios de la zona, y además de trabajar de forma conjunta con agencias estatales, habían pedido una subvención.

—¿No lo pasarás con Pete?

—No creo, mamá. Supongo que habrá hecho planes con su familia.

—Has mencionado varias veces a ese granjero, pero me alegro de ver que eres lo bastante sensata como para no involucrarte demasiado en serio con él.

—Es demasiado pronto.

Su madre entendería a qué se refería sin necesidad de que añadiera nada más. Después de que acabara su relación con Cal Washburn, no quería arriesgarse a tener otra a toda prisa por simple despecho. Lo último que sabía de Vicki y él era que se habían casado y se habían mudado a Wyoming, y deseaba de corazón que fueran felices.

Lo más gracioso de todo era que ya no sentía ningún dolor por haber perdido a Cal; de hecho, había llegado a la conclusión de que romper había sido lo mejor para los dos, porque eran demasiado diferentes tanto en intereses como en expectativas de cara al futuro. Se había enamorado de él y se había quedado destrozada cuando él había dado por terminada la relación, pero al igual que con muchas de las experiencias que se tenían a lo largo de la vida, había aprendido algunas valiosas lecciones.

—Cal está en Wyoming —le dijo su madre.

—Sí, ya lo sé —contestó, sin inflexión alguna en la voz—. ¿Cómo está la juez Griffin? —en la última conversación que habían mantenido, su madre le había dicho que habían tenido que ingresar a Olivia en el hospital.

—Mucho mejor. Ya le han dado el alta, y la infección está controlada.

—Menos mal.

—Todo esto ha sido muy duro para su marido; por cierto, Jack escribió un artículo desternillante sobre el pesebre viviente. Hicieron un ensayo con los animales... los tienen en el rancho de Cliff Harding.

Como añadió lo último a toda prisa, Linnette supuso que le preocupaba mencionar el rancho en cuestión porque era donde Cal había vivido y trabajado.

—Envíame el artículo para que lo lea, mamá.

—De acuerdo —soltó un sonoro suspiro, y añadió—: Me gustaría que pudieras venir en Navidad.

—Por favor, no hagas que me sienta peor —iba a acabar llorando si su madre seguía insistiendo en el tema—. Los billetes de avión son muy caros, y no es seguro recorrer toda esa distancia en coche en pleno invierno —se volvió hacia la ventana. El manto de nieve que cubría el suelo debía de tener más de medio metro de grosor.

—Si quieres, tu padre y yo te pagaremos el billete de avión.

La oferta era tentadora, pero no podía permitir que hicieran algo así.

—Ni hablar. Soy una mujer adulta, mamá. No te preocupes, iré a visitaros en cuanto pueda.

—¿Sólo a visitarnos?

Estaba claro que su madre quería que se mudara de nuevo a Cedar Cove, sobre todo teniendo en cuenta que Cal y Vicki se habían ido de allí, pero ella ni siquiera se lo había planteado. Se sentía muy a gusto viviendo en aquel pequeño pueblo de Dakota. Desde que había conseguido el título de asistente médico, su objetivo había sido ejercer en alguna zona apartada, en una comunidad rural donde la necesitaran de verdad.

A sus padres, y a su madre en especial, no les había hecho ninguna gracia que dejara el empleo que tenía en la clínica de Cedar Cove, pero ella estaba más convencida que nunca de que había sido la decisión correcta.

—¿Qué vais a hacer vosotros en Navidad, mamá?

—Abriremos los regalos a eso de las diez. Puedo enviarte los tuyos por correo, pero no sé si los recibirás a tiempo.

—Te lo agradezco de verdad, pero no necesito nada.

—¿Has encontrado ya un piso?

Linnette estuvo a punto de echarse a reír. Su madre no había estado en Buffalo Valley, así que no tenía ni idea de cómo era aquel lugar. Había estado viviendo en una pequeña habitación de la segunda planta del 3 of a Kind, y recientemente se había ido a vivir con Hassie.

—Aquí no hay pisos, mamá. Hassie me ha alquilado una habitación en su casa.

—¿Una habitación?

—Sí, es un arreglo que nos va bien a las dos.

Si todo iba tal y como esperaba, tendría un lugar donde vivir en el edificio de la clínica, aunque el estado tenía que aprobar antes el proyecto. La casa que pensaban utilizar llevaba varios años vacía, y necesitaba una remodelación a fondo. Más de veinte personas, incluyendo varios adolescentes, estaban listos para ponerse manos a la obra en cuanto les concedieran la subvención.

—El piso que tenías aquí era fantástico, tenía unas vistas preciosas.

—Mack me ha dicho que lo ha alquilado, seguro que te alegra tenerlo tan cerca. Y hablando de mi hermano... ¿sabes si está saliendo con alguien?

—No me ha hablado de nadie, pero ya sabes que es muy reservado.

—Sí, es verdad —decidió hablar con él en cuanto pudiera para ver si podía sonsacarle algo de información—. Tengo que colgar ya, mamá.

—¿Estás segura de que no quieres que te paguemos el billete de avión?

—Completamente segura. Os llamaré en Navidad.

—No será lo mismo.

—Sí, ya lo sé —después de despedirse de ella, colgó y dejó el móvil encima de la mesa.

Pete la observó con atención, y comentó:

—Tu madre se ha llevado un disgusto, ¿verdad? Y tú también estás mal.

—No pasa nada. Ya soy mayorcita, soy capaz de pasar unas navidades sin mi familia.

—Pero te gustaría estar con ellos, ¿verdad?

—Sí, claro —agarró su bocadillo de beicon, lechuga y tomate, pero se le había quitado el hambre. Volvió a dejarlo en el plato, y lo apartó a un lado. Ni siquiera había abierto la bolsa de patatas.

Apoyó los codos en la mesa, y miró a su alrededor. Estaba más que familiarizada con aquel restaurante; al fin y al cabo, Buffalo Bob Carr la había contratado como camarera cuando había llegado a aquel pueblo sin apenas dinero y buscando algún lugar donde hospedarse. Con el paso del tiempo, había llegado a un punto en el que no podía imaginarse viviendo en ningún otro lugar, ni siquiera en Cedar Cove.

Bob salió en ese momento de la cocina, ataviado con un delantal blanco un poco manchado, y le dijo a Pete:

—Si aún te apetece un buen plato de crema de champiñones, ya la tengo lista.

—Genial.

—Cómete mi bocadillo si quieres —le dijo ella. Pete medía metro noventa, y comía bastante.

—No, gracias. Prefiero que te lo comas tú.

Después de servirle un enorme plato de crema de champiñones a Pete, Bob la miró y le preguntó con preocupación:

—¿Estás bien?

—Sí, es que no tengo hambre.

—Lo que me preocupa no es tu falta de apetito, sino la cara de deprimida que tienes.

—No estoy deprimida —sonrió de oreja a oreja para demostrárselo—. Estamos en diciembre, y falta poco para Navidad. ¿Cómo quieres que esté triste?

—Hay quien se deprime en estas fechas.

—Feliz Navidad, Bob.

—Lo mismo te digo, Linnette. Pero de verdad que...

—Estoy bien, te lo aseguro.

La gente que no le conocía solía dar por sentado que Bob era un motorista debido a su aspecto físico. Era un hombre corpulento que siempre llevaba vaqueros, camisa, y chaleco de cuero, y llevaba el pelo largo hasta media cintura y sujeto en una cola. Imponía bastante, pero Linnette no había tardado en darse cuenta de que tenía un gran corazón. Bastaba con verle con su esposa, Merrilee, y con sus tres hijos para saber la clase de hombre que era.

Cuando acabó de comer, Pete agarró la cuenta y le dijo:

—Pago yo.

—Gracias.

Se sentía un poco culpable por haber estado tan desanimada durante la comida, y por haber pasado tanto tiempo hablando con su madre. Sabía que no era de buena educación mantener una larga conversación telefónica en un restaurante, pero no había podido evitarlo; por suerte, Pete no era de los que se ofendían con facilidad.

—Antes de volver a la granja, voy a pasar a buscar la pieza que me ha pedido mi hermano.

Había ido al pueblo a por una pieza de tractor que le habían encargado a Dennis Urlarcher, pero ella sabía que había aprovechado esa excusa para ir a verla. La verdad era que lo pasaba muy bien con él. Se sentía cómoda a su lado, y Pete le había dejado muy claro lo que sentía. Estaba convencida de que a él le gustaría formalizar la relación, pero aún era demasiado pronto para eso. Aún estaban conociéndose, y estaba decidida a no meterse precipitadamente en otra relación tan intensa como la que había tenido con Cal.

—Este fin de semana cambian de película en el cine —le dijo él. Se sacó la billetera del bolsillo, y dejó veinte dólares sobre la mesa antes de añadir—: ¿Te apetece ir? Te compraré la bolsa de palomitas más grande que tengan.

—No hace falta que intentes sobornarme, Pete. Iré encantada.

En Buffalo Valley no había un multicine como en Cedar Cove. Allí sólo había una pantalla, y las películas llegaban con semanas o incluso meses de retraso respecto a la fecha de estreno. Cuando había llegado a aquel pueblo, le había hecho gracia ver anunciadas películas que estarían disponibles en DVD en cuestión de una o dos semanas.

Pete sonrió como si ella acabara de decirle que le había tocado la lotería, y le dijo:

—Pasaré a buscarte a casa de Hassie a eso de las seis.
—Perfecto.

Después de que él la ayudara a ponerse su largo abrigo de lana, se puso la bufanda, el sombrero y los guantes. Las temperaturas invernales eran muy bajas en Dakota del Norte, así que tenía que ir pertrechada con un abrigo, botas y el resto de parafernalia contra el frío aunque sólo fuera para ir del restaurante a la farmacia, que estaba a menos de una calle de distancia.

Al salir del restaurante, acompañó a Pete hasta su furgoneta. Era un nuevo modelo, pero a pesar de que sólo hacía unos meses que se la había comprado, ya tenía varios arañazos y abolladuras. Ella se había preocupado bastante al ver el primero, pero Pete le había dicho que era una furgoneta para trabajar y que cabía esperar algún que otro «desconchón».

—Nos vemos el sábado, Linnette —le dijo, antes de rozarle la mejilla con los dedos en una breve caricia.

—Vale —tenía los hombros encorvados para intentar protegerse del viento.

—Te llamaré.

Ella asintió, pero él permaneció inmóvil. Parecía reacio a marcharse.

—Podrías pasar el día de Navidad conmigo...

—No te preocupes, Pete. Hassie y yo nos las arreglaremos, no es para tanto.

—Ya lo sé —soltó un suspiro, y después de echar un vistazo a su alrededor para asegurarse de que no había nadie, la besó.

No fue un beso profundo ni acalorado, pero a ella le gustó mucho; de hecho, se quedó bastante sorprendida por aquel gesto, porque él no era dado a mostrar su afecto en público. Lo miró sonriente, y se despidió antes de alejarse camino de la farmacia.

En cuanto la vio entrar, Hassie le dijo con entusiasmo:

—¡Acabo de enterarme de que nos han concedido la subvención!

—¡Genial!

—Ya he hecho que se corra la voz.

—No sabía que todo iría tan rápido —apenas podía creerlo.

Hassie le guiñó el ojo, y le dijo en tono de broma:

—Es que tengo buenos contactos en Bismarck.

—Ya lo veo.

Al cabo de una hora, fue a la casa abandonada que iba a convertirse en su nueva clínica. Ya habían empezado a llegar muchos de los hombres del pueblo, Buffalo Bob entre ellos, y no tardaron en derrumbar una de las paredes. La remodelación ya había empezado. Cuando acabó la jornada escolar, un grupo de adolescentes se sumó a los trabajos y empezaron a quitar los escombros.

Ella tuvo que quitarse de en medio en más de una ocasión, y se dio cuenta de que, más que una ayuda, era un estorbo.

Cuando todo el mundo se marchó cuando empezó a oscurecer, dejó la escoba y el recogedor en un rincón y miró satisfecha a su alrededor. Habían progresado muchísimo en medio día, más de lo que esperaba. Al oír que le sonaba el móvil, se apresuró a sacarlo del bolsillo del abrigo.

—¿Diga?

—Hola, soy Pete.

—¡Hola! ¡Ni te imaginas lo que...! —al oír que la puerta se abría, se giró y se echó a reír al verlo entrar. Cerró el móvil, y le dijo—: ¿Ya te has enterado?

—Sí, felicidades. Pero lo de la subvención no es la única noticia.

—¿Qué ha pasado?

Él le puso las manos en los hombros, y la acercó antes de decir:

—Vas a ir a casa de tus padres por Navidad.

—Que voy a... no puedo marcharme, Pete. Ahora menos que nunca.

—Yo te llevaré. Todo el mundo va a colaborar con la remodelación, y los materiales ya estarán aquí antes del fin de semana. Si trabajamos los sábados y los domingos, acabaremos las obras en unos diez días, y entonces tú y yo nos marcharemos.

—¿Cómo que nos marcharemos?

—Te llevaré en mi coche a Cedar Cove, para que puedas darle un sorpresón a tus padres.

—Oh, Pete... —la embargó una emoción enorme, y lo abrazó con todas sus fuerzas mientras susurraba con voz entrecortada—: Gracias, gracias, gracias...

Él la abrazó por la cintura, y admitió:

—Estoy deseando conocer a tu familia.

—Y yo estoy deseando presentártelos.

—Me has hablado tantas veces de Gloria, de Mack y de tus padres... como algún día formaré parte de la familia, me parece que ya es hora de que los conozca —debió de notar que ella se sobresaltaba, porque se apresuró a añadir—: No quiero presionarte. Sólo te pido que, cuando estés lista, me lo digas. Hasta que llegue ese momento, estoy dispuesto a esperar. Ya te dije que soy un hombre paciente.

CAPÍTULO 25

Justo cuando Dave Flemming creía que su vida había vuelto a la normalidad, se dio cuenta de que su mujer volvía a estar preocupada por algo. Llevaba unos días un poco rara, y aunque al principio había creído que era por lo de su nuevo trabajo, se había dado cuenta de que no era así; de hecho, ella se animaba y su rostro se iluminaba cada vez que hablaba de la tienda.

Tenía la esperanza de que, fuera lo que fuese lo que la preocupaba, al final se solucionara por sí solo, así que no le había preguntado al respecto. Entre sus dos trabajos, la preparación de todos los actos navideños de la iglesia (el pesebre viviente, por ejemplo), y el resto de sus obligaciones pastorales, estaba muy ocupado y no le quedaba la energía necesaria para lidiar con una esposa temperamental.

En cualquier otra época del año habría hablado con ella del asunto, pero en ese momento estaba demasiado atareado. Supuso que ella acabaría tomando la iniciativa y que entonces ya hablarían del problema, pero si para cuando llegara Año Nuevo aún seguían así, le preguntaría qué era lo que pasaba.

El jueves por la tarde, Emily llegó a la iglesia cuando él estaba a punto de marcharse. Entró en su despacho, y cerró la puerta antes de decir:

—Tengo que hablar contigo, Dave.

—Tengo una reunión dentro de diez minutos con la directora del coro, y...

—Pues vas a llegar tarde.

Le sorprendió que le hablara de forma tan autoritaria, pero se sentó de nuevo y dijo con resignación:

—De acuerdo —con un poco de suerte, la conversación no se alargaría demasiado.

Emily se sentó frente a él. Tenía su bolso aferrado con fuerza, y la mirada esquiva. Él esperó con paciencia durante un largo momento, pero al final no pudo más.

—¿Qué pasa, Em?

Ella soltó un suspiro trémulo antes de contestar.

—El martes por la mañana fui al despacho de Allan Harris.

Al oír aquello, se le pasaron por la mente toda clase de posibilidades descabelladas. Se preguntó si su mujer tenía algún problema legal, si quería... Dios no lo quisiera... el divorcio, si...

—Quería ver el testamento de Martha Evans.

—¿Para qué? —sería una grave falta de ética mostrarle un documento así a alguien que no fuera de la familia—. Emily, no pueden...

—Ya lo sé. El joven asistente tuvo la amabilidad de dejarme echar un vistazo. Podría perder su empleo por hacer algo así... por favor, no se lo cuentes a nadie.

—Claro que no —aquello le recordó que tenía que programar otra sesión de asesoramiento prematrimonial para la pareja, porque Geoff había cancelado la primera. Al ver que los ojos de su mujer se llenaban de lágrimas, le preguntó alarmado—: ¿Qué es lo que pasa, Emily?

—En el testamento no pone en ninguna parte que Martha quisiera que heredaras el reloj de oro de su marido.

Él se puso en pie de golpe, y exclamó:

—¡Tiene que ponerlo!

—Te aseguro que no. Leí el testamento, y no encontré ni una sola palabra sobre ese tema.

Dave sintió que se le caía el alma a los pies. Apenas podía

creer que su mujer hubiera ido a comprobar algo así, y que Martha no hubiera cumplido con lo que le había dicho. Tenía que haber algún error, sabía con certeza que la anciana no le había mentido.

—Tiene que ponerlo, Emily. La misma Martha me lo enseñó.

—¿El testamento?

—No, el mensaje que le escribió a Allan Harris donde decía que me había regalado por voluntad propia el reloj de su marido. Como no tenía ningún hijo al que legárselo, quería que lo tuviera yo.

—¿Por qué no se lo dejó a alguno de sus yernos?

—La hija mayor está divorciada, y me parece que Martha no se llevaba demasiado bien con el marido de la menor. Ese reloj significaba mucho para ella, así que fue todo un honor para mí que me lo diera.

—¿No tenía nietos?

—No —no entendía por qué estaba interrogándole así. Aquella falta de confianza le ofendía... y le dolía.

—¿Es que no te das cuenta de lo sospechoso que parece todo esto?

—Tienes razón, devolveré el reloj cuanto antes —no tendría que haberlo aceptado, pero Martha había insistido mucho; además, tal y como le había dicho a Emily, se había sentido honrado al ver que la anciana le regalaba algo que significaba tanto para ella.

Se puso de pie, y empezó a pasearse de un lado a otro del pequeño despacho. Todo aquel asunto no era más que un enorme malentendido, sería mejor que llamara a Harris y le preguntara sobre la carta en la que Martha especificaba que el reloj debía ser para él. No había visto cómo se la entregaba al abogado, pero sabía que el mismo día en que se la había enseñado a él tenía una cita con Allan.

Se había sentido bastante incómodo durante la última conversación que había tenido con el abogado; de hecho, la situación había sido hasta desagradable. Allan le había acribillado a preguntas sobre el día en que había encontrado el cadáver de Martha, y su tono de voz le había indignado. Había tenido la sensación de que estaba acusándole de robar las joyas, y por eso se había puesto a la defensiva; de no ser así, se le habría ocurrido pedirle que comprobara el testamento para que el asunto del reloj quedara zanjado.

—Será mejor que hable con Allan cuanto antes —comentó.

—Hay algo más, Dave —le dijo su mujer, con voz queda.

—¿El qué? —tuvo miedo hasta de preguntar.

Cuando ella sacó una bolsa de plástico transparente del bolso y se la dio, se quedó perplejo al ver que dentro había unos pendientes de diamantes.

—¿Qué es esto?

—¿No lo sabes? —parecía atónita.

—No —empezaba a enfadarse. ¿Adónde quería llegar su mujer?

—¿No reconoces estos pendientes?

—¿Debería hacerlo? —le preguntó, antes de dejarlos encima de la mesa.

Ella se sacó un pañuelo de papel del bolso, y se secó los ojos antes de decir:

—Los encontré en los bolsillos de tu abrigo.

Fue como si acabaran de golpearle en el estómago con un bate de béisbol. Se desplomó en su silla, y tardó unos segundos en asimilar lo que acababa de oír.

—¿Cuándo? —alcanzó a decir al fin, con voz ronca.

—La noche en que salimos a cenar para celebrar nuestro aniversario de boda. Cuando agarré tu abrigo, uno de ellos se cayó del bolsillo. Encontré la pareja en el otro bolsillo.

—Y pensaste que... —fue incapaz de pronunciar las palabras.

—Al principio pensé que tenías un lío con otra mujer, pero después, cuando me enteré de la existencia del reloj, supuse que la señora Evans te había dado los pendientes, y que... que ibas a regalármelos en Navidad.

—¿Eran de Martha?

—Sí, los... los vi en una de las fotos del dosier que había junto al testamento.

Por fin entendió a qué se debía la extraña actitud de su mujer durante los últimos días. Negó con la cabeza, y la miró a los ojos al decir:

—Emily, te juro por mi vida que es la primera vez que veo estos pendientes.

—¿Y cómo llegaron a tus bolsillos?

—No tengo ni idea —no se le ocurría ninguna posible explicación.

Emily se cubrió la boca con las manos, y se inclinó hacia delante mientras se echaba a llorar desconsolada.

Él también tuvo ganas de llorar. Se había quedado horrorizado al saber que el reloj no estaba en el testamento, pero eso era una minucia comparado con lo que sentía en ese momento.

—No puede ser, no puede ser...

—Vi la foto con mis propios ojos, Dave. La señora Evans tenía varios pares de pendientes de diamantes, así que hizo fotos de todo.

Estaba tan atónito, que se había quedado sin palabras.

Ella había logrado controlar los sollozos, y se limitaba a sorberse la nariz cada dos por tres. Lo miró con ojos implorantes, y le dijo:

—Creo que tendrías que ir a hablar con Troy Davis.

—¡Si lo hago, me arrestará! —las pruebas le inculpaban, y Troy no tendría más remedio que arrestarlo para interrogarle.

—Si no lo haces, nadie te creerá.

El problema radicaba en que él no tenía ninguna información útil para el sheriff. A menos que saliera a la luz la carta que Martha le había escrito al abogado, no tenía nada que justificara el hecho de que el reloj hubiera acabado en sus manos. Por no hablar de los pendientes, no tenía ni idea de cómo habían ido a parar a los bolsillos de su abrigo. No sabría qué decirle a Troy.

—Por favor, Dave.

—No puedo —decidió lidiar con aquella situación después de Navidad, se sentía incapaz de hacerlo en ese momento.

—¿Por qué no?

—Estamos a dos semanas de Navidad, Emily. Soy el encargado de organizar todas las actividades, incluyendo la repartición de cestas a los más necesitados. Por no hablar de mi trabajo en el banco —tenía que hacer un montón de cosas tanto antes como durante las festividades. Aún no había escrito su sermón para la misa del gallo, y prefería no tener que hacerlo en la cárcel.

—No puedes aplazar algo así, Dave.

—No me queda otra opción... ¿has hablado de todo esto con alguien más?

—No.

—Gracias a Dios.

—¡Tienes que hablar con el sheriff Davis! No puedes tener esa espada de Damocles pendiendo sobre tu cabeza, nuestras vidas se irían a pique si saliera a la luz.

—Tú eres la única que sabe lo que pasa.

—Pero si el sheriff llega a enterarse... ¿es que no te acuerdas de que perdiste el reloj en casa de Olivia Griffin?

Eso era algo que le había preocupado al principio, pero le parecía poco probable que Olivia le diera demasiada importancia al hecho de que él tuviera un reloj de oro. Había ido a buscarlo al día siguiente, y seguro que a aquellas alturas ella ya se había olvidado del tema.

—Es algo que puede esperar —su mujer no parecía entender la gran presión a la que estaba sometido en aquellas fechas—. Soy inocente, Emily.

—Por supuesto.

—No me crees, ¿verdad? —le dijo, al oír cierta vacilación en su voz.

Ella apartó la mirada antes de contestar.

—Claro que te creo, pero me sentiría mucho mejor si hablaras con el sheriff. Podríamos ir juntos, es un hombre razonable.

—En eso tienes razón, pero si vamos a verle ahora puede que me detenga, y no puedo correr ese riesgo dos semanas antes de Navidad. ¿No te das cuenta de la cantidad de responsabilidades que tengo encima? —no quería otro problema más que complicara su sobrecargada agenda—. Este asunto puede esperar dos semanas más.

—¿Estás seguro?

—Confía en mí, Emily —tenía la sensación de estar suplicando—. ¿Te he dado alguna razón para que dudes de mi integridad en todos los años que llevamos casados?

Ella vaciló de nuevo antes de contestar.

—No.

—Pues entonces...

—Hasta hace poco.

—¡Esto es increíble!

—Intenta ver la situación desde mi punto de vista. Hace poco admitiste que teníamos problemas económicos, pero no me respetaste lo suficiente como para contármelo.

—Ya te pedí perdón por eso; además, acepté un trabajo a tiempo parcial para poder llegar a fin de mes —la directora del coro estaba esperándole, y aquella conversación estaba sacándolo de sus casillas.

—Estás alterado y nervioso muy a menudo, y no sé por qué.

—Tú también lo estarías si tuvieras que trabajar tantas horas como yo. Hay gente reclamando mi atención a diestro y siniestro, todo el mundo quiere algo de mí.

—Creía que te encantaba tu ocupación pastoral.

—Claro que me encanta. Dios me creó para hacer este trabajo, pero a veces el estrés y las exigencias son una carga muy pesada. Y si a todo eso le sumamos mi empleo a tiempo parcial... —se encogió de hombros antes de añadir—: Te amo, Emily, y te pido que confíes en mí —al ver que no contestaba, le preguntó—: ¿Tanto te cuesta?

—Me gustaría que fueras razonable.

—Pues a mí me parece que eres tú la que está siendo poco razonable.

—Te niegas a ver la realidad, Dave.

—¡Deja ya tanta tontería psicológica!

—No es ninguna tontería. Crees que todo acabará arreglándose si te quedas cruzado de brazos, si mantenemos la boca cerrada. Crees que acabarán descubriendo al ladrón, y tú te librarás sin tener que dar explicaciones.

—Eso no es verdad. Quiero hacer mi trabajo, ocuparme de mi congregación, y lidiar después de Navidad con todo este lío absurdo.

—Dave...

—Por favor, deja que lo haga a mi manera. No puedo hablar aún con el sheriff, pero te doy mi palabra de que lo haré —al oír que llamaban a la puerta, cerró los ojos y exhaló con fuerza—. Pasa, Angel.

Su asistente abrió la puerta, y les dijo:

—Perdón por la interrupción.

—No te preocupes, estábamos acabando —le dijo Dave.

—Pensé que querrías saber que ha llegado la furgoneta con el pienso de los animales.

—¿Está aquí? Tenían que llevarlo al rancho de Cliff Harding —le estaría eternamente agradecido a los Harding por acceder a cobijar a los animales.

—Sí, ya lo sé, pero el conductor quiere hablar contigo porque dice que en el papeleo se especifica que la entrega debe de hacerse aquí.

—De acuerdo, ahora mismo salgo.

—Y la señora Stevenson está en el santuario.

La directora del coro se enorgullecía de ser muy puntual, y no le gustaba que la hicieran esperar.

—Dile que voy enseguida, por favor —cuando Angel asintió y cerró la puerta al marcharse, se volvió hacia su mujer y le dijo—: Si quieres, podemos hablar de esto más tarde.

—¿Para qué?, ya has tomado una decisión —agarró los pendientes de diamantes, y volvió a meterlos en el bolso antes de marcharse a toda prisa con los ojos inundados de lágrimas.

El problema radicaba en que Emily no entendía lo que

estaba pidiéndole. Le rompía el corazón discutir con ella y hacer caso omiso de sus consejos, tenía que encontrar la forma de tranquilizarla a la vez que se mantenía alejado de la cárcel.

No tuvo ocasión de hablar con ella hasta aquella noche, porque para cuando llegó a casa faltaba poco para las diez y media. Después de aclarar la confusión de la entrega del pienso y de reunirse con la señora Stevenson, ni siquiera había tenido tiempo de comer algo antes de empezar su turno de trabajo en el banco, así que se había comprado un bollito al acabar la jornada.

Entró en la casa sin hacer ruido y primero fue a ver a los niños, que estaban durmiendo. Entonces fue a ver a su mujer, que estaba en la habitación de costura, y ella ni siquiera alzó la mirada al oírle entrar.

A pesar de que estaba cansado en cuerpo y agotado en espíritu, sabía que tenía que arreglar las cosas con ella de inmediato.

—Emily...

Ella estaba haciendo una colcha con la máquina de coser. En la radio estaban sonando villancicos, pero ella no parecía estar oyéndolos.

—Vamos a hablar —se sentó junto a ella, y le puso una mano en la rodilla.

—¿Has cambiado de opinión? —se apartó hacia un lado para evitar que siguiera tocándola, y añadió—: ¿Vas a contarle al sheriff lo que averigüé?

—No —se sentía incapaz de lidiar con las consecuencias que podía acarrearle hablar con Troy.

—En ese caso, no tenemos nada más que hablar.

—Por favor, Emily, escúchame. He estado pensando en lo que me has dicho, y la verdad es que tienes razón. Podríamos tener problemas si alguien descubriera esa información.

Ella soltó una carcajada carente de humor, y comentó:

—Eso es quedarse muy corto.

—Estoy de acuerdo en que tendría que contárselo a alguien.

Ella se volvió a mirarlo por primera vez desde que había entrado en la habitación, y le preguntó:

—¿A quién?

—He pensado en ir a ver a Roy McAfee.

—¿De verdad?

—Sí —se frotó los ojos con cansancio, y añadió—: Confío en él, y conoce las leyes a pesar de no ser abogado. Podrá decirme cuáles son mis derechos —al verla asentir con aprobación, se sintió alentado—. Después de Navidad, tú y yo podemos ir juntos a hablar con el sheriff.

—De acuerdo... gracias, Dave —le dijo, más tranquila.

No era la solución ideal, sino un arreglo provisional. Estaba decidido a dejar zanjado aquel tema de una vez por todas después de Navidad.

CAPÍTULO 26

Megan se llevó las manos a las caderas. Estaba junto al coche, en el camino de entrada a su casa.

—¡Venga, papá, no seas aguafiestas!

Troy no estaba de humor para ir a comprar un árbol de Navidad. En los últimos años, había ido a por Sandy y los cuatro habían ido a un vivero cercano. Él no había vuelto a molestarse en poner adornos navideños en la casa desde que su mujer había ingresado en la residencia, así que el árbol de su hija y su yerno se había convertido en el de toda la familia.

Aquel año quería olvidarse de las fiestas, y su espíritu navideño era inexistente. Tenía mejores cosas que hacer en un viernes por la tarde que ir de compras con su hija y su yerno, cosas como... como ver unos cuantos capítulos de *CSI*, por ejemplo. Había intentado escaquearse, pero su hija no se lo había permitido.

—Los árboles artificiales son mucho más seguros, y no pierden las hojas.

—Lo pasaremos bien, papá. Lo hacemos cada año, es una tradición.

Se dio cuenta de que era inútil protestar, así que cedió a regañadientes.

—Vale, de acuerdo.

—¡Venga, muestra algo de espíritu navideño! Vamos a por el árbol, tomaremos chocolate caliente y nos regalarán una barrita de caramelo. ¿No te parece genial?

—Sí, es fantástico —lo dijo para contentarla, aunque no fuera cierto.

Aquella semana se le había hecho interminable. El día anterior, las hijas de Martha habían ido a verlo al despacho hechas unas furias. Querían saber lo que había hecho hasta el momento para atrapar al ladrón que había robado las joyas de su madre... en otras palabras: el ladrón que les había robado a ellas su herencia. A pesar de que le parecían unas mujeres desagradables y codiciosas, tenían derecho a recibir respuestas, pero él no podía ofrecerles ninguna. Tenía sus sospechas, pero le faltaban pruebas fehacientes. De momento estaba esperando y observando, pero su sospechoso aún no había metido la pata. En las novelas que leía Sandy la intuición de un policía solía ser muy fiable, pero en la vida real no bastaba para justificar un arresto.

Y por si fuera poco, se había pasado la semana entera pensando en Faith. La echaba de menos, y desearía haberse comportado con ella con más tacto. Había sido injusto con ella, porque había reaccionado de forma exagerada ante los temores de Megan.

Ver cómo Sandy iba deteriorándose poco a poco durante tantos años le había afectado mucho, y le atormentaba la idea de que Megan tuviera que pasar por una pesadilla así. Pero la verdad era que no había tenido en cuenta que las investigaciones sobre la esclerosis múltiple habían avanzado mucho en los últimos treinta años. Seguía siendo una enfermedad que no le desearía a nadie, pero había dejado de ser una sentencia de muerte.

Megan había sido la razón, la excusa que había usado para cortar su relación con Faith. A pesar de que era cierto que su hija le necesitaba, había empezado a preguntarse si en el fondo tenía miedo de volver a ser feliz, si creía de forma inconsciente que no tenía derecho a estar contento mientras su hija luchaba contra una enfermedad.

—Ya eres mayorcita, Megan. No necesitas que tu padre te acompañe —le dijo, en un último intento de librarse de aquella salida.

Su hija le miró con una sonrisa de lo más inocente, y comentó:

—Eso es verdad, pero son mis primeras Navidades sin mamá. Por favor, papá...

—Vale, tú ganas —masculló a regañadientes.

—El año que viene tendremos un miembro más en la familia, empezaremos una nueva tradición con tu nieto.

—¿Tendré que seguir paseando entre un montón de árboles idénticos mientras me hielo de frío?

—¿Por qué estás tan gruñón?

—Supongo que no estoy de humor para celebraciones.

—Seguro que salir y tomar el aire te anima un poco.

Se sentó delante junto a Craig, que era el encargado de conducir, y Megan se sentó en el asiento trasero. Fueron cantando durante todo el trayecto los villancicos que emitían por la radio... bueno, su hija y su yerno cantaron mientras él se limitaba a mover la cabeza de vez en cuando al ritmo de la música.

Se sorprendió al ver que el vivero estaba abarrotado de gente, porque era un viernes por la tarde. Las luces de colores que había por todas partes aportaban un ambiente festivo e iluminaban los árboles. Había varios puestos donde vendían chocolate y sidra caliente, aunque le pareció que el precio era abusivo.

—¿Por qué hay tanta gente? —dijo, mientras salían del coche. Habían tenido la suerte de encontrar aparcamiento.

—Han anunciado lluvias para mañana —le dijo Craig.

En ese caso, era normal que hubiera aquel gentío. Ya había oscurecido, y las estrellas empezaban a aparecer. Si iba a llover al día siguiente, las familias que tuvieran planeado poner el árbol de Navidad durante el fin de semana tenían que comprarlo cuanto antes.

Echó un vistazo a su alrededor mientras Craig sacaba el serrucho del maletero, y reconoció a varias familias; de repente, Megan se le acercó por detrás y le dijo:

—¡Papá! Papá, mira a quién acabo de encontrar.

Se volvió hacia ella, y se quedó helado al verla junto a Faith Beckwith.

—¿Te acuerdas de la enfermera tan amable de la que te hablé? —añadió su hija.

No, no se acordaba de ninguna enfermera. Lo único que le importaba en ese momento era Faith, y su estado de ánimo mejoró de inmediato al verla.

—Hola, Faith —ni él mismo podría haber organizado un encuentro tan perfecto.

—Así que te acuerdas de ella, ¿no? Esta semana fuimos a comer juntas, y me comentó que os conocíais.

—¿Faith y tú estuvisteis comiendo juntas? —miró a la una y a la otra mientras intentaba entender la situación.

Megan asintió, y le dijo:

—Tuve algunos problemas con la manta que estoy haciéndole al bebé, y le pedí a Faith que me ayudara.

Él recordó vagamente que su hija había empezado a tejer.

—Mientras comíamos, ella mencionó que os conocíais desde la época del instituto.

—Eso fue hace mucho tiempo —apostilló Faith, con voz queda. Tenía la mirada fija en el suelo, que estaba cubierto de ramitas y hojas.

Cuando alzó la cabeza al fin, lo miró con una animadversión que lo sorprendió, sobre todo teniendo en cuenta cómo habían quedado las cosas entre los dos la última vez que habían hablado.

Megan no pareció darse cuenta de la tensión que había entre ellos, porque comentó:

—Me parece genial que fuerais amigos en el instituto.

—Yo no diría tanto —dijo Faith, antes de meterse las manos en los bolsillos.

—¿Tú también has venido a comprar un árbol de Navidad, Faith?

—Sí, he venido con mi hijo y su familia.

—Yo he conseguido traer a rastras a mi padre, le iría bien algo de alegría navideña.

Faith miró por encima del hombro antes de volverse de nuevo hacia ellos.

—Me alegro de verte, Megan, pero será mejor que vuelva con mi familia. Feliz Navidad —después de despedirse de él con una cortante inclinación de cabeza, dio media vuelta y se fue.

Era obvio que algo no iba bien, no tenía ni idea de por qué lo había tratado con tanta frialdad.

—Es una mujer muy amable —comentó Megan.

—Sí —le dijo, mientras seguía a Faith con la mirada.

—Es toda una coincidencia que ya os conocierais —al ver que él no contestaba, añadió—: Deberías invitarla a salir.

Aquellas palabras lo dejaron boquiabierto, y la miró desconcertado. Meses antes, a Megan le parecía horrible la idea de que él pudiera salir con otras mujeres.

—¿Qué quieres decir?

—Que podrías tener una cita con ella —se echó a reír al ver su expresión de perplejidad—. Faith es una mujer encantadora que me ha ayudado un montón, y no me refiero sólo a la costura. Fue ella la que me dio aquellas estadísticas sobre la esclerosis múltiple, y me ha apoyado mucho en lo del embarazo —lo tomó del brazo, y añadió—: Es viuda, y si de verdad quieres rehacer tu vida, me parece que es la candidata perfecta —vaciló por un instante antes de admitir—: Craig me dijo que no dijera nada, pero...

—¿Sobre Faith?

—No, sobre aquella mujer con la que te vi... me parece que se llama Sally. Me alteré bastante cuando Craig y yo os vimos en el supermercado, pero él me dijo que no era de mi incumbencia. Tienes tu propia vida, y puedes salir con quien te dé la gana.

—Te... te lo agradezco.

—Pero es que me dio la impresión de que Sally es bastante mandona.

—La verdad es que yo pensé lo mismo —le dijo él, sonriente.

—¿Vas a volver a verla?

Troy se echó a reír, y exclamó:

—¡Ni hablar!

Megan se echó a reír también.

—Mira, Faith está allí. ¿Por qué no te acercas y charláis de los viejos tiempos?

Siguió la dirección de su mirada y vio a Faith junto a sus dos nietos, rodeada de árboles de Navidad. Estaba preciosa.

—Llévale una taza de chocolate.

Con tal de conseguir que su relación con Faith avanzara, estaba dispuesto a dejar pasar el hecho de que el precio de las bebidas era un robo.

—Buena idea.

—Que tengas mucha suerte, papá —le dio un pequeño apretón en el brazo en un gesto de apoyo.

—Gracias.

Cuando se acercó con dos tazas de chocolate, Scott Beckwith le saludó con una inclinación de cabeza y le preguntó:

—¿Cómo está, sheriff?

—Bien, gracias.

Faith seguía junto a sus nietos. Parecía bastante tensa, y era obvio que estaba evitando mirarle.

—Te he traído una taza de chocolate.

Ella siguió con las manos metidas en los bolsillos, y le espetó con frialdad:

—No me apetece, gracias.

—¡Yo sí que la quiero! —exclamó su nieta, que debía de tener unos seis o siete años.

—¿Cómo te llamas? —le preguntó, después de dársela.

—Angela.

—Yo soy Bradley —apostilló su hermano mayor

Al ver que el niño tenía la mirada fija en la segunda taza, no dudó en dársela.

—Se me mueve un diente, ¿quieres verlo? —le preguntó Angela, sonriente.

—¡Angela, Bradley... venid a ayudarme a cortar este árbol! —les dijo Scott, que se había adelantado un poco.

Cuando los niños echaron a correr hacia su padre, decidió aprovechar que estaba a solas con Faith y le preguntó:

—¿Estás enfadada por algo?

Ella echó la cabeza hacia atrás como si acabara de golpearla, y le dijo con rigidez:

—¿Que si estoy enfadada?, ¿crees que tengo motivos para estarlo?

—No sé, dímelo tú.

Lo fulminó con la mirada, y le espetó:

—Rompiste nuestra relación, Troy.

—¿Podemos olvidarnos de eso de una vez por todas? Me gustaría volver a salir...

—Pues te sugiero que llames a Sally.

Se quedó atónito. Había tenido una única cita a ciegas... que por cierto, había sido un desastre... y el condado entero parecía haberse enterado. Ya se había sentido bastante mortificado cuando se había encontrado a Megan y a Craig la noche en cuestión, pero por si fuera poco, Faith también parecía saberlo.

—Por lo que sé, es tu tipo.

—Eso no es verdad, mi tipo eres tú.

Ella se relajó un poco, y en sus ojos relampagueó un profundo dolor.

—Antes creía que tú eras mi tipo, Troy, pero me equivocaba.

—No seas injusta, Faith —empezaba a perder la paciencia—. Tuve una única cita con otra mujer, pero estás tomándotelo demasiado a la tremenda.

Ella permaneció en silencio durante unos segundos, y al final se encogió de hombros como si el asunto le resultara indiferente.

—Puede que tengas razón. En lo que a mí respecta, tienes derecho a salir con quien te dé la gana.

—Quiero salir contigo, Faith —no entendía por qué estaba dificultándole tanto las cosas.

—Me siento halagada, pero no funcionaría. Lo pasé muy bien mientras estuvimos juntos, pero nuestra relación se ha acabado.

—Para mí no se ha acabado.

Ella soltó una carcajada carente de humor, y le dijo:

—Pues lo disimulas bien, porque eres tú el que ha salido con otra mujer. Espero que te vaya muy bien, Troy, te lo digo de corazón, pero no me gustan los hombres que dicen una cosa y después hacen otra.

—¿Qué quieres decir?

—Me dijiste que Megan no quería que salieras con otra mujer, porque la muerte de tu esposa estaba muy reciente.

—Sí, pero...

—Supongo que eso sólo se aplicaba a mí, porque no pareció importarle que salieras con Sally. Aunque la verdad es que me da igual; para mí, es una cuestión de integridad.

—Estás tergiversando las cosas, Faith. Fui a verte para intentar arreglar la situación, y tú me rechazaste porque no podías olvidarte del pasado. Te recuerdo que lo que pasó en aquel entonces no fue culpa mía —sintió cierta satisfacción al ver que tenía la decencia de ruborizarse, y añadió—: Y hablando de integridad, explícame por qué te has hecho amiga de mi hija a mis espaldas —ella también tenía que dar algunas explicaciones, su actitud tampoco había sido intachable.

—Fue Megan la que acudió a mí, pero ella no tenía ni idea de que tú y yo nos conocíamos.

—No intentaste evitar que se te acercara, ¿verdad?

—Claro que no, ¿por qué iba a hacerlo? Es una joven encantadora, puede que por eso me costara un poco darme cuenta de que estabais emparentados... —se detuvo en seco, y dijo con voz queda—: Perdona, no tendría que haber dicho eso. Quiero que quede muy claro que le dije a tu hija que te conocía.

—Cuando íbamos al instituto.

—Sí, no pensé que fuera necesario contarle nuestra relación más reciente... puede que me equivocara.

—Sí, puede que sí.

—En ese caso, creo que será mejor que tú y yo aceptemos el hecho de que no vamos a ponernos de acuerdo.

—Como quieras.
—Hemos intentado estar juntos dos veces, y los dos hemos cometido errores —el labio inferior le temblaba un poco—. Te pido perdón por mi parte de culpa, y tú ya te has disculpado por la tuya.
—¿Podemos empezar desde cero?
—No creo que sea buena idea.
Aquellas palabras parecían demasiado tajantes.
—Lo intentamos y no funcionó, Troy. No me quedan fuerzas para volver a intentarlo. Supongo que soy demasiado mayor, que estoy demasiado acostumbrada a hacer las cosas a mi manera y ya no me recupero de las decepciones tan rápido como antes.
Él sabía que no tenía más remedio que aceptar su decisión, así que dijo con pesar:
—En ese caso, espero que quedemos como amigos.
—Por supuesto —sacó la mano del bolsillo, y se la ofreció.
Él la miró ceñudo, y comentó:
—Preferiría un abrazo.
Cuando ella sonrió y se le acercó, la rodeó con los brazos y cerró los ojos mientras inhalaba su familiar aroma. Se aferró a ella durante más tiempo del estrictamente necesario, y al final se obligó a soltarla y retrocedió un poco.
—Vivimos en la misma ciudad, así que espero que podamos mantener una relación cordial —le dijo ella.
—Yo también lo espero. En cuanto a Megan... te agradecería que siguieras siendo su amiga. Está claro que necesitaba tener a alguien en quien apoyarse, y me alegro de que te eligiera a ti.
Al ver que se ruborizaba, se preguntó si era por el frío o por alguna otra cosa.
—Siento haberme enfadado tanto contigo, Troy. No tendría que haber mencionado a Sally.
—No fue más que una cita a ciegas, me sentí obligado a ir. Es la suegra de uno de mis ayudantes, y vino desde Nueva York para pasar unos días con él. Bart tenía un compromiso

aquella noche, y como no quería que pasara la velada sola, me preguntó si podría sacarla a cenar.

—Ah.

—Y quiero que quede claro que sólo fue una única cita.

—Tenías razón, no es de mi incumbencia. Supongo que me he comportado como una arpía celosa.

—Claro que no.

—¡Abuela, ven a ver nuestro árbol!

Al oír que sus nietos la llamaban, Faith comentó:

—Será mejor que regrese con mi familia.

—Sí, y yo debería volver con Megan y Craig.

—Me alegro de que hayamos aclarado las cosas.

Él se limitó a asentir.

—Feliz Navidad, Troy —añadió, con voz suave.

—Feliz Navidad.

Se fue en busca de su hija y su yerno, y para cuando los encontró, ya habían cortado un árbol.

—¿Qué te parece, papá? —le preguntó Megan.

—Buena elección —contestó, después de echarle un vistazo al árbol—. ¿Pensáis decorarlo esta misma noche?

—No estaba hablando del árbol, sino de Faith.

—Ah. Pues... es muy agradable, pero me parece que no tenemos demasiado en común.

Su hija lo miró boquiabierta, y le dijo:

—No lo dirás en serio, ¿verdad? Faith es perfecta para ti.

—Déjalo ya, cariño. La decisión es de tu padre —apostilló Craig.

Era obvio que Megan quería seguir discutiendo, pero al final decidió hacerle caso a su marido y dejó el tema.

Troy ayudó a su yerno a atar el árbol a la baca del coche, y alcanzó a ver a Faith cuando salían del aparcamiento. Estaba un poco apartada de su familia, observándolo, y cuando sus miradas se encontraron, lo saludó con la mano en un gesto de despedida.

Era obvio que aquella vez era un adiós definitivo.

CAPÍTULO 27

Christie llamó a su hermana con el móvil, y le preguntó con desesperación:
—¿Dónde estás?
El corazón le martilleaba en el pecho, necesitaba hablar cuanto antes con Teri. Al salir de trabajar había decidido pasar a verla... y si de paso coincidía con James, pues mejor que mejor. No había podido dejar de pensar en él desde la noche en que había ido a verla. El rato que habían pasado juntos había sido muy especial para ella, y necesitaba confirmar que él sentía lo mismo.
—... compras —la voz de Teri llegaba entrecortada.
—No te he preguntado lo que estás haciendo, sino dónde estás. Tengo que hablar contigo cuanto antes.
—Seattle. Voy con Bobby camino de un centro comercial, queremos comprar las cunas.
—Ah. He pasado por tu casa al salir de trabajar, pensé que estarías allí —se sintió descorazonada.
—Siento que... pero... —su voz empezó a cortarse otra vez.
—¿Estáis con James?
—¿Qué? No te he oído.
—Déjalo —seguro que James estaba conduciendo la limusina.
—¿Qué te pasa? —Teri debía de haber notado algo raro en su voz.

—Había alguien.

—¿Dónde?

—En tu casa, delante de la puerta.

Al ver que su hermana permanecía en silencio, se preguntó si era por la mala recepción o porque estaba preocupada.

—¿Quién era?

—Un reportero, y lo que quería no era hablar con Bobby.

—Entonces, ¿con quién...? ¿Conmigo?

—No, con James.

—¿Ah, sí? ¿De qué?

—Para empezar, en realidad no se llama James Wilbur.

—¿Lo dices en serio?

—Muy en serio. Se llama James Gardner —aún no había podido asimilar todo lo que había averiguado.

—Qué... interesante.

Como su hermana estaba en el coche con Bobby y James, la conversación era complicada, pero tenía que correr el riesgo. Teri parecía haberse dado cuenta de que no podía revelar lo que ella estaba a punto de contarle, pero aun así, tenía que ir con cuidado con lo que decía por teléfono, porque su cuñado y James podrían oírla.

—¿Qué más te ha dicho? —le preguntó Teri.

—Ha pensado que soy una empleada vuestra, y yo le he seguido el juego. Le he hecho creer que soy vuestra ama de llaves, y que tanto Bobby y tú como James vais a pasar unos días fuera de la ciudad.

—Buena idea —su voz sonaba más fuerte, así que la cobertura debía de ser mejor en el lugar donde estaba en ese momento.

—Tengo que hablar con James, es muy importante. Están a punto de descubrirle.

—¿Qué quieres decir?

—Ya te lo explicaré después. Pregúntaselo a Bobby, él lo sabe todo desde el principio.

—Vale.

Teri mantenía la calma, pero ella estaba a punto de echarse a llorar.

—¿No te has preguntado nunca sobre el pasado de James?

—La verdad es que sí.

—Bobby y él se conocen desde hace muchos años, desde la adolescencia.

Su hermana permaneció unos segundos en silencio, y al final dijo:

—Bobby y yo vamos a alojarnos en un hotel del centro, puedes...

—Tengo que hablar con James, tiene que enterarse de lo que está pasando.

—Ya va de camino a Cedar Cove, llegará a eso de las seis y media.

—Vale.

—¿Puedes contarme más cosas?

—Es demasiado complicado —se apartó el pelo de la cara con una mano temblorosa, y añadió—: No sabía... jamás me lo habría imaginado siquiera.

—No me tengas en ascuas, Christie.

—No puedo contártelo ahora, así que no insistas. Pero...

—¿Pero qué?

—Esta noche, cuando estés a solas con Bobby, podrías hacerle unas cuantas preguntas sobre James.

—Ya se las hice.

—Vuelve a hacérselas, y esta vez dile que el mundo entero va a enterarse de... de todo —tuvo ganas de morderse la lengua. No quería hablar más de la cuenta, y estaba soltándolo todo.

—¿Qué quieres decir con eso?

A juzgar por su tono de voz, estaba claro que Teri no iba a dejar pasar el tema. Era como un sabueso tras un rastro, quería enterarse de todos los detalles cuanto antes y no iba a parar hasta que consiguiera su objetivo.

Suspiró con resignación, y le contó parte de lo que había averiguado.

—Parece ser que James nació en una ciudad que se llama Wilbur, creo que está en la costa este. De ahí sacó su apellido.

—¿Quién te lo ha dicho?

—El reportero. Esto va a ser todo un bombazo, Teri.

—¿Estás segura de que no se ha confundido de persona?

—Del todo —no tenía ninguna duda—. Me ha enseñado las fotos, y no hay duda de que es James. En las imágenes está mucho más joven, pero es él.

Teri bajó la voz al decir:

—Ya estamos en el hotel, te llamo dentro de diez minutos.

—Vale.

Su hermana la llamó al cabo de nueve minutos, y no perdió el tiempo con saludos.

—Quieres hablar con James a solas, ¿verdad? En algún lugar apartado donde no os interrumpan.

—Sí, por supuesto —tenía que hablar con él cuanto antes, para contarle lo que pasaba—. ¿Se te ha ocurrido algo?

—James va camino de Cedar Cove, y le he pedido que entrara varios paquetes en casa.

—¡Oh, no!

—¿Qué pasa?

—Es posible que el reportero aún esté merodeando por allí para intentar localizarlo —en cuanto el artículo saliera publicado, los medios de comunicación de Seattle no tardarían en intentar contactar con James, y después aparecerían la CNN, la Fox y otras cadenas, por no hablar de Internet...

—Le has dicho que James iba a pasar unos días fuera, ¿verdad?

—Sí.

—Pues no tienes de qué preocuparte —su tono firme era tranquilizador—. Nadie puede entrar en la casa, así que James estará a salvo en cuanto llegue. La puerta tiene un cierre electrónico, y tenemos el mejor sistema de seguridad del mercado. Si alguien intenta entrar sin permiso se meterá en un buen lío, así que no te preocupes por eso.

—¿Estás segura?
—Del todo, confía en mí. James y tú estaréis completamente seguros en mi casa.
—De acuerdo.
—Quiero que estés esperándole allí cuando llegue.

Por una vez, no le molestó que su hermana siguiera tan mandona como siempre.

—Cuando él llegue, tendrás preparada una cena romántica con música suave y velas incluidas.

—¿Por qué? —la situación era crítica, y a su hermana le daba por planear un escenario digno de una luna de miel.

—No sé lo que piensa sacar a la luz ese reportero, pero no se lo digas a James de buenas a primeras. Primero deja que se relaje y disfrute de una buena cena, y entonces díselo con tacto.

—Supongo que ésa es tu táctica con Bobby, ¿no?

Su hermana se echó a reír antes de admitir:

—Es la que intento, pero no siempre me sale bien.

—Ya veo que lo tienes todo planeado.

—Sí, y la verdad es que he sido bastante ingeniosa —parecía bastante animada con todo aquello.

Varias semanas atrás, cuando su hermana se había ido con Bobby a pasar un fin de semana en la playa, le había dado una llave para que cuidara de la casa. Aún la tenía, y también sabía el código de la alarma de seguridad.

—Hay salmón en la nevera, y una botella de Sauvignon Blanc en el botellero.

—¿Le has dicho algo a James?

—No, no tiene ni idea de que tú estarás en mi casa.

—¡Tienes que avisarle!

—Ni hablar. De momento, es mejor que sepa lo menos posible.

Se dio cuenta de que su hermana tenía razón.

Intentó controlar los nervios mientras se duchaba y se lavaba el pelo. Tomó prestado el maquillaje de su hermana, que era de una marca mucho más cara que las que ella solía comprar. Cuando acabó de arreglarse, siguió las instrucciones de Teri al pie de la letra, y cuando ya tenía el salmón casi preparado y el vino enfriándose en la cubitera, oyó el pitido de la alarma que indicaba que alguien acababa de entrar en la casa.

Estuvo a punto de dejarse arrastrar por el pánico, porque Teri no le había aconsejado lo que debería decirle a James. Tuvo ganas de salir a su encuentro y contarle sin más lo que había averiguado para protegerle, pero tal y como su hermana le había dicho, tenía que proceder con tacto.

James debía de haber notado que había alguien más en la casa, pero cuando entró en la cocina, se detuvo en seco al verla y murmuró:

—Bobby no me ha dicho que estarías aquí —no parecía demasiado complacido.

Ella permaneció inmóvil en medio de la cocina, toqueteando con nerviosismo el botón superior de su blusa, hasta que se quitó a toda prisa el delantal y le dijo:

—Hola —como él parecía bastante incómodo, añadió—: Teri me ha dicho que preparara el salmón que había en la nevera, ¿te apetece cenar conmigo? —al ver que seguía callado, insistió—: Cocinar se me da bastante bien.

Él se limitó a lanzar una mirada hacia la cubitera, así que decidió pasar a la acción. Se centró en la ensalada que tenía a medias, y le dijo:

—¿Puedes encargarte de abrir el vino? —al verle salir de la cocina, pensó que iba a marcharse de la casa, y sintió un alivio enorme cuando regresó al cabo de un momento sin el abrigo—. Supongo que te habrá extrañado encontrarme aquí, pero te aseguro que hay una explicación lógica.

Cuando sonó el temporizador del horno, se puso unos guantes de cocina y sacó el salmón. El aroma de la comida inundó de inmediato el ambiente.

En ese momento, la cazuela de arroz empezó a hervir, y cuando los dos se apresuraron a acercarse para apartarla del fuego, sus hombros chocaron. Sus miradas se encontraron, y él sonrió antes de agarrar la cazuela y dejarla a un lado.

—Me alegro de que estés aquí, Christie.

Estuvo a punto de echarse a llorar al oír aquellas palabras, pero alcanzó a decir:

—Y yo me alegro de estar aquí —se sintió mortificada al notar que estaba ruborizándose, y tuvo que contener las ganas de contárselo todo.

Él alzó una mano y deslizó poco a poco un dedo desde su sien hasta su barbilla, pasando por la mandíbula. Era la caricia más sensual que le habían hecho en toda su vida, y a pesar de que sólo estaba tocándola con la punta de un dedo, estuvo a punto de derretirse a sus pies. Cerró los ojos, y luchó por controlar el impulso instintivo de acercarse a él. Se dijo que no era el momento adecuado, y se obligó a apartarse.

Cuando volvió a abrir los ojos y le vio contemplándola con expresión intensa, se humedeció los labios antes de preguntarle:

—¿Vas a... a besarme?

Él se limitó a asentir.

—¿Te importaría...? ¿Podrías esperar hasta dentro de un rato?

—No, me parece que no puedo esperar —le dijo él, con una sonrisa de oreja a oreja, antes de bajar la cabeza hacia ella poco a poco.

Los besos empezaron siendo tiernos y lentos, pero fueron ganando intensidad. James fue el que tomó el control de la situación, y al cabo de varios minutos, dejó de besarla y se limitó a abrazarla mientras los dos luchaban por recobrar el aliento.

Mientras seguía aferrada a él, Christie se preguntó cómo era posible que acabara de tener el encuentro más sensual de su vida en la cocina de su hermana... y completamente vestida.

—James, te... tengo que contarte algo muy importante —le dijo, cuando logró recuperar la voz. No podía seguir ocultándole la noticia.

Él estaba acariciándole el pelo, y ni siquiera pareció oírla.

—James, por favor... ven, vamos a sentarnos —lo tomó de la mano, lo condujo hacia la sala de estar, y se sentaron en el sofá.

Se le acercó hasta que sus rodillas se tocaron, y lo tomó de las manos. Pasó un largo momento intentando encontrar la mejor forma de decírselo, y al final se lo contó de la manera más sencilla y directa posible.

—Pasé antes por aquí, y encontré a un hombre que estaba buscándote.

—¿A mí?

—Pensó que yo era el ama de llaves, y no le dije que se equivocaba. Fue todo un acierto.

—¿Por qué?

—Me hizo un montón de preguntas sobre ti.

—¿Qué clase de preguntas?

—Sobre tu pasado... cuánto tiempo llevabas trabajando para Bobby, si habías jugado alguna vez al ajedrez, si habías mencionado de dónde eras, y cosas así —al ver que él apartaba la mirada, le dijo—: Ya me he enterado, James. Lo sé todo, y me da igual. No me importa nada.

Él intentó zafarse de sus manos, pero no se lo permitió. Se arrodilló junto a él en el sofá, y le dijo:

—Es increíble que Bobby y tú hayáis conseguido mantenerlo en secreto durante todos estos años.

Él intentó apartarse de nuevo, y en esa ocasión lo detuvo sentándose en su regazo.

—James... —le enmarcó el rostro entre las manos, y no pudo contener las ganas de besarle.

Sus besos parecieron calmarlo, pero alcanzó a ver cómo le latía el pulso en el cuello a un ritmo frenético.

—Hace veinte años el prodigio del ajedrez no era Bobby, sino tú.

Él apartó la mirada de nuevo, y admitió:

—Tuve una crisis nerviosa.

—Ya lo sé.

—No he vuelto a jugar al ajedrez desde que tenía trece años.

Ella se limitó a asentir. A base de preguntar con disimulo y de fingir que estaba enterada de casi todo, había conseguido sonsacarle la información al periodista. James y Bobby habían sido rivales. Los padres de James le presionaban para que mejorara cada vez más, le exigían que ganara a Bobby en todos los torneos, y al final había acabado en un psiquiátrico después de perder el torneo más importante de su carrera.

El reportero le había dicho que no había vuelto a jugar al ajedrez en público después de aquel incidente, y ella estaba convencida de que tampoco había vuelto a hacerlo en privado. James Gardner había desaparecido del mundo del ajedrez y nadie había vuelto a saber nada de él, a pesar de que a lo largo de los años había habido varios intentos de localizarlo; al final, había caído en el olvido.

Sabía que la apariencia de James había cambiado, porque el reportero le había enseñado una foto suya a los trece años. Con el paso del tiempo, las suaves facciones preadolescentes se habían endurecido, habían quedado más definidas. Su pelo se había oscurecido, y había crecido más de veinte centímetros. A pesar de que no parecía el mismo, le había reconocido, y se había dado cuenta de que era inútil intentar disimular; tal y como le había dicho el reportero, la información estaba a la vista de todo el mundo en artículos olvidados, registros públicos, e incluso fotografías. Sólo había que buscar un poco.

—En aquella época, Bobby Polgar era mi único amigo.
—Sí.
—Sigue siéndolo.
—Eso no es verdad.
—¿Qué quieres decir?
—Yo también soy amiga tuya, James —le dijo con firmeza.
—¿Cómo consiguió localizarme ese reportero?
—No creo que le costara mucho. Su punto de partida fue el secuestro. Intuyó que podía sacarle más jugo a la historia, así que recabó información sobre Bobby y sobre ti. Se puso a investigar, hizo las preguntas adecuadas, y una cosa le llevó a la otra.

—¿Cuándo publicará el artículo?
—Dentro de poco.

La abrazó por la cintura, y se aferró a ella como si no quisiera soltarla jamás.

El reportero le había dicho que su desaparición del mundo del ajedrez parecía bastante extraña, porque no había desaparecido del todo. James había permanecido cerca de ese mundillo, porque era quien se encargaba de llevar a Bobby a todos los torneos. Había empezado a trabajar de chófer para él cuando los dos tenían unos veintipocos años. Seguro que al principio le había parecido bastante arriesgado, aunque pudiera mantenerse en un segundo plano, pero la gente no se había dado cuenta de su presencia.

—Bobby era el único que se preocupaba por mí, fue a verme al psiquiátrico.

Siempre había sido consciente de que su cuñado era un hombre considerado y leal. Cuando le había conocido había sentido envidia de Teri, ya que no podía entender por qué era su hermana la que tenía que tener toda la suerte. Incluso había llegado a pensar que podría quitárselo, pero Bobby le había dejado muy claro de inmediato que no iba a conseguirlo, que él era hombre de una sola mujer.

—¿No has vuelto a jugar al ajedrez nunca más?, ¿ni siquiera en casa, solo o con Bobby? —le preguntó, con la cabeza apoyada en su hombro.

—No, jamás. Tengo la cabeza necesaria, pero me falta el corazón. Bobby tiene las dos cosas; a diferencia de mí, él sí que tiene el corazón de un campeón.

Christie soltó un profundo suspiro; al igual que su hermana, apenas entendía las reglas básicas del juego, y no tenía ni la paciencia ni el interés necesarios para aprender.

—¿A qué te dedicas cuando no estás conduciendo la limusina?, ¿cómo pasas el tiempo? —siempre parecía estar ocupado. Se preguntó si le contestaría, porque era obvio que no quería que nadie se entrometiera en sus asuntos privados.

—Leo bastante, sobre todo libros de historia, pero casi

siempre estoy trabajando en la creación de videojuegos. Así doy rienda suelta a mi faceta creativa, no me gusta estar de cara al público.

Estaba claro que ni quería ni necesitaba interaccionar demasiado con la gente. Parecía contentarse con estar solo, centrado en sus pensamientos y sus rutinas.

—Es lo que me mantiene ocupado cuando no estoy haciendo de chófer para Bobby.

Estaba tan cómoda sentada en su regazo, con la cabeza apoyada en su hombro, que sería feliz quedándose así para siempre. Se preguntó si lo que sentía era amor... no habría sabido decirlo con certeza, porque ni siquiera estaba segura de saber lo que se sentía al estar enamorada. Estaba familiarizada con la lujuria, la pasión y el deseo, pero esa clase de sentimientos eran efímeros. Por muy prometedoras que parecieran al principio, todas sus relaciones habían acabado rompiéndose. Las llamas de la atracción acababan desvaneciéndose, y lo único que dejaban a su paso eran amargura y rabia.

Nunca había tardado demasiado en tener relaciones sexuales con sus novios, y todos ellos se quedarían atónitos si se enteraran de que aún no se había acostado con James, de que sólo se habían besado en tres ocasiones. Sabía que se preguntarían si alguno de los dos tenía algún problema, pero la verdad era que sentía que estaba haciendo las cosas bien por primera vez en su vida.

—Tú sabes todos mis secretos, James, y son mucho más escabrosos que los tuyos.

Le habría gustado que él se hubiera sincerado antes. Estaba convencida de que habría seguido ocultándole su pasado si el reportero no hubiera aparecido, pero a pesar de que se sintió dolida, procuró no pensar demasiado en el tema.

Él se limitó a besarla en la coronilla.

—¿Sueles hablar con Bobby de lo que pasó?

—No, todo eso quedó atrás. Decidí llevar esta vida, Christie. Bobby me necesita, y estuvo a mi lado cuando necesité el apoyo de un amigo.

—¿Cómo te llevas con tu familia?
—Yo sólo era una fuente de dinero y fama para ellos. Nunca me perdonaron, y no volvieron a dirigirme la palabra.
—No sabes cuánto lo siento...
—Mis padres están muertos. Bobby es mi única familia... bueno, y Teri también.

Estuvo a punto de decirle que le amaba y que quería formar parte de su familia, pero supo de forma instintiva que aún era demasiado pronto, que él no estaba preparado para algo así. Estaba demasiado acostumbrado a ser reservado y a protegerse del resto del mundo, pero poco a poco llegaría a amarla tanto como ella le amaba a él.

Estaba segura, contaba con ello.

CAPÍTULO 28

En cuanto sonó el timbre que señalaba que la última clase del día había acabado, Tanni Bliss se apresuró a ir al aparcamiento. Después de entrar en la vieja furgoneta azul de Shaw, se inclinó hacia él y se besaron.

—¿Qué tal las clases? —Shaw miró por el retrovisor, y se incorporó al tráfico.

—Como siempre —sólo faltaba una semana para las vacaciones navideñas, así que nadie lograba concentrarse. Incluso los profesores estaban distraídos y parecían estar deseando que acabaran las clases—. ¿Cómo te ha ido en el curro? —sabía que no le gustaba nada trabajar en la cafetería. Les estaba agradecido a sus tíos por darle un empleo, pero aquel trabajo no le ayudaba a avanzar hacia lo que quería de verdad: una carrera artística.

Como vivía en casa de sus padres, Shaw podía ahorrar para pagar la matrícula de la escuela de arte. Había pedido varias becas, pero se las habían denegado porque no había acabado el bachillerato.

Su padre era abogado y le había presionado para que siguiera sus pasos, pero él se había rebelado y la tensión en casa había ido acrecentándose hasta volverse insoportable; de hecho, había dejado el instituto dos semanas antes de la graduación por culpa de su padre y de sus constantes discusiones con él. No había podido entrar en la escuela de arte por no tener la titulación básica, pero en la secretaría del centro le habían aconsejado que volviera a intentarlo después de sacarse el certificado de equivalencia, así que pensaba presentarse a los exámenes en enero.

—Bien, supongo.

Casi nunca hablaba de su trabajo en la cafetería.

—¿Has estado trabajando? —no se refería a su empleo en el Mocha Mama's, sino al proyecto artístico que tenía entre manos en ese momento.

—Un poco.

—¿Vas a enseñármelo?

Shaw no solía enseñarle sus obras hasta que estaba satisfecho con ellas.

—No lo sé —apartó los ojos del tráfico por un instante, y la miró con una enorme sonrisa.

—¡Por favor, Shaw!

—Puede que sí —su sonrisa se ensanchó aún más.

Llevaba una o dos semanas trabajando en algo nuevo, pero ni siquiera había querido decirle de qué se trataba. Solía dibujar en la cafetería, porque su padre se enfadaba si le veía haciéndolo en casa.

—¿Te llevo a tu casa?

—Aún no —tenía una sorpresa para él.

—¿Adónde quieres ir?

—A la galería de arte de Harbor Street —no apartó la mirada de él, para poder ver bien su reacción.

Él le lanzó una rápida mirada, y le preguntó:

—¿Por qué?

—Tengo una cita con el señor Jefferson, el nuevo propietario —le había costado mucho ocultarle aquella sorpresa, había estado a punto de decírselo mil veces.

—No me lo habías comentado antes, ¿verdad?

En otras palabras: si ella se lo hubiera dicho, se acordaría.

—No.

—¿De qué vais a hablar?

—De ti.

—¿De mí? —la miró desconcertado.

—Sí, de ti... bueno, de tus retratos. Tiene los de Kurt Cobain, Jimi Hendrix, y James Dean.

Shaw había elegido a personajes públicos que habían vivido y muerto al límite.

—Tanni...

—Le enseñé a mi madre unos cuantos, y ella fue la que se los llevó al señor Jefferson.

—¿Lo dices en serio?

—Pues claro. El señor Jefferson había quedado con ella, quería que lo asesorara —su madre había regresado del encuentro muy ilusionada con el cambio de dueño y de rumbo de la galería—. Le preguntó cómo podía conseguir que la comunidad se implicara más, y una de las sugerencias de mi madre fue que exhibiera las obras de los jóvenes artistas de la zona.

—Genial.

Tanni lo miró sonriente. Sabía que él estaba deseando saber lo que había opinado el señor Jefferson al ver sus retratos, pero que al mismo tiempo tenía miedo de preguntar.

—¿Qué le parecieron los retratos? —lo dijo con aparente tranquilidad.

—Quiere conocerte, Shaw. Vas a poder hablar con él.

Él empalideció de golpe, y exclamó:

—¡No puedo, Tanni!

—¿Qué quieres decir? —lo miró consternada, porque no esperaba que reaccionara así—. ¡Eres muy bueno, Shaw! Tienes talento de verdad, pero es más que eso... sabes plasmar en tus obras tu propia visión de las cosas.

—Habla con él en mi nombre, ¿vale?

Se dio cuenta de que lo decía en serio. Su falta de confianza en sí mismo la dejó atónita, pero estaba dispuesta a hacer aquello y mucho más por él sin pensárselo dos veces; al fin y al cabo, Shaw la había ayudado hasta límites insospechados. Por primera vez desde la muerte de su padre, no tenía ganas de morir también. Tenía días peores y días mejores, seguía sufriendo por su pérdida y echándole de menos, pero al menos podía imaginarse un futuro sin él, y eso se lo debía en gran parte a Shaw. De modo que, si él necesitaba que hablara con el señor Jefferson en su nombre, lo haría sin vacilar.

—De acuerdo.

—Tendrías que haberme dicho... no tendrías que haber organizado todo esto sin avisarme.

Estaba ceñudo, como si le molestara que hubiera interferido, y se sintió dolida al ver que no valoraba el hecho de que hubiera intentado echarle una mano.

—¿Por qué no? Mi madre y yo queríamos ayudarte.

Él pareció darse cuenta de que la había herido, porque le dijo con voz suave:

—Es que no estoy listo... no tengo ni tu técnica ni tu talento, Tanni.

—No digas eso, no es verdad. Tienes tanto talento como yo.

A diferencia de ella, a Shaw no le habían dado clases de pintura ni le habían alentado a que desarrollara su faceta artística desde pequeño, pero tenía las ganas necesarias y sus obras reflejaban pasión y honestidad.

Cuando aparcaron y vio que él permanecía aferrado al volante con tanta fuerza que tenía los nudillos blancos, le dijo con calma:

—Entraré contigo si quieres —a lo mejor lo único que él necesitaba eran su presencia y su apoyo.

—No, entra tú sola.

—Pero...

—Te esperaré aquí, Tanni.

No tuvo más remedio que ceder, y salió del coche con renuencia. Antes de empezar a salir con ella, Shaw le había enseñado sus obras a muy pocas personas. Sus amigos sólo sabían que le gustaba dibujar, los únicos que entendían de verdad su pasión por la pintura eran Anson Butler y ella.

La galería estaba en la parte más empinada de la calle, así

que llegó casi sin aliento a la entrada lateral. El señor Jefferson había optado por encontrarse allí con Shaw porque las obras de remodelación de la galería aún no habían acabado.

Se volvió hacia Shaw, y le saludó con la mano antes de entrar en el edificio. En cuanto cruzó la puerta, se detuvo y dijo:

—¿Señor Jefferson? —como se oían martillazos y una lijadora eléctrica, lo repitió en voz más alta.

Le vio aparecer por otra puerta al cabo de un momento, pertrechado con un cinturón de herramientas. Era un hombre alto, y debía de tener más o menos la misma edad que su padre al morir. Al ver que la miraba como preguntándose quién era, le dijo:

—Hola. Soy Tanni Bliss, la hija de Shirley Bliss. Mi madre le dio varios retratos que ha hecho mi amigo Shaw, y él me ha pedido que venga a verle en su nombre —a pesar de que tenía una fe ciega en las obras de Shaw, estaba un poco nerviosa.

—Ah, sí, la hija de Shirley —asintió como si acabara de ubicarla.

—Encantada de conocerle —le dijo, antes de estrecharle la mano.

¿Qué pasaría si Will Jefferson era incapaz de entender y valorar el talento de Shaw?, ¿cómo iba a poder decírselo a su amigo? Ni siquiera se había planteado cómo podría afectarle un rechazo así.

—Así que has venido a hablar de los retratos que tu madre me trajo el otro día, ¿no?

Ella se limitó a asentir, y el señor Jefferson la condujo hacia una mesa donde había dibujos cuidadosamente guardados en carpetas. También había cuadros, tanto enmarcados como sin enmarcar, apoyados contra la pared y cubiertos con protectores de plástico.

—Tu madre me aconsejó que sería buena idea que la galería apoyara a los jóvenes artistas de la zona. Le pedí a Maryellen Bowman y a un artista amigo mío que le echaran un vistazo a las obras de tu amigo, porque quería la opinión de varios expertos.

Tanni contuvo el aliento, y lo soltó al hacerle la pregunta que le martilleaba en el cerebro.

—¿Qué... qué le dijeron? —estaba tan nerviosa, que tuvo la impresión de que se le paraba el corazón.

—Maryellen tiene buen ojo a la hora de saber si algo va a venderse bien en esta zona, y en cuanto vio las obras de Shaw, me recomendó que le ofreciera un contrato.

—¿Y qué dijo su amigo artista? —le preguntó, con voz trémula.

—Él también quedó impresionado con el trabajo de Shaw.

—¿Quedó impresionado? —ante aquellas palabras tan maravillosas se sintió aliviada, emocionada, y llena de felicidad.

—Me dijo que el talento de tu amigo aún está por pulir, pero que le ve mucho potencial. Me gustaría exponer sus obras.

—¿En serio?

—Estos retratos reflejan madurez y sensibilidad, además de una vívida energía.

—Sí, es verdad —lo dijo con seriedad, intentando mostrar profesionalidad. Había trabajado muy duro con Shaw para que se centrara en el tipo de arte que encajaba mejor con su visión del mundo y su talento, y que a la vez tuviera una buena salida comercial. Los retratos parecían la mejor opción.

—¿Va a la escuela de arte?

No supo qué responder. Ella tenía la ventaja de haber asistido a clases y seminarios de arte a lo largo de los años, y le había enseñado a Shaw todo lo que sabía... bueno, todo lo que había podido en el tiempo que llevaban juntos. Si le decía al señor Jefferson que sí que iba a la escuela de arte, se arriesgaba a que más tarde descubriera que era mentira.

—Aún no.

—Aquí tengo un contrato que tiene que firmar... hay dos copias, una para él y una para mí. Creo que las condiciones son justas para los dos, y en cuanto tenga su firma, será todo un placer exponer sus obras.

—¿Ha pensado en los precios? —no quería que Shaw regalara sus obras, pero si les ponían un precio demasiado alto, no se venderían.

El señor Jefferson le dijo un precio que le pareció perfecto; al parecer, lo había propuesto Maryellen Bowman, que era una experta tanto en arte como en cuestiones de mercado.

—Me parece razonable —agarró el contrato, y añadió—: Se lo traeré firmado en cuanto pueda —salió eufórica de la galería, y echó a correr hacia el coche loca de alegría.

Shaw estaba paseándose de un lado a otro junto al vehículo, pero se detuvo en seco al verla llegar.

—¿Qué te ha dicho? —le preguntó, en cuanto la tuvo lo bastante cerca.

—Tienes que firmar estos documentos —le dijo, antes de dárselos.

—¿Por qué?

—Es el contrato para que vendan tus obras en la galería de arte.

—¿Le han gustado mis retratos?

—Sí, un montón —le dijo, sonriente.

—No te lo estás inventando, ¿verdad?

—¿Crees que me he inventado estos documentos?

Él los aferró con tanta fuerza, que empezó a arrugarlos.

—Será mejor que los leas antes de firmar, puedo pedirle a mi madre que les eche un vistazo si quieres. Ella ha tenido contratos con varias galerías de arte.

—Haré lo que tú me aconsejes, Tanni.

—Vale, pues se los llevaremos a mi madre para que los lea.

—De acuerdo.

—¿Estás ilusionado? —lo abrazó por la cintura, y se aferró a él con todas sus fuerzas.

Él le devolvió el abrazo sin soltar los papeles, y admitió:

—Más que nunca en toda mi vida, es increíble lo que has hecho por mí.

—Te amo —no tenía intención de decírselo en ese momento, pero ya no había vuelta atrás.

Él se estremeció, pero siguió abrazándola con fuerza.

—No tendría que haberlo dicho —se sentía avergonzada, y deseó haberse mordido la lengua.

—Yo también te amo.

—Oh, Shaw... —tuvo ganas de llorar de felicidad.

Su madre le diría que era demasiado joven para estar enamorada, y puede que tuviera razón. Lo único que sabía con certeza era lo que sentía por Shaw. No dejaba de pensar en él, y la paz y la felicidad que sentía cuando estaba a su lado contrastaban con el intenso dolor que le había causado la muerte de su padre.

Todo el mundo, en especial su madre y sus amigos del instituto, se habían dado cuenta de que estaba mucho más animada. Su vida había cambiado a mejor desde que había conocido a Shaw.

—Nunca entendí por qué Anson arriesgaba su libertad llamando a Allison —le susurró él al oído, mientras seguía abrazándola.

Cuando le habían acusado injustamente de incendiar el Lighthouse, Anson había desaparecido y Shaw era el único que sabía que se había alistado en el ejército. A pesar de que las pruebas que le inculpaban eran circunstanciales y no se habían presentado cargos contra él, se le consideraba una «persona de interés», así que le habrían llevado a comisaría para interrogarle si la policía hubiera descubierto su paradero; de hecho, era posible que hubieran llegado a arrestarle si para entonces no se hubiera encontrado otro posible sospechoso.

Pero Anson había llamado por teléfono a Allison a pesar del riesgo que corría... y no una ni dos veces, sino en repetidas ocasiones.

—Le dije a Anson que era un idiota, que podía acabar en la cárcel. ¿Sabes lo que me contestó?

—¿Qué?

—Que le daba igual, que necesitaba oír la voz de Allison. Yo no podía entender cómo era posible que alguien amara a otra persona hasta el punto de correr ese riesgo, pero ahora lo entiendo a la perfección.

—Oh, Shaw... —al ver a dos mujeres que se acercaban, se obligó a soltarlo y retrocedió un poco.

—¿Puedo preguntarte algo?

—Claro.

—Tienes mucho talento, pero da la impresión de que te da igual que los demás vean o no tu trabajo.

—No es que me dé igual, pero muchas de las cosas que pinto en este momento son sólo para mí —sus dibujos la habían mantenido cuerda tras el accidente de su padre. Eran algo muy personal, y Shaw era la única persona a la que estaba dispuesta a enseñárselos. Si su madre viera alguno de ellos, seguro que se pondría histérica.

A pesar de que no había recibido clases de dibujo ni el apoyo de su familia ni todas las cosas con las que ella siempre había contado, Shaw era un artista y llegaría muy lejos. Estaba segura de ello, lo sabía con tanta certeza como si pudiera ver el futuro. Exhibir unos cuantos retratos en la galería de arte de una pequeña ciudad no era más que el comienzo.

CAPÍTULO 29

Dave Flemming entrelazó las manos sobre el regazo. Estaba sentado en el despacho de Roy McAfee, el hombre en el que iba a depositar su confianza.

—¿En qué puedo ayudarte, Dave? La verdad es que me sorprendió ver que habías pedido hora para venir a verme.

Jamás habría imaginado que se vería en una situación así, pero se lo había prometido a Emily, y siempre cumplía con su palabra.

—Tengo un problema —decidió no andarse por las ramas. La mejor forma de demostrar que era inocente era ser lo más honesto posible.

Estaba muy ocupado, así que no podía perder el tiempo en especulaciones, preocupaciones, y dudas. Quería que aquel asunto se resolviera cuanto antes... a poder ser, antes de Nochebuena. Si Roy lo conseguía, se lo agradecería en el alma.

—¿Y crees que yo puedo ayudarte a solucionarlo?
—No lo sé, eso espero.

Aún tenía que ir a ver a varios feligreses enfermos, hablar con Cliff Harding para comprobar que no había ningún problema con los animales del pesebre viviente, y preparar los temas a tratar en una reunión del comité. Aquella misma tarde se iban a preparar las cestas de comida, y tenía que ir a por las latas y llevarlas a la iglesia antes de que los voluntarios llegaran a las cinco; y para acabar de rematar, después tenía que ir a trabajar al banco.

—Supongo que esto tiene algo que ver con las joyas desaparecidas de Martha Evans, ¿verdad? —le dijo Roy.

Aquellas palabras indicaban que los mentideros de la ciudad habían estado funcionando a toda máquina, y que los chismorreos le relacionaban con el robo.

—Exacto.

Su amigo se echó un poco hacia atrás en la silla, y se cruzó de brazos; al ver aquel lenguaje corporal tan claro, se preguntó si estaba intentando distanciarse tanto de él como de sus problemas.

—¿No piensas hablar con un abogado?

—¿Crees que debería hacerlo? —ya se había planteado esa opción, y había acabado descartándola.

—Depende. ¿Eres culpable de algo?

De ser un necio, pero la pregunta le hirió en su orgullo.

—No —no dijo nada más, no extendió la respuesta. No podía decirlo con mayor claridad. No tenía absolutamente nada que ver con la desaparición de las joyas de Martha Evans.

—En ese caso, ¿en qué puedo ayudarte?

Pedirle ayuda a Roy le había parecido una decisión lógica, pero empezaba a tener sus dudas.

—Me gustaría que escucharas mi versión de la historia.

—¿Tu versión?, ¿piensas decirme algo que preferirías que no supiera un abogado? —Roy frunció el ceño, y se echó más hacia atrás—. Mira, Dave, puede que...

Él se apresuró a interrumpir a su amigo... o mejor dicho, al hombre al que había considerado su amigo.

—Antes de nada, necesito consejo.

—¿Qué clase de consejo? —si seguía echándose hacia atrás en la silla, acabaría por volcar de espaldas.

En ese momento, Dave se dio cuenta de que tanto Roy como Troy Davis y Allan Harris le consideraban el principal sospechoso. Por mucho que le doliera admitirlo, lo más probable era que él mismo hubiera llegado a la misma conclusión en similares circunstancias.

–Antes de decir nada más, quiero que le devuelvas este reloj de oro a las herederas de Martha Evans –se lo quitó de la muñeca y se lo dio. Lo había llevado a que le arreglaran el cierre, así que no había riesgo de que volviera a perderse.

–Y lo tenías tú porque... –Roy dejó la frase inacabada mientras agarraba el reloj, y esperó a que le diera una explicación.

–Martha me lo regaló, insistió en que lo aceptara.

En vez de decir si le creía o no, Roy se limitó a preguntarle:

–¿Tienes alguna prueba que lo demuestre?

–Parece ser que no... creía que sí, pero al final resulta que no –se sintió mortificado al admitirlo.

–Me parece que será mejor que empieces desde el principio.

–Martha siempre iba a la iglesia. Era una persona generosa que me motivaba a mejorar, y un gran apoyo. La verdad es que para mí era como una segunda madre.

–¿Se lo dijiste?

–No, pero era una persona especial tanto para mí como para todos los que la conocían. Cuando enfermó, iba a visitarla siempre que podía.

–¿Con cuánta frecuencia exactamente? –Roy agarró boli y papel, y empezó a tomar notas.

–Dos veces por semana como mínimo. Procuraba ir los días en que sabía que la enfermera domiciliaria no iba a estar allí.

Roy enarcó las cejas, y anotó algo más antes de preguntarle:

–¿Por alguna razón en especial?

–Sí, pensé que alguien debía ir a verla para comprobar que estaba bien los días en que estaba sola. Sus hijas viven en Seattle, y las dos trabajan. No tenía ninguna intención malvada, te lo aseguro.

Roy dejó de escribir, y alzó la mirada hacia él.

—Sólo estoy haciéndote las preguntas que te hará el sheriff Davis.

Al parecer, Roy pensaba que era inevitable que el sheriff acabara interrogándole. A lo mejor estaba aconsejándole que se pensara bien su versión de la historia, pero eso no tenía sentido, porque en todo momento había contado lo mismo.

—Sigue, Dave.

—Unos días antes de que muriera, Martha me pidió que me quedara con el reloj.

Roy volvió a alzar la mirada, y le preguntó:

—¿Sabías dónde guardaba las cosas de valor?

Volvió a sentir que ya le habían juzgado y condenado, y le espetó con aspereza:

—Sí, pero sería incapaz de... —se detuvo en seco, porque sabía que no iba a servirle de nada protestar.

—¿Dónde guardaba el reloj?

—En el cajón de las verduras de la nevera.

—¿Con el brócoli?

—Sí, y tenía algunas joyas en el congelador. Pensaba que a un ladrón no se le ocurriría buscar allí.

—Eso es tan obvio como guardar la llave de casa debajo de una maceta.

Él se limitó a asentir, y comentó:

—Como el reloj se habría estropeado con el frío, lo tenía guardado en un recipiente hermético.

—¿Y quería que te lo quedaras tú?

—Insistió en ello, Roy —intentó no ponerse a la defensiva. No tendría que haber aceptado aquel reloj, sabía que estaba cometiendo un error desde la primera vez que se lo había puesto.

Nadie parecía creer en su inocencia, incluso su mujer dudaba de él. Siguió con las explicaciones, y le contó a Roy que Martha había escrito una carta en la que especificaba que quería que él se quedara con el reloj.

—¿Viste esa carta? —le preguntó Roy.
—Sí, Martha me la enseñó. Me dijo que iba a entregársela a su abogado, que iba a pasar a verla aquella misma tarde.
—¿Sabes si el abogado acudió a la cita?
—La verdad es que no lo sé. Supongo que no, porque cuando Emily fue a verlo, la carta no estaba en el archivo.

Aquello dio pie a otra serie de preguntas, y Dave se esforzó por responderlas todas. Le contó a Roy que Emily había ido al despacho de Allan Harris y que Geoff Duncan le había permitido ver los documentos del testamento, pero le dejó muy claro que lo que había hecho Geoff no podía salir a la luz y que había sido un favor personal.

—Emily estaba muy afectada —pero no tanto como él cuando se había enterado de que la carta de Martha jamás había llegado a su destinatario.
—Me lo imagino —Roy empezó a golpetear la libreta con el boli.

Dave le lanzó una mirada al reloj de oro, que seguía encima de la mesa, y comentó:
—Creía que tenía derecho a llevarlo —al ver que Roy anotaba algo más, deseó saber leer del revés.
—¿Quieres que se lo devuelva a la familia de Martha?
—Sí —lo miró a los ojos, y añadió—: Con mis más sinceras disculpas por el malentendido, me siento fatal por todo esto.

Roy permaneció en silencio durante unos segundos que le parecieron horas, y al final comentó:
—Me temo que esto parece... bastante comprometedor. Es probable que fueras la última persona en ver a Martha Evans con vida.
—Sí.
—Eres una de las pocas personas que sabían dónde guardaba sus objetos de valor.
—Eso parece —tragó saliva con dificultad.
—Llevabas puesto un reloj de oro que perteneció al difunto esposo de Martha. ¿Hay algo más que quieras decirme?

Dave se sentía como en un interrogatorio. Tanto las preguntas de Roy como sus propias respuestas le hacían parecer y sentirse culpable, pero no lo era.

—¿Dave?

Fue incapaz de seguir sentado, así que se puso de pie y fue al rincón más alejado del despacho.

—Sí —tenía el corazón tan acelerado, que le costaba respirar. Se acercó de nuevo a la mesa, se sacó del bolsillo la bolsita transparente que contenía los pendientes de diamantes, y la dejó junto al reloj.

—¿También eran de Martha?

—E... eso creo. Emily los vio en u... una de las fotos que había e... en el archivo de Martha —no pudo evitar el tartamudeo.

—Será mejor que me des una explicación.

Le contó que Emily había encontrado los pendientes. Por muchas vueltas que le diera al asunto, no podía explicarse cómo habían ido a parar a sus bolsillos. Cuando acabó de decirle lo que sabía, Roy permaneció en silencio durante unos segundos y finalmente le preguntó:

—¿Quieres que se los devuelva también a la familia?

—No... no sé qué hacer. No quiero tenerlos cerca, cualquiera que me vea con ellos pensará que... que soy culpable, y no creerá en mi inocencia por mucho que yo lo diga —se sentó en la silla, y se cubrió la cara con las manos—. Y eso no es todo.

—¿Aún hay más?

Bajó las manos, y admitió:

—Pasó hace mucho tiempo.

Roy esperó a que se explicara, pero al ver que permanecía en silencio, le dijo:

—Venga, cuéntamelo.

Dave sintió que se le formaba un nudo en la garganta.

—Vamos, suéltalo ya —le dijo su amigo con voz suave.

Él habría preferido mantener enterrado el pasado, pero ya no le quedaba otra opción. Se puso de pie, y se acercó a la ventana. Le dio la espalda a Roy, y cerró los ojos.

—Dave, acabará sabiéndose tarde o temprano. Puedes decidir si quieres contármelo o no, pero seguro que el sheriff Davis lo descubre.

Aquello era cierto, no tenía sentido intentar mantener aquello en secreto.

—Me arrestaron un mes después de que cumpliera los dieciocho años.

—¿Tienes antecedentes penales?

Aquella pesadilla parecía interminable, y empeoraba cada vez más.

—No lo sé. Fue mi primer delito, y sólo me condenaron a tres meses de trabajos comunitarios —se volvió hacia él, y añadió—: El juez me dijo que dejarían mi historial completamente limpio si no volvía a meterme en líos.

—¿Lo hicieron?

—Supongo que sí, pero no estoy seguro —era obvio que solía hacer demasiadas suposiciones. Cuando cumplía con su parte de un trato, parecía razonable pensar que los demás cumplirían con la suya, pero las cosas no siempre eran tan fáciles.

—¿No lo comprobaste?

—No —se había sentido demasiado humillado y avergonzado, y lo único que quería era dejar atrás esa parte de su vida—. Pero supongo que está todo en orden, porque trabajo en el banco a tiempo parcial y seguro que comprobaron mis antecedentes antes de contratarme.

Roy anotó algo más; al parecer, aquella última confesión no le había gustado demasiado.

—Mis padres son los únicos que están enterados del tema, Roy —le dijo, en voz baja.

—¿Emily no lo sabe?

—No. Intenté dejarlo atrás, y no volver a pensar en ello.

Casi todo el mundo tenía al menos una cosa que desearía no haber hecho, algún error o desacierto, alguna acción egoísta o estúpida.

—No me has dicho cuál fue el crimen por el que te condenaron, Dave.

—No, no te lo he dicho.
—¿Por alguna razón en especial?
Tragó con dificultad antes de admitir:
—Fue un robo.
Roy se reclinó en su silla, y lo observó en silencio antes de preguntarle:
—¿Qué te llevaste?
—No fui yo —los recuerdos eran dolorosos, y no era la misma persona de aquel entonces. Al ver que Roy no le presionaba para que continuara, empezó a pasearse de un lado a otro, y cuando se sintió preparado, le dijo—: Crecí siendo el hijo de un predicador.
—¿Tu padre también era un párroco?
No hizo caso de la pregunta, porque la respuesta era obvia.
—La familia de un párroco suele sufrir mucha presión. Se espera que los niños den ejemplo, que se porten muy bien para que no pongan en evidencia a sus padres.
—Debe de ser muy difícil estar a la altura.
—Para mí lo era. Intenté ser el hijo que mis padres querían, pero por mucho que me esforzara, nunca lograba contentarlos.
—Los hijos de un policía también suelen tenerlo difícil.
Supo que había sido un ingenuo al no darse cuenta de que en otras familias podían darse situaciones similares, y comentó:
—Cuando llegué a la adolescencia, dejé de intentar contentar a mi padre.
—En otras palabras: te rebelaste.
Aquello era quedarse muy corto. Había rechazado los principios y los valores de su padre... había empezado a faltar a clase, se había juntado con un grupo de amigos bastante conflictivos, y había empezado a beber antes de la mayoría de edad. Como había acabado el instituto a los diecisiete, había empezado a ir a la universidad antes de cumplir los dieciocho, y había sido entonces cuando había conocido a Tom Cummings y sus amigos.
Jamás había conocido a nadie como Tom. Era un líder nato,

y formar parte de su grupo le hacía sentir importante, integrado. Sí, sabía que Tom era un tipo que se divertía yendo al límite, pero era una diversión sana... al menos, eso era lo que creía hasta el día en que había dejado de ser divertido.

Recordaba que Tom necesitaba dinero, que por alguna razón, le hacían falta cuatrocientos dólares. Ninguno de ellos tenía esa cantidad, por supuesto, pero sabía que si hubiera tenido ese dinero... o acceso a él... le habría dado a Tom lo que le hubiera pedido sin pensárselo dos veces.

Cuando a alguien se le ocurrió una idea, pensó que se trataba de una broma. No tardó en darse cuenta de que la cosa iba muy en serio, y para entonces...

—¿De qué te acusaron?

—De robo y agresión con agravantes —las palabras le sonaron raras, como si estuvieran en un idioma extranjero que ni hablaba ni entendía.

Su admisión pareció quedar suspendida en el aire, como el polvo tras una explosión.

—¿Cuántos años tenía la víctima? —le preguntó Roy al fin.

—Setenta y tres —tenía la garganta tan constreñida, que apenas podía hablar. Al verle dejar a un lado el boli y respirar hondo, añadió—: No hace falta que me digas la mala pinta que tiene todo esto.

Si salía a la luz la información sobre su arresto, nadie creería que no había robado las joyas de Martha. Nadie volvería a creerle, perdería toda su credibilidad. Quizá sería mejor que dejara de luchar contra lo inevitable. El hecho de que el incidente hubiera ocurrido casi veinte años atrás carecía de importancia, al igual que todos los años que había pasado sirviendo a Dios y a aquella comunidad. La gente sólo recordaría una cosa sobre él: lo que había hecho a los dieciocho años.

—Supongo que vas a aconsejarme que me entregue —le dijo, con la espalda muy erguida y la voz dura.

—¿Robaste las joyas de Martha?

—¡Ya te he dicho que no tuve nada que ver con eso! No me crees, ¿verdad?

—Claro que te creo.

—Pero todo el mundo creerá que...

—Tú sabes la verdad —le dijo, sin inflexión alguna en la voz—. Y como es la verdad, creo que no tienes nada de qué preocuparte.

Lo invadió un alivio tan enorme, que por un momento pensó que iba a perder la compostura.

—¿Me crees a pesar de que todas las pruebas me señalan?

—El mismo sheriff Davis te diría que las pruebas circunstanciales pueden resolver un crimen, pero también pueden ser engañosas. El culpable no siempre es la persona más obvia. Todo lo que me has dicho es circunstancial, Dave. Tú afirmas que no tuviste nada que ver con la desaparición de las joyas, y en todos los años que te conozco, nunca has hecho nada turbio o deshonesto. De modo que sí, te creo.

Era fantástico tener de su parte a una persona por lo menos.

—¿Por qué? Puede que en realidad no haya cambiado, que siga siendo un ladrón —no pudo evitar presionarlo, porque necesitaba sentirse seguro.

—¿Que por qué confío en ti?, pues porque sí. Para empezar, no irías por la ciudad con el reloj puesto si lo hubieras robado; además, se me da bien juzgar a la gente.

—Gracias.

—Y la última razón, y quizá la más importante, es que el sheriff Davis tiene bastante claro quién es el verdadero responsable —se inclinó hacia delante, y anotó algo.

—¿Lo dices en serio? —cuando su amigo lo miró a los ojos y asintió, le preguntó—: ¿No piensas decirme quién creéis que fue?

—Eso no está en mis manos —le dijo, sonriente—. Me has pedido consejo, y voy a dártelo: ve a ver al sheriff Davis, y cuéntale todo lo que acabas de contarme a mí.

CAPÍTULO 30

Troy Davis estaba convencido de que aquellas Navidades iban a ser las peores de toda su vida, ya empezaba a notarlo. Adonde quiera que fuera, todo el mundo estaba de buen humor; de hecho, el índice de criminalidad había bajado. La gente se tomaba la vida con más tranquilidad y filosofía, y en vez de animarlo, eso sólo contribuía a exasperarlo; en resumen: estaba deprimido.

La razón... y no tenía más remedio que admitir que él mismo se lo había buscado... era atribuible a varios factores desagradables, pero el principal era que la mujer a la que amaba no quería volver a verlo.

La última vez que habían hablado, la cosa había terminado de forma más o menos cordial. Quizás habría sido mejor que hubieran discutido a pleno pulmón, que hubieran dejado de esconder el dolor y la furia, pero Faith no era así. Ella había preferido que la relación terminara de forma civilizada; de hecho, cualquiera pensaría que estaban prometidos al verlos hablar con tanta cortesía.

El hecho de que Dave Flemming hubiera involucrado a todo el mundo en el dichoso pesebre viviente no contribuía a mejorar su estado de ánimo precisamente. Todos los personajes, desde María y José hasta el tamborilero, estaban interpretados por voluntarios, y la representación iba a ofrecerse cada noche durante dos semanas, hasta el veintitrés de diciembre. A la gente que iba a verla se le pedía que llevara productos alimenticios imperecederos, o que metieran algún dólar en un bote de donativos. Se había corrido la voz por las poblaciones vecinas, y se formaban auténticas caravanas de coches que se dirigían hacia Cedar Cove. Eso significaba retenciones y caos en la carretera, así que había tenido que añadir una rotación más de agentes.

No tenía ni idea de cómo se las había ingeniado Dave para conseguir un camello, a lo mejor lo había sacado de algún zoo; en todo caso, tenía entendido que aquellos animales no destacaban ni por ser amigables ni por su tolerancia. Y por si fuera poco, Dave había conseguido también varias ovejas, un burro y algunas reses, y todos ellos tenían que permanecer tranquilos cada noche durante las cuatro horas que duraba la representación. Era la primera vez que se organizaba un evento así en Cedar Cove, y estaba teniendo un éxito sin precedentes. Era incluso más popular que el concurso de gritos de gaviota, y eso era mucho decir.

A pesar del éxito que tenía, el pesebre viviente era una pesada carga para Dave, y las cosas iban a empeorar aún más cuando él le citara para interrogarle. Las hijas de Martha Evans estaban presionándole mucho, querían recuperar sus joyas y estaba claro que no iban a parar hasta que arrestara a alguien. Las pruebas circunstanciales señalaban a Dave, pero sus años en el cuerpo de policía le habían enseñado a confiar en su instinto, y estaba convencido de que el reverendo no tenía nada que ver con el robo; aun así, tenía que hacerle unas cuantas preguntas.

Dave no era la única «persona de interés», pero su principal sospechoso había sido muy astuto y aún no tenía ninguna razón de peso para ordenarle que se sometiera a un interrogatorio.

Cuando el teléfono empezó a sonar, se sintió agradecido por la interrupción y contestó de inmediato.

—Sheriff Davis.

—Hola, papá. Feliz Navidad.

La voz de su hija hizo que se sintiera mejor.

—Lo mismo te digo, cariño.

—He visto a Faith esta mañana.

—Qué bien —fue todo lo que alcanzó a decir. Su hija no sabía cuánto le dolía oír hablar de Faith.

—Me ha dicho que te manda un saludo.

Se puso alerta al instante. Quizás era una señal, y Faith estaba indicándole con disimulo que le gustaría que se pusiera en contacto con ella.

—¿Ah, sí? —su estado de ánimo mejoró aún más. Era posible que Faith hubiera cambiado de opinión, y estuviera usando a Megan como mensajera.

—Te dije que está ayudándome con la manta que estoy tejiendo, ¿verdad?

—Sí, me parece que me lo comentaste —tenía miedo de que se notara lo desesperado que estaba por sacarle cualquier pequeño detalle.

—Vamos a ir a comer juntas la semana que viene.

—Qué bien —siguió manteniendo la voz tranquila, para no revelar más interés de la cuenta.

—Solemos hablar de mi embarazo, y está ayudándome un montón. Se parece mucho a mamá, me escucha y me tranquiliza. Me cae muy bien.

Dejó pasar aquel comentario. Estaba deseando saber qué más le había dicho Faith a su hija, pero no podía preguntárselo abiertamente.

—Le pregunté por qué no os llevabais bien. Antes os gustabais, ¿verdad?

—Sí, pero eso fue hace mucho tiempo.

—Eso fue lo que me dijo ella.

Él sabía que Faith jamás le criticaría abiertamente, y mucho menos ante Megan. Le parecía increíble que se hubieran hecho amigas sin que él se enterara, ¿quién lo habría imaginado? Había cortado con Faith porque su hija se había negado a aceptar que tuviera una relación sentimental, y en ese momento, la misma Megan estaba presionándole para que saliera con ella.

—Me ha dicho un montón de cosas buenas sobre ti —añadió su hija.

Él contuvo las ganas de pedirle que se las dijera una a una.

—Pasó algo entre vosotros, ¿verdad? —antes de que pudiera contestar, ella añadió—: Supongo que es algo que no quieres contarme, porque Faith tampoco quiere hablar del tema.

—A veces es mejor dejar atrás el pasado.

—¿Hay algo que yo pueda hacer, papá?

—¿Qué quieres decir?

—Que si puedo hacer algo para que las cosas se arreglen entre Faith y tú.

Él le dio vueltas al asunto, pero no se le ocurrió nada.

—No, pero gracias por preguntar —alzó la mirada, y al ver a Roy McAfee en la puerta, le dijo a su hija—: Te llamaré más tarde.

—¿Tienes visita?

—Sí.

—Ojalá fuera Faith.

En eso estaban de acuerdo. Si Santa Claus estuviera dispuesto a conceder deseos aquel año, le pediría una nueva oportunidad con Faith; por desgracia, todas las pruebas indicaban que Santa Claus no existía.

—Adiós, papá.

—Hasta luego.

En cuanto colgó y Roy entró en el despacho, le indicó que se sentara y le preguntó:

—¿En qué puedo ayudarte? —era obvio que no estaba allí en plan de amigo; cuando iba a verlo al despacho, era por algún asunto oficial.

—¿Ha habido algún avance en el caso de las joyas de Martha Evans? —Roy se sentó, y se reclinó en la silla con cierta teatralidad. Era una forma solapada de hacerle saber que tenía nueva información.

—¿Por qué lo preguntas? —era una rutina con la que a veces se entretenían... se dedicaban a esquivar y a contraatacar hasta que se producía el intercambio de información. Roy le caía bien y confiaba en su sensatez, pero siempre le había dejado muy claro que era él el representante de la ley.

—Ayer tuve una visita.

—¿Relacionada con las joyas desaparecidas? —al verle asentir, añadió—: ¿Es alguien que yo conozca? —cuando Roy asintió de nuevo tras una ligera vacilación, comentó—: Pues resulta que yo también recibí ayer una visita relacionada con ese caso.

—¿Es alguien que yo conozca?

Troy podía ser tan evasivo como su amigo, así que se limitó a asentir.

—A mí vino a visitarme Dave Flemming —le dijo Roy.

—Pues a mí Geoff Duncan.

—¿Ah, sí?

Después de que Roy le contara todo lo que le había dicho Dave, él le explicó que el reverendo le había llamado para decirle que quería hablar con él, pero que le gustaría esperar hasta después de Navidad. Después de aquella llamada, estaba más convencido que nunca de que su teoría era acertada.

—Geoff vino a decirme que tenía un dilema; al parecer, había estado dándole vueltas al asunto, y al final había decidido que no podía seguir callando aunque se arriesgara a perder su empleo.

—Te contó que Emily Flemming había ido a revisar el testamento.

—Exacto.

—Imaginaba que lo haría —Roy se puso de pie, y se sacó del bolsillo un reloj de oro y unos pendientes de diamantes.

—¿Te los dio Dave?

—Sí; según él, Martha le regaló el reloj.

—Y se suponía que el documento que lo acreditaba tenía que estar en el archivo, pero resulta que no estaba allí. ¿A que sí?

—Exacto. Dave dice que no sabe de dónde salieron los pendientes, que la primera vez que los vio fue cuando se los enseñó su mujer; al parecer, ella los encontró en el abrigo de

Dave —al ver que permanecía en silencio, lo observó con atención y admitió—: Yo le creo.

—Yo también —Troy se relajó en su silla, y se echó un poco hacia atrás—. ¿Vas a darme tu opinión?

—Claro que sí, sheriff... si tú me das la tuya.

Troy se echó a reír, y comentó:

—Tengo la sensación de que los dos hemos llegado a la misma conclusión.

—Si me gustara apostar, me lo jugaría todo.

—¿Ponemos las cartas sobre la mesa?

—De acuerdo.

CAPÍTULO 31

Rachel entró en la sala de estar cargada con una caja de ropa, y la colocó encima de las demás. Era increíble que Bruce la hubiera convencido de adelantar la boda en aquella época del año. Era una locura... y maravilloso.

Estaba deseando despertar cada mañana junto al hombre al que amaba. Había avisado a la inmobiliaria que no iba a seguir alquilando la casa, pero tenía hasta Nochevieja para sacar todas sus cosas de allí.

Jolene volvió a entrar en la casa como una tromba, y le preguntó:

—¿Algo más?

—Saca la caja de arriba de todo, pesa muy poco —le dijo, mientras se agachaba para colocar bien los platos que había dentro de otra.

Bruce entró justo cuando la niña salía, y le sujetó la puerta para que pasara.

Rachel se enderezó, y se frotó la zona lumbar. Le costaba creer cuántas cosas había llegado a acumular durante los siete años que llevaba viviendo en aquella casa de alquiler. A pesar de que casi todos los muebles eran de segunda mano y pensaba donarlos a la beneficencia, había muchas cosas por hacer.

—Estás agotada, será mejor que nos tomemos un descanso —le dijo Bruce.

Ella negó con la cabeza, aunque había entrado a trabajar a las ocho de la mañana y había pasado nueve horas de pie antes de apresurarse a regresar a casa.

Él se acercó y la abrazó antes de decirle con voz suave:
—Gracias.
—¿Por qué?
—Por amarnos a Jolene y a mí, por acceder a casarte conmigo ahora y no hacerme esperar hasta febrero.
—Es un placer, te lo aseguro.
—Ya te dije que tendríamos que casarnos en Navidades.

Lo miró sonriente, y le pasó las manos por el pelo.
—Ya veo que vas a ser uno de esos maridos que dicen «ya te lo dije».
—Pero tenía razón, ¿verdad? —se echó un poco hacia atrás para poder mirarla a los ojos, y le besó la punta de la nariz.

En ese momento, la puerta se abrió de golpe y Jolene irrumpió en la casa. Se detuvo en seco al verlos, y soltó un sonoro suspiro de exasperación.
—¿Vais a poneros besucones otra vez?
—Supongo que sí —le dijo su padre.
—¿Queréis que me vaya?

Aunque parecía que era una broma, Rachel tuvo la impresión de que lo decía muy en serio. Se apartó de Bruce, y le dijo a la niña:
—Claro que no.

Había notado que Jolene no se sentía cómoda cuando se daban el más mínimo beso, aunque Bruce no parecía haberse dado cuenta.
—Tengo hambre —les dijo la niña.

Bruce le echó un vistazo al reloj, y exclamó:
—¡No me extraña!, son las ocho.

Habían empezado a cargar la furgoneta en cuanto ella había salido del trabajo, a eso de las seis. Había empaquetado todo lo que había podido la noche anterior, pero faltaba muy poco para Navidad y el salón de belleza siempre estaba lleno. Era demasiado intentar cuadrar su agenda, mudarse a casa de

Bruce y Jolene, prepararse para Navidad y para su boda, y dejar limpia la casa de alquiler, pero aun así, estaba más feliz que nunca.

—Voy a llevar a casa lo que ya está cargado, y pasaré a por la cena cuando venga de vuelta. ¿Qué os apetece? —añadió Bruce.

—¡Pollo! —dijo Jolene.

—Sí, yo también voto por un poco de pollo —comentó él.

—¿Quieres que te acompañe, o me quedo con Rachel?

—Me iría bien que me echaras una mano empacando las cosas del dormitorio —le dijo ella.

—Vale. Hasta luego, papá —le dio un abrazo a su padre, y empezó a recoger cajas vacías.

Él se volvió hacia Rachel, y le preguntó con expresión traviesa:

—¿No vas a darme un beso de despedida?

—No —le dijo, al recordar cómo había reaccionado Jolene al verlos besándose.

—No me digas que vas a ponerte modosita.

—No, es que voy a ser sensata. Los dos tenemos cosas que hacer.

—¿Hay algo que podamos hacer juntos?

—Bruce... —miró por encima del hombro para asegurarse de que Jolene había salido de la sala de estar, y le dijo—: Me encantaría pasarme el resto de la noche acurrucada contigo en el sofá, pero no puedo.

Él soltó un suspiro, la besó en la mejilla, y se fue.

—¿Ya se ha ido papá? —le preguntó Jolene, que regresó en ese momento llevando a rastras una caja.

—Sí, pero no tardará mucho en volver.

La niña soltó la caja, y se tumbó en el sofá antes de admitir:

—Es un poco raro.

—¿El qué?

—Que te cases con mi padre.

—Pero te gusta la idea, ¿verdad?

—Sí, supongo que sí.

Aquella falta de entusiasmo la tomó desprevenida. Dejó a un lado el mantel que estaba doblando, y se sentó junto a la niña.

—Me parece que deberíamos hablar de esto, Jolene.

—Vale.

—¿Te preocupa que las cosas cambien?

—Van a cambiar... ya lo han hecho.

En eso tenía razón. Todo había cambiado entre Bruce y ella, y también en su relación con Jolene. Le gustó que la niña fuera tan sincera.

—Seguro que papá y tú tenéis un hijo —añadió la pequeña, con voz queda.

Rachel había hablado en más de una ocasión de ese tema con Bruce. Tenía treinta y tres años, así que quería quedarse embarazada durante el primer año de matrimonio, y él estaba completamente de acuerdo.

—Creía que querías tener un hermanito o una hermanita.

—Sí... más o menos. Antes pensaba que sí, pero ahora que va a pasar de verdad, sé que todo el mundo le prestará más atención al bebé, y...

—Y dejarán de prestártela a ti —le pasó el brazo por los hombros, y la acercó un poco más. Formaba parte de la vida de aquella niña desde que la pequeña tenía seis años, la conocía y la adoraba; de hecho, era imposible quererla más de lo que la quería—. Tu padre te quiere, Jolene.

—Ya lo sé.

—Y eso no va a cambiar nunca, al margen de los bebés que vengan —al verla suspirar con la mirada gacha, añadió—: Y tampoco cambiará nunca lo mucho que te quiero yo.

—¿Tendré que llamarte mamá?

—¿Cómo quieres llamarme?

—Para mí, eres Rachel.

—Pues llámame así.

—¡Quiero que seas mi madre!

—Llámame como quieras, Jolene.

—Es que ya tenía una mamá...
—Pues claro. Stephanie siempre estará contigo, siempre formará parte de ti.
—Me da miedo llegar a olvidarla.

La angustia que se reflejaba en su voz le rompió el corazón, y supo que tenía que responder con mucho cuidado.

—Nunca la olvidarás, cariño. Te lo prometo. Recuerda que yo también perdí a mi madre.

Tras la muerte de su madre, se había ido a vivir con su tía... la hermana mayor de su madre. A diferencia de Bruce, su padre no quería cuidar a una niña. Era un hombre muy ocupado, y a menudo tenía que viajar por razones de trabajo. Había muerto de un ataque al corazón cuando ella tenía veintipocos años. Se había ido a vivir a Cedar Cove con su tía cuando tenía diez, y al principio se suponía que sólo iba a quedarse hasta que finalizara el curso escolar; en teoría, su padre tenía que hacer después otros arreglos... y eso significaba que la habría metido en un internado.

Su tía era una mujer sensata, estricta y ordenada, pero también afectuosa. Nunca se había casado, y al final de aquel primer año escolar, le había preguntado a Rachel si quería quedarse a vivir con ella. A su padre le había parecido una buena idea.

—¿Tendré que guardar la foto de mi madre cuando os caséis? —la niña estaba haciendo referencia a la foto que tenía en su dormitorio, encima del tocador.

—¡Claro que no!
—Necesito recordarla.
—Ya lo sé —le apartó el pelo de la frente, y añadió—: Todo esto... lo de mi boda con tu padre... te ha pillado bastante por sorpresa, ¿verdad?

—Creía que ibas a casarte con Nate y que te irías con él, de repente, papá me dice que está enamorado de ti, y ahora vais a casaros. Se suponía que la boda iba a celebrarse en San Valentín, pero la habéis adelantado y vas a venirte a vivir con nosotros...

Viéndolo así, lo cierto era que todo parecía bastante apresurado.

—¿Prefieres que esperemos hasta febrero? —estaba dispuesta a retrasar la boda por el bien de la niña.

—No... no lo sé.

—No te hemos dado tiempo para que puedas acostumbrarte a la idea —no pudo evitar sentirse culpable.

—Quiero que te cases con mi padre y que te vengas a vivir con nosotros...

—Pero aún no.

—No... no lo sé.

—Es normal que estés confundida. Las cosas han cambiado con demasiada rapidez para ti, ¿verdad?

—Sí.

Al verla tan aliviada, se dio cuenta de que Bruce y ella habían sido unos egoístas. Habían excluido a Jolene sin querer. Estaban tan centrados en sus propias emociones, que la pobre había quedado relegada a un segundo plano.

—Vamos a analizar la situación... ¿qué te gustaría que pasara?

—Que volvieras a ser mi amiga.

—Siempre lo seré, Jolene.

—Quiero que lo seas, pero...

—¿Qué?

—No me gusta que papá y tú os pongáis besuconos. Es como si os olvidarais de mi presencia, pero estoy ahí y lo veo todo. Me da vergüenza, los padres de mis amigos no se besan así.

Seguramente, la novedad de la atracción que había entre Bruce y ella iría disminuyendo con el paso del tiempo, pero mientras tanto, tenían que tener en cuenta el malestar de Jolene. Intentó no sentirse descorazonada, pero todo aquello estaba resultando ser más difícil de lo que esperaba.

Pasó los siguientes veinte minutos escuchando a la niña, animándola a que le contara sus preocupaciones, e intentando tranquilizarla. Cuando la puerta principal se abrió y

Bruce entró en la casa con una bolsa blanca de comida, pareció darse cuenta de inmediato de que pasaba algo.

—Hola, ¿qué hacéis?

Al ver que la niña le imploraba con la mirada que no dijera nada, se limitó a contestar:

—Nada, sólo estábamos charlando.

Jolene le dio un apretón en la mano para darle las gracias.

—¿Alguien tiene hambre? —les preguntó él.

—¡Yo! —intentó aparentar jovialidad.

—Yo también, papá.

En cuanto Bruce fue a llevar la comida a la cocina, ella se volvió hacia la niña y le dijo:

—Yo me encargo de hablar con tu padre.

—Va a enfadarse conmigo.

—Claro que no, déjalo todo en mis manos.

—No tendría que haber dicho nada —se cruzó de brazos, y bajó la mirada.

—¿Sobre qué? —les preguntó Bruce desde la puerta.

Ella miró a padre e hija, y comentó:

—Nuestras vidas están cambiando tan deprisa, que a Jolene le cuesta seguir el ritmo.

—¿Qué quieres decir?

—Que ella tiene razón, y que puede que nos hayamos precipitado un poco.

—¿A qué te refieres? Soy un hombre, así que necesito que me digas las cosas con claridad.

Ella agarró la mano de Jolene antes de contestar.

—A lo mejor tendríamos que esperar hasta San Valentín. Era lo que planeamos al principio, y...

—¿Quieres que retrasemos la boda?, ¡ni hablar! Quiero que nos casemos cuanto antes.

—Tenemos que pensar en Jolene.

Bruce miró a su hija, y entonces se arrodilló delante de ella y le dijo:

—¿Te preocupa que Rachel y yo vayamos a casarnos?

—Un poco —la niña fue incapaz de mirarlo a la cara.

—Creía que la querías.

—¡Sí, la quiero mucho!

—Entonces, ¿cuál es el problema? —al ver que la pequeña se limitaba a encogerse de hombros, añadió—: Quiero a Rachel, y también te quiero a ti.

Rachel se sintió orgullosa al ver lo sensible que era con su hija. Jolene necesitaba saber que seguía siendo tan importante como siempre para su padre, estaban muy unidos porque llevaban más de seis años solos. El hecho de que se fuera a vivir con ellos iba a cambiar las cosas, y una niña de doce años necesitaba contar con la aprobación de su padre, necesitaba saber que se sentía orgulloso de ella.

Rachel era muy consciente de las carencias que ella misma había sufrido de niña, y no estaba dispuesta a permitir que a Jolene le pasara lo mismo.

El teléfono empezó a sonar en la distancia, pero como no quería interrumpir aquel momento tan importante, dejó que saltara el contestador.

—Señorita Pendergast, la llamo de la inmobiliaria de Cedar Cove —dijo una voz masculina—. ¿Podría llamarnos en cuanto pueda? Hay alguien interesado en alquilar la casa, y necesito saber la fecha exacta en la que piensa dejarla libre.

—¿Ya han alquilado la casa? —Jolene la miró con los ojos como platos.

—Eso parece —Bruce parecía más que satisfecho.

—Si Rachel no se casa contigo cuanto antes, no tendrá dónde vivir —la niña estaba horrorizada.

—Eso no es...

Bruce la interrumpió antes de que pudiera acabar la frase.

—Sí, es verdad.

—¡Bruce! —le habría dado un codazo si hubiera estado sentado a su lado—. Puedo quedarme en casa de alguna amiga.

Podía pasar unos meses en casa de Teri. Sería abusar un poco, pero su amiga no pondría ninguna objeción; de hecho, seguro que insistía en ayudarla.

—Me parece que será mejor que os caséis esta misma semana —dijo Jolene, al cabo de un momento.

—Yo prefiero esperar —quería que su futura hijastra supiera que se había tomado muy en serio sus preocupaciones.

Bruce la miró ceñudo, y le dijo:

—Quiero casarme contigo cuanto antes. Jolene, tú también quieres que Rachel se venga a vivir ya con nosotros, ¿verdad?

La niña la miró a los ojos, y al cabo de unos segundos, asintió y dijo:

—Sí, papá.

CAPÍTULO 32

Olivia iba recuperando las fuerzas poco a poco. En ese momento estaba sentada en la soleada cocina, disfrutando del sol mientras tomaba una taza de té verde.

Justine iba a ir a verla más tarde, y Grace acababa de marcharse. Dos días atrás habría optado por dormir una siesta, pero se sentía alentada al darse cuenta de que no estaba cansada. Era obvio que estaba recuperándose tanto de la operación como de la infección. Iba a empezar con las sesiones de quimioterapia en cuanto acabaran las fiestas, tal y como estaba programado.

Cuando le había comentado en broma a Jack que la quimioterapia era un regalo tardío de Navidad... el regalo de seguir dando... él la había mirado muy serio y le había dicho:

—Sí que lo es. Me da a mi esposa, su vida y su salud... para mí, ése es el mejor regalo del mundo.

Él solía bromear y hacer comentarios desenfadados ante cualquier situación, así que aquella reacción la había conmovido mucho.

Al oír que un coche enfilaba por el camino de entrada, supo de inmediato que eran su madre y Ben. Él siempre era muy caballeroso, y en cuanto bajó del vehículo fue a abrirle la puerta a su madre. Ella debió de notar que alguien estaba mirándolos, porque alzó la mirada; al verla asomada a la ventana de la cocina, sonrió y la saludó con la mano.

Olivia le devolvió el saludo y fue hacia la puerta trasera para avisar a Jack, que estaba en la cinta andadora que tenían en el dormitorio.

—¡Jack! ¡Tenemos visita!

Él había empezado a hacer ejercicio de forma regular desde que había sufrido el ataque al corazón, y a ella le gustaba compensarle con pequeños detalles.

—¿Quién... es?

—Mamá y Ben.

—Dame... cinco... minutos.

Fue a abrir la puerta principal, y besó a los dos en la mejilla.

—¡Tienes muy buen aspecto, Olivia! Tienes las mejillas sonrosadas, y vuelves a parecer la misma de siempre —su madre sonrió encantada. Llevaba colgada del brazo una cesta de mimbre con una ramita de acebo y un lazo rojo.

—Me siento mucho mejor, mamá. Venga, entrad y sentaos. ¿Os apetece una taza de té verde?

—Sí, gracias —su madre dejó la cesta sobre la mesa, y añadió—: Yo me encargo del té, Ben y tú podéis sentaros.

—Puedo hacerlo yo, mamá.

Se dio cuenta de que era inútil intentar discutir. Desde que le habían diagnosticado el cáncer, su madre necesitaba cuidarla, porque así sentía que tenía cierto control de la situación; por regla general, su forma de cuidarla era preparándole algo de comer.

—¿Qué hay en la cesta?

—Os hemos traído la cena.

Todo el mundo había estado muy pendiente de ella; la noche anterior, Grace le había llevado unos tacos que había hecho ella misma, y les había puesto una salsa casera y un montón de queso para intentar que se le abriera el apetito. La verdad era que en los últimos dos meses había perdido casi cinco kilos, y la ropa le iba grande.

Por su parte, Jack seguía luchando por controlar su peso, así que ver todas aquellas delicias era un tormento para él. Se había comido dos platos de tacos, pero ella apenas había logrado tomar un par de bocados; al final, habían congelado lo que había sobrado.

—¿Qué has preparado? —le preguntó a su madre, mientras quitaba el papel de aluminio que cubría la cesta.

—Sopa de pollo con fideos.

—¡Qué bien!

—Y pan recién hecho.

—¿Habéis traído galletas o pastel? —apostilló Jack, al entrar en la cocina. Llevaba una toalla alrededor del cuello, y tenía la cara enrojecida.

—¡Jack!

—Estamos en Navidad —rebuscó en la cesta, y sacó con actitud triunfal un plato de galletas con formas navideñas—. ¡Son mis preferidas!

—Todas las galletas son sus preferidas —le dijo Olivia a Ben en voz baja.

Su padrastro soltó una carcajada, y susurró:

—A mí me pasa lo mismo, me encanta todo lo que prepara Charlotte —miró sonriente a su esposa, que estaba atareada preparando el té.

—Gracias, Charlotte —Jack apartó el plástico, y agarró una galleta; antes de salir de la cocina, le dio un beso en la mejilla a su suegra.

Cuando estuvo sentada a la mesa junto con su madre y Ben, Olivia les preguntó:

—¿Qué tal va todo?

—Mañana por la mañana nos vamos al crucero —comentó él.

—¿Tan pronto? —con todo lo que había pasado, se le había olvidado lo del viaje.

—Aún no sé si deberíamos ir —comentó su madre.

—Claro que vais a ir.

—Pero...

—No sólo vais a ir, sino que os exijo que disfrutéis a tope.

—Pero... a lo mejor me necesitas, Olivia. Empezarás con el tratamiento dentro de poco, y...

—Tengo a Jack.

Su madre soltó un suspiro exagerado, y le dijo:

—Jack es un hombre. Sabes que le aprecio muchísimo, pero cuando uno está enfermo, a quien necesita es a su madre.

Le resultó conmovedor que su madre y Ben estuvieran planteándose renunciar al crucero a aquellas alturas.

—Estaré bien, mamá. Ya verás como supero esto en un abrir y cerrar de ojos.

Tenía que aferrarse a aquella esperanza. Era la primera vez que pasaba tanto tiempo sin ir al juzgado, y a pesar de que no había tenido más remedio que pedir la baja, echaba de menos su trabajo y a sus compañeros.

—Es que no me quedo tranquila... —le dijo su madre con preocupación.

—Vais a iros de crucero, y quiero que me prometas que disfrutarás al máximo.

Antes de que su madre pudiera seguir protestando, Jack volvió a entrar en la cocina y agarró otra galleta. Optó por una con forma de campana y con azúcar glasé por encima, pero vaciló por un instante, como si pensara que ella iba a darle una palmadita en la mano.

—¿Vas a dejar que me la coma?

—Considérala tu recompensa por haber hecho ejercicio.

—¿Sólo puedo tener una recompensa? —cuando ella lo miró con las cejas enarcadas y asintió, volvió a dejar la galleta en el plato a regañadientes y se sentó junto a ella—. En ese caso, me conformo con una galleta.

Olivia no pudo contener una sonrisa, y le costó un poco volver a centrarse en su madre.

—Es todo un lujo poder disfrutar del sol en Navidad —comentó.

—Sí, nuestros pobres huesos lo agradecerán —dijo Ben.

—No me gusta la idea de dejar sola a Olivia —insistió Charlotte.

—¡Eh, que aquí estoy yo! —le dijo Jack.

—Sí, pero no eres más que un hombre —le dijo Olivia, en tono de broma.

—Pues nunca te has quejado de eso —masculló él.

Olivia miró a su madre con una sonrisa beatífica mientras le daba una patada a su marido por debajo de la mesa; tan exagerado como siempre, él se echó hacia delante y se agarró el tobillo como si le hubiera hecho daño.

—Ya está bien, Jack —le dijo en voz baja, cuando él volvió a incorporarse.

Ben se echó a reír, y comentó:

—Está claro que estás mucho mejor, Olivia, pero me parece que Jack va a necesitar terapia intensiva para que se le cure ese tobillo.

Charlotte esbozó una sonrisa.

—Un taxi vendrá a buscarnos a primera hora de la mañana —siguió diciendo Ben—. Nuestro vuelo a Fort Lauderdale sale a las ocho, y el crucero empieza el dieciocho de diciembre. Volveremos a casa al cabo de una semana, el día de Navidad.

—Esa semana se me va a hacer eterna —dijo Charlotte.

—No te quejes, mamá. Vas a pasar siete días en el paraíso.

Su madre se relajó un poco, y admitió sonriente:

—Parezco una vieja tonta, ¿verdad?

—Vete tranquila, tu hija se queda en mis manos —Jack se reclinó en la silla, y se cruzó de brazos.

—¡Está decidido, me quedo! —exclamó Charlotte.

—¡Mamá!

Su madre y Ben se echaron a reír.

—Lo he dicho en broma.

—Will tiene una llave de casa, y nos dijo que pasaría a echar un vistazo cada dos días —comentó Ben—. Justine también irá, para encargarse de Harry.

—¿Qué planes tenéis para el día de Navidad? —les preguntó Charlotte.

—Yo me encargaré de la comida —dijo Jack con satisfacción.

Al ver que su madre y su padrastro parecían bastante impresionados, Olivia comentó:

—Va a comprar la comida hecha.

—No voy a comprarla en un sitio cualquiera, sino en el restaurante D.D.'s.

—¡Qué romántico! —exclamó Charlotte.

—Eso es lo que quiero para Ben y para ti, que disfrutéis como un par de tortolitos —apostilló Olivia.

—No nos hace falta un crucero para eso —Ben entrelazó la mano con la de su mujer, y le dio un ligero apretón.

Olivia miró a Jack, y susurró sonriente:

—A nosotros tampoco.

Su madre y Ben se quedaron un rato más. Se fueron más tranquilos e ilusionados con lo del crucero, y prometieron regresar con las fuerzas renovadas.

Al oír que el coche se alejaba, Jack se volvió hacia ella y le dijo:

—Me debes una.

—¿Una qué?

—Una recompensa.

—De verdad, Jack...

—Sí, de verdad.

Olivia se echó a reír, y abrió los brazos de par en par.

CAPÍTULO 33

—¿Adónde vamos? —le preguntó Tanni a Shaw.

Estaban a un lado de la carretera, a cierta distancia de la ciudad. Había llovido, y los coches que pasaban junto a ellos les salpicaban de agua los pantalones.

—Quiero enseñarte una cosa —él había aparcado el coche, y ya había echado a andar hacia el bosque—. Venga, vamos.

—¿Adónde? —había notado que él llevaba unos días comportándose de forma rara y reservada, y no sabía qué pensar.

—Hacia allí.

—¿Quieres que nos adentremos en el bosque? —miró sus botas nuevas, y vaciló por un instante. Seguro que el suelo estaba húmedo y lodoso, y si echaba a perder aquellas botas, su madre no querría comprarle otro par.

En vez de discutir, Shaw fue hacia ella con impaciencia y la tomó de la mano.

—¿A qué viene tanto secretismo?

—Lo sabrás cuando lleguemos, Tanni.

—Espero que valga la pena —masculló, mientras avanzaba por el terreno enlodado.

—Aparte de ti, sólo le he enseñado esto a otra persona.

En otras palabras: el hecho de que fuera a enseñárselo a ella era una demostración de confianza. Dejó de prestarle atención a las botas. Si Shaw estaba dispuesto a enseñarle algo que consideraba importante, le daba igual tener que internarse en un bosque o destrozar un montón de botas.

—¿Está muy lejos? —le preguntó, cuando habían andado unos treinta metros.

Las ramas de los árboles apenas dejaban pasar la luz del sol, pero Shaw parecía tener claro por dónde tenía que ir a pesar de la oscuridad y de que no había ningún camino marcado.

—Ya falta poco —le dijo, sin soltarle la mano.

—¡Shaw! —exclamó, cuando resbaló con una rama caída que estaba cubierta de musgo. Tuvo que agarrarse a su brazo con la otra mano para no caerse.

Él le pasó un brazo por la cintura para estabilizarla, y le dijo:

—Ten cuidado.

Siguieron a paso más lento. Cuando miró por encima del hombro, se dio cuenta de que desde allí ya no se veía la carretera. No tenía ni idea de dónde estaba llevándola... a lo mejor había alguna cabaña abandonada, o...

—Ya hemos llegado.

Ella miró a su alrededor, pero no vio nada inusual o diferente. Supuso que se le había pasado algo por alto, así que giró trescientos sesenta grados.

—¿Dónde estamos? —le preguntó, desconcertada.

—Encontré esto hace años, cuando era un niño —empezó a arrastrar una rama bastante pesada que había en el suelo, y cuando hubo apartado tres, quedó al descubierto la entrada de una cueva. Retrocedió un poco, y la miró sonriente—. ¡Sorpresa!

Ella había vivido en aquella zona durante casi toda su vida, pero jamás había oído hablar de cuevas. Seguro que a su hermano Nick le habría encantado explorar por allí.

—¿La ha descubierto alguien más?

—Lo dudo, este terreno es del estado; que yo sepa, hace años que no entra nadie.

—¿Cómo la encontraste?

—Cuando tenía ocho años, me apuntaron a un grupo de

escultismo. Estuvimos de excursión cerca de aquí, pero me separé de los demás y acabé perdiéndome.

—O sea, que no tienes sentido de la orientación.

—No, lo que pasa es que no me fijé por dónde iba.

—¿Y entonces fue cuando encontraste la cueva?

—Sí. Empezó a llover, así que me metí dentro hasta que oí que me llamaban. Salí corriendo y encontré a los demás, pero no le dije a nadie que la había encontrado.

—¿Por qué no? —no entendía por qué lo había mantenido en secreto, era un hallazgo emocionante. Si ella hubiera encontrado la cueva, se lo habría contado a todo el mundo.

—Los otros niños no dejaban de tomarme el pelo porque me había perdido, así que me enfadé y no les dije nada.

—Antes has dicho que se la habías enseñado a otra persona.

—La noche en que Anson escapó, le traje aquí. Tardé un poco en localizarla, pero al final lo conseguí. Él se quedó dos días aquí, hasta que encontré la forma de sacarlo de Cedar Cove.

—Corriste un gran riesgo por él.

Shaw podría haberse metido en un buen lío si lo hubieran encontrado con Anson. Ella sabía que le había comprado un billete de autobús en Seattle, y que le había llevado él mismo en coche hasta allí.

—Es un buen amigo, el mejor que había tenido en toda mi vida... hasta que te conocí a ti.

Estuvo a punto de echarse a llorar al oír aquellas palabras. Ella nunca había tenido un amigo así, alguien que estuviera dispuesto a arriesgarse con tal de ayudarla. Hasta que había conocido a Shaw, la amistad en su mundo se había limitado a contarse secretillos y chismorrear sobre chicos.

—Fue el único escondite que se me ocurrió. Anson me prometió que no le hablaría a nadie de su existencia, y ha cumplido con su palabra.

—¿Ni siquiera se lo ha dicho a Allison Cox?

—No sé lo que le dijo a ella, pero te aseguro que no mencionó la cueva.

—Pero... estás enseñándomela a mí.

—Sí. Volví a venir hace poco —la tomó de la mano, y le dijo que se agachara al entrar.

La oscuridad era total en el interior de la cueva, así que Shaw agarró la pequeña linterna que llevaba sujeta al llavero y la encendió. El techo estaba a unos tres metros de altura, así que podían estar de pie sin problemas. En las paredes de piedra había unas ranuras talladas, y en cada una había una vela.

Él fue encendiéndolas una a una, y la luz se fue intensificando. Tanni alcanzó a ver la cera fundida que había ido bajando por las paredes, y que indicaba que alguien había pasado horas en aquella cueva.

—Anson talló estas ranuras para las velas. Dos días pueden hacerse eternos si no tienes nada para entretenerte.

—Debió de asustarse un poco en medio de la oscuridad.

—Sí. Me pidió unas cuantas velas, y yo se las conseguí. Fue idea suya colocarlas en las paredes. Queda un poco primitivo, pero también le traje varias linternas.

También había un saco de dormir protegido con un plástico, y una sillita plegable. Debían de ser «muebles» que él le había llevado a su amigo.

—¿Por qué viniste hace poco?

Él volvió a tomarla de la mano antes de contestar.

—Volví a pelearme con mi padre el fin de semana pasado. Quiere que estudie Derecho, dice que se ha pasado la vida trabajando en su bufete para que yo pudiera llegar a ocupar su lugar con el tiempo; según él, perder el tiempo dibujando caras no es un trabajo serio, sino un simple pasatiempo.

—Lo siento mucho, Shaw.

—Nunca habíamos tenido una pelea tan fuerte, y... me echó de casa. Me dijo que no podía seguir viviendo en su casa si no iba a la universidad.

No le había mencionado la pelea hasta ese momento. Se había dado cuenta de que estaba un poco raro, pero cuando le había preguntado al respecto, él le había dicho que no le pasaba nada.

—¿Te viniste aquí?

—Sí, pasé una noche aquí y estuve a punto de morir congelado.

Tanni se cubrió la boca con la mano, y él añadió:

—Por la mañana llamé a mi madre, y ella me dijo que había convencido a mi padre de que me dejara volver a casa. Cuando llegué y les dije que voy a sacarme el certificado de equivalencia, se lo tomaron bastante bien. Mi padre me ha dado hasta principios de año para decidir si quiero ir a la universidad.

—Si quieres, puedes pasar el día de Navidad en mi casa —su madre ya había accedido.

—Puede que lo haga. Deja que vea cómo van las cosas con mis padres, ¿vale?

—Claro —sintió que se le encogía el corazón al imaginárselo solo en aquella cueva, aunque sólo hubiera sido por una noche.

—Apenas pude dormir mientras estaba aquí.

—No me extraña —sintió que la recorría un escalofrío.

—Durante el día estuve bastante bien... supongo que porque sabía que en el exterior había luz.

—¿Qué hiciste por la noche?

—Me metí en el saco de dormir. Intenté encender una hoguera cerca de la entrada, pero la leña estaba demasiado húmeda; al cabo de un rato estaba helado y aburrido, así que decidí explorar un poco.

—¿De noche? —en cuanto lo dijo, se dio cuenta de que dentro de la cueva daba igual si fuera era de día o de noche.

—Faltaba poco para que amaneciera, y tenía mi linterna. Descubrí que esta cueva conduce a otra, y después a otra más. Fue entonces cuando lo vi.

—¿El qué? —la verdad era que le picaba la curiosidad.

—Ya lo verás —la condujo de la mano hacia el fondo de la cueva, pero se detuvo de repente y le dijo—: Prométeme que no vas a ponerte histérica.

—Te lo prometo —no era de las que se desmayaban al ver

una araña o un murciélago. Sabía que en las cuevas solían proliferar ese tipo de animales, así que supuso que el gran descubrimiento de Shaw tenía que ver con eso.

—Vale —se inclinó para besarla, y cuando se apartó al cabo de un largo momento, empezó a decir—: A veces...

—¿Qué? —le dijo, al ver que dejaba la frase inacabada.

—Ya te lo diré después.

—Dímelo ahora —insistió, antes de abrazarlo.

Él respiró hondo, cerró los ojos, y apoyó la frente contra la suya.

—A veces, cuando estoy pintando, pienso en que podríamos trabajar juntos. Los dos somos artistas...

La idea cobró vida en la mente de Tanni. Estar en la cueva le había dado un poco de aprensión al principio, pero se le quitaban todos los miedos cuando Shaw la besaba.

—Me encantaría.

Él volvió a besarla, y en esa ocasión fue ella la que acabó apartándose.

—Ibas a enseñarme algo, ¿verdad?

—Ah, sí —tenía la respiración entrecortada.

—Antes quiero que me digas una cosa: ¿es bueno, o malo?

—Malo.

—¿Cómo de malo?, ¿en qué sentido?

—Ya lo verás. No iba a decírselo a nadie, pero llamé a Anson y él me dijo que no podía ignorarlo sin más; al final, me di cuenta de que él tenía razón.

Empezaba a ponerse un poco nerviosa al verlo tan tenso. ¿Por qué estaba siendo tan misterioso?

—¿Estás lista?

—Supongo que sí.

—No te asustes, ¿vale?

—Estamos solos, ¿verdad?

Él vaciló por un instante antes de contestar.

—Sí.

Después de sacar una linterna de una pesada bolsa de plástico que había en el rincón, la tomó de la mano con firmeza y se adentraron aún más en la cueva. La luz creaba unas sombras de lo más inquietantes que parecían cernirse sobre ellos.

Lo único que se oía era el chapoteo de sus pasos en el suelo mojado. Ella empezó a temblar, aunque no habría sabido decir si era por el frío o por la ansiedad.

Tuvieron que agacharse un poco al doblar una esquina, y se detuvieron al llegar a una cueva un poco más pequeña.

—¿Cómo lo llevas? —le preguntó Shaw.

—No... no lo sé. ¿Cuánto falta?

—Muy poco.

La embargó un mal presentimiento, y el corazón se le aceleró. A pesar del frío, empezó a sudarle la frente. Siguieron avanzando poco a poco hasta que Shaw se detuvo de repente, y fue entonces cuando lo vio; al principio, pensó que era un animal muerto, pero en cuestión de segundos se dio cuenta de que lo que tenía delante era un esqueleto humano, seguramente de un hombre. Estaba sentado contra la pared, y la gorra de béisbol que llevaba en la cabeza se había deslizado hacia un lado y parecía... grotesca. Por debajo asomaban varios mechones de pelo que permanecían adheridos al cráneo. Tenía la ropa hecha jirones, y llevaba unas zapatillas de tenis.

Soltó una exclamación ahogada, y se volvió de golpe hacia Shaw.

—¿Estás bien?

—Tenemos que decírselo al sheriff —le dijo, mientras luchaba por mantener la compostura.

—Lleva mucho tiempo aquí.

—Eso da igual, era un ser humano. Murió aquí, solo y... y asustado —lo sabía de forma instintiva—. Tenemos que avisar al sheriff.

—Sí, tienes razón, pero es que es como si me supiera mal perturbar al cadáver. No sé si me explico.

Tanni no entendía aquel punto de vista. Aquel hombre había tenido una muerte muy desagradable y se merecía que se hiciera justicia, recibir sepultura, y que se supiera lo que le había pasado.

—Vámonos ya, Shaw. Me he dejado mi móvil en el coche.

Al cabo de una hora y media, en la carretera que había junto al bosque había una hilera de cuatro coches patrulla. Los agentes sacaron varios focos de los vehículos, y los llevaron a la cueva después de que Shaw les mostrara el camino.

Los dos estuvieron esperando en el coche del sheriff Davis, con las manos entrelazadas; al cabo de un rato, el sheriff regresó y abrió la puerta. Había hablado antes con Shaw mientras un agente la interrogaba a ella. Sus respectivas declaraciones debían de haberle convencido, porque de no ser así, no habría permitido que esperaran juntos en el coche.

—¿Cuándo descubriste el cadáver? —le preguntó Davis a Shaw.

—Hace tres días —ya se lo había dicho antes.

—Voy a preguntártelo otra vez: ¿seguro que no moviste los restos?, ¿no tocaste nada?

Cuando él le respondió que no lo había hecho, el sheriff anotó algo en una libreta.

—¿Quién era? —le preguntó Shaw, al ver que dos agentes llevaban una bolsa negra para el transporte de cadáveres hasta la ambulancia que estaba esperando.

—No lo sé.

—Podría buscar en el registro de personas desaparecidas —le dijo Tanni. Seguro que había alguna explicación.

El sheriff cerró la libreta, y se la metió en el bolsillo de la camisa antes de contestar.

—No tardaremos en averiguar todo lo necesario. No ha habido ni un solo caso sin resolver en esta ciudad desde que me nombraron sheriff, y éste no va a ser el primero.

CAPÍTULO 34

Christie supo que pasaba algo malo en cuanto oyó los mensajes que su hermana le había dejado en el buzón de voz. Estaba en la sala de empleados de la tienda, con el móvil pegado a la oreja para intentar oír por encima de las voces de sus compañeros.

Tenía tres mensajes de Teri, a cual más jovial, pero no era tonta y se había dado cuenta de inmediato de que pasaba algo.

—¿Puedes pasarte por mi casa cuando salgas de trabajar? —le preguntó Teri, cuando por fin le devolvió la llamada.

—Han publicado el artículo, ¿verdad?

—Te lo explicaré todo cuando llegues.

Ella había dado por hecho que las llamadas de su hermana tenían algo que ver con James y el reportero, pero quizá se había equivocado.

—¿Tu embarazo...? —fue incapaz de acabar la frase.

—Los niños están bien; de hecho, ahora mismo están jugando al fútbol.

Christie sonrió a pesar de lo preocupada que estaba, y le dijo:

—¿No puedes decírmelo ahora?

—No. Ven en cuanto salgas del trabajo, ¿vale?

—Vale.

Tanto secretismo la puso un poco nerviosa, y ya estaba bastante deprimida porque no iba a ver a James hasta Navidad. Él la había llamado el martes por la tarde, y le había dejado un mensaje en el móvil diciéndole que iba a estar fuera de la ciudad durante una semana por lo menos; en cierto modo, era una suerte, porque el artículo podía salir a la luz en cualquier momento. Ella había intentado averiguar cuándo iban a publicarlo, pero el reportero no sabía la fecha exacta... o quizá no había querido decírsela.

James no le había dado demasiada información ni le había dicho adónde iba, se había limitado a decirle que ya la llamaría. Ella había escuchado su mensaje varias veces, y había cerrado los ojos mientras disfrutaba del sonido de su voz.

La noche del sábado había sido mágica. Habían ido a sentarse delante de la chimenea después de una cena perfecta, y ella había apoyado la cabeza en su hombro mientras él la rodeaba con un brazo. Había sido tan... hermoso, tan íntimo... era la primera vez que sentía aquella cercanía tan profunda con un hombre. Tenía una lista bastante larga de antiguos amantes, pero con ninguno de ellos se había sentido así.

Todo era diferente con James.

Había tenido la oportunidad de llevársela a la cama en multitud de ocasiones, y ella habría aceptado gustosa. Se deseaban, lo sentía con cada célula de su cuerpo. Estaba segura de que no tardarían en hacer el amor, pero su relación iba más allá de la atracción física. Era más profunda, más verdadera. A James no le importaba sólo su cuerpo, ni lo que pudiera llegar a hacer por él. La amaba, se amaban el uno al otro.

Se había sentido insegura en todas sus relaciones anteriores. Cada vez que estaba separada de su amante del momento, se preguntaba si él estaba con otra mujer, si regresaría; y cuando el tipo regresaba (si es que regresaba, claro), se preguntaba si seguía deseándola, o si estaba pensando en otra cuando hacía el amor con ella.

Con James todo era muy diferente. A pesar de que él estaba fuera de la ciudad, no le preocupaba que pudiera abandonarla o serle infiel con otra. Él regresaría pronto y pasarían juntos las Navidades, y quizá la ayudaría a repartir las cestas en Nochebuena. Ella ya había contactado con el Ejército de Salvación de Seattle, y se había comprometido a servirles comida a los indigentes en Navidad. James iría también, y después cenarían en su casa. Estaba deseando cocinarle algo especial, llevaba una semana hojeando libros de cocina y pensando en el menú. Ni siquiera Teri sabía lo hogareña que podía llegar a ser.

Mientras se dirigía a casa de Teri en su coche, contempló con nuevos ojos los adornos y las luces multicolores que había por todas partes. Solía sentirse entristecida durante aquellas fiestas, pero aquel año la cosa había cambiado. No estaba tan ilusionada con las Navidades desde que era muy pequeña; era comprensible, porque por aquel entonces siempre acababa llorando en aquellas fiestas.

Esperaba que lo que preocupaba a Teri, fuera lo que fuese, no tuviera nada que ver con el embarazo. A pesar de que le había dicho que los niños estaban bien, no podía evitar preocuparse. ¡Trillizos! Desde luego, su hermana siempre lo hacía todo a lo grande.

Cuando atravesó la puerta exterior y enfiló por el camino que conducía a la casa, vio a su hermana esperándola delante de la puerta principal. Aparcó el coche y fue hacia ella a toda prisa, y se asustó al ver que estaba muy seria. No dijo nada cuando Teri la tomó de la mano y la hizo entrar en la casa, pero al final no pudo aguantar más y le preguntó con ansiedad:

—¿Qué pasa?

—Tenías razón, han publicado el artículo —le dijo, mientras la conducía hacia la sala de estar.

—¿Dónde está Bobby?

—En la biblioteca, lidiando con las llamadas. Es como si todos los periodistas del mundo quisieran hablar con James, y como no pueden acceder a él, se conforman con mi marido –Teri apretó los labios en un gesto de desaprobación. Era obvio que pensaba que James tendría que hacerles frente a sus propios problemas en vez de dejarle toda la carga a Bobby.

Christie entendía que su hermana reaccionara así y que quisiera proteger a su marido, pero no le parecía del todo justo. James no podía permanecer allí después de que un reportero lo localizara y sacara a la luz su paradero; de repente, le pasó por la mente una posibilidad aterradora, y el corazón empezó a martillearle en el pecho.

–Le ha pasado algo, ¿verdad? –por eso Teri no había querido decírselo por teléfono–. ¿Ha tenido un accidente?

–Christie...

La agarró del brazo, y le preguntó frenética:

–¡Dime cómo está!

–James no ha tenido ningún accidente –le dijo su hermana con calma.

Sintió un alivio tan abrumador, que le flaquearon las piernas y tuvo que sentarse en la silla más cercana.

–Gracias a Dios –entonces se dio cuenta de que seguía sin saber qué era lo que pasaba.

–He preparado café.

–Dime de una vez qué es lo que pasa, Teri –se puso de pie, y fue tras ella hacia la cocina.

–Ha presentado su renuncia.

–¿Qué quieres decir?

Teri se volvió hacia ella, y la miró a los ojos al decir:

–Que ha dejado su empleo, Christie. James ya no trabaja para Bobby.

Tardó un momento en asimilarlo. Cuando su hermana le dio una taza de café, la aceptó como un autómata y alcanzó a decir:

–Vale, no quiere seguir siendo el chófer de Bobby. No es el fin del mundo, ¿verdad?

Sí, se había corrido la voz de que James había sido en su

día un prodigio del ajedrez, al igual que Bobby, pero no era para tanto. Sería noticia durante unos días, hasta que el interés fuera desapareciendo y la vida volviera a la normalidad; en todo caso, él tenía derecho a decidir que no quería seguir trabajando para Bobby.

—No se ha puesto en contacto contigo, ¿verdad?
—No.

No le había dado mayor importancia, pero en ese momento empezó a preocuparse.

—¿Qué te dijo la última vez que hablasteis? —le preguntó Teri.

—Que iba a pasar unos días fuera.

No le había dicho cuándo pensaba volver, era ella la que había dado por hecho que regresaría antes de Navidad. Tomó un trago de café, y la tomó por sorpresa lo fuerte que estaba.

—Bobby está hecho polvo, James le ha dado una puñalada trapera.

—Estás exagerando un poco, ¿no? —su primera reacción fue defender a James.

—Claro que no —le contestó su hermana, con voz cortante—. Bobby le ha brindado su amistad durante todos estos años, y de repente, él va y se larga sin más, y mi marido tiene que lidiar con un montón de periodistas. No se lo merece. Y encima, la forma en que dejó el trabajo...

—¿Cómo lo hizo?

—Ni siquiera habló con Bobby. Le escribió una carta en la que ponía que su renuncia era efectiva de inmediato y se largó sin decir ni una palabra, ni siquiera sabemos dónde está. Bobby está muy afectado y le preocupa que James pueda sufrir otra crisis nerviosa, pero yo lo dudo. Lo que ha hecho es demasiado calculado y planeado.

Christie no supo qué decir. Quería defender a James, pero su hermana tenía parte de razón; de repente, se dio cuenta de que él la había llamado cuando sabía que ella estaría trabajando. Eso indicaba que lo había hecho a propósito para no hablar con ella directamente.

—Regresará —la alternativa era imposible, impensable.

—Lo dudo.

—¿Por qué?

Le costó controlar su genio. James estaba escondido en algún lado, a la espera de que todo regresara a la normalidad. Se negaba a creerle capaz de marcharse sin más, de desaparecer de sus vidas. Él no era así, no era como tantos otros hombres. Estaba enamorado de ella, y quería muchísimo a Bobby y a Teri. Él mismo había admitido que eran su familia.

Se había sincerado con él, le había contado cosas que jamás le había dicho a nadie, y él también le había hablado de su propia vida. James le había contado lo de su traumática infancia, lo de la presión a la que le habían sometido sus padres y su profesor de ajedrez. Le había hablado de la crisis nerviosa que había puesto fin a su carrera, y le había dicho una y otra vez lo profundamente agradecido que le estaba a Bobby.

—James sería incapaz de abandonar a Bobby —le dijo a su hermana.

Aun suponiendo que fuera capaz de dejarla a ella, jamás se alejaría de su mejor amigo. Su lealtad hacia Bobby y Teri era incondicional.

—Eso era lo que yo creía.

—Volverá, ya lo verás. Puede que necesite un par de días o de semanas para aclararse las ideas, pero al final se dará cuenta de que éste es su hogar y nosotros su familia.

Se incluyó a sí misma, porque no podía aceptar que él la abandonara como tantos otros. James sería incapaz de hacer algo así, en especial después de todo lo que ella le había contado. Él nunca le haría daño de forma intencionada.

Al ver que Teri no contestaba, le preguntó con voz desafiante:

—¿Crees que no volverá?

—Ojalá pudiera creer lo contrario.
—Puede que esto te sorprenda, pero creo que tengo que decírtelo: James y yo nos amamos.
—Ya lo sé.
—¿Lo sabes?
—Por el amor de Dios, Christie... hace semanas que lo sé, desde antes del secuestro.

Aquello era bastante interesante, porque ella misma hacía poco que se había dado cuenta de lo que sentía.

—Era muy obvio –añadió su hermana.

No estaba de humor para tomar café, así que lo dejó encima de la encimera. Cuando se giró y vio que Bobby acababa de entrar en la cocina, lo saludó con una jovialidad forzada.

—Hola, Bobby –al ver que él parpadeaba como si estuviera intentando acordarse de quién era, añadió–: Soy Christie, la hermana de Teri.

—Sí, ya lo sé –parecía desconcertado ante su necesidad de identificarse.

—James regresará. No sé por qué dejó su trabajo... la verdad es que parece algo bastante drástico... pero seguro que no lo dijo en serio.

—Sí que lo dijo en serio –la voz de Bobby carecía de inflexión.

—Debe de haber sido una reacción precipitada. Puede que lo haya hecho en broma, y que vuelva mañana mismo –ni ella misma lo creía, pero necesitaba plantear la posibilidad.

—James no sabe bromear, es como yo.

—Ah –no supo cómo contestar a eso, así que optó por preguntar–: ¿Dónde creéis que está?

Bobby se limitó a negar con la cabeza, y fue Teri la que contestó.

—No tenemos ni idea. Es la primera vez que hace algo así, Bobby le conoce desde siempre.

—¿Por qué estáis tan convencidos de que no va a volver? –como ninguno de los dos contestó, les dijo con voz triunfal–: ¿Lo veis?, no estáis seguros. Me parece que estamos exagerando, James nos quiere mucho. Vamos a darle uno o dos días, y cuando las cosas vuelvan a su cauce, seguro que vuelve como si no hubiera pasado nada.

—Se llevó todas sus cosas —le dijo Bobby.

—¿Qué...? ¿Qué quieres decir?

Después de intercambiar una mirada con Bobby, Teri dijo:

—Se llevó todos sus objetos personales... su ordenador, su ropa, sus libros... se ha ido, Christie, y creemos que no volverá a aparecer por Cedar Cove.

Se había ido, se había ido para siempre. Se había llevado todas sus cosas... no iba a volver.

Bobby le conocía mejor que nadie, y si él pensaba que James se había ido para siempre, seguro que tenía razón.

—¿Por qué? —fue todo lo que alcanzó a decir.

Bobby no contestó.

Los hombres siempre acababan dejándola. Había creído que James era diferente, especial. Había confiado en él, pero había acabado largándose en cuanto había surgido el primer problema.

Alzó la mirada hacia el techo, y parpadeó para contener las lágrimas.

—¿Por qué me enamoro siempre del hombre equivocado?

Bueno, al menos aquél no le había dado una paliza, ni le había robado, ni la había engañado con otra mujer, ni se había gastado todo el dinero en bebida. No había duda de que James Wilbur era un hombre especial; en vez de hacer alguna de esas cosas, había optado por romperle el corazón en mil pedazos.

Sintió un dolor abrumador que le desgarró las entrañas, y se puso de pie a toda prisa.

—Feliz Navidad.

—Lo siento mucho, Christie. No queríamos... no quería fastidiarte estas fiestas —le dijo Teri, alicaída.

—No lo has hecho, las fiestas acaban de empezar. La verdad es que tengo un montón de cosas que celebrar.

Con determinación renovada, agarró su bolso y se fue. Si se daba prisa, llegaría al Pink Poodle antes de que acabara la hora en la que daban dos consumiciones al precio de una.

CAPÍTULO 35

Los temores de Dave Flemming acababan de confirmarse: el sheriff Davis acababa de llamarle para pedirle que pasara por su despacho «de forma voluntaria» para responder a unas preguntas, y le había dicho que el asunto no podía esperar hasta después de Navidad. Davis había hecho hincapié en lo de «de forma voluntaria», como insinuando que se vería obligado a enviar a un agente a por él si no iba por voluntad propia.

—Vas a ir, ¿verdad? —le preguntó Emily, que estaba junto a él en la cocina.

—Me parece que no tengo otra opción —aún tenía el teléfono en la mano.

—¿Crees que deberíamos ir con un abogado?

—Los abogados cuestan dinero, no podemos permitírnoslo —aun así, su instinto le decía que sería mejor ir con uno.

—Lo que no podemos permitirnos es no tener uno. Si existe la más mínima posibilidad de que el sheriff te arreste... —Emily se detuvo en seco.

—No le robé nada a Martha Evans —sabía que su mujer le creía, pero no pudo evitar defenderse—. La verdad pondrá las cosas en su sitio.

—¿Es que no has visto nunca una serie policíaca? A la policía le da igual que seas inocente, lo único que quieren es arrestar a alguien.

—Emily, por favor.

No estaban en una serie de televisión, sino en Cedar Cove. El sheriff Davis era un hombre honrado al que le importaba más la justicia que el índice de detenciones.

—Podría vender algo, ir a una casa de empeño... —le dijo ella, mientras empezaba a darle vueltas a su alianza de boda.

—No quiero ni oír hablar del tema.

—¿Qué me dices de Roy McAfee? Ya estamos pagando sus honorarios, así que... —era obvio que empezaba a dejarse llevar por el pánico.

—Me ofrecí a pagarle, pero se negó.

—Por favor, Dave, tenemos que ser sensatos. Si te encarcelan...

—No van a encarcelarme.

Su aparente confianza era precaria, porque sólo se basaba en su propia inocencia y en el hecho de que Roy McAfee parecía convencido de que no había robado las joyas de Martha Evans. Su amigo le había comentado que había otro posible sospechoso, pero como ya habían pasado varios días, lo más probable era que esa línea de investigación hubiera acabado en punto muerto. Decidió que sólo permitiría que Emily contratara a un abogado en el caso de que el sheriff decidiera arrestarle.

Ella cerró los ojos, y le dijo:

—Si hubieras visto más capítulos de *Ley y orden*, me entenderías.

No tenía tiempo de ver la televisión.

—Estás exagerando. Si viviera en Nueva York sí que contrataría a un abogado, pero esto es Cedar Cove y el sheriff es amigo mío.

—Me temo que no será tan amigo tuyo cuando le eche un vistazo a las pruebas.

Dave soltó un suspiro. Sabía que, de cara al exterior, todo indicaba que era culpable; de hecho, ni siquiera podía explicar algunas de las supuestas pruebas que le incriminaban. No tenía ni idea de cómo habían llegado a los bolsillos de su abrigo los pendientes de diamantes, ni por qué la carta que él mismo había visto con sus propios ojos no había llegado a incluirse en el testamento de Martha; al final, decidió hacerle caso a su mujer.

—Voy a llamar a Roy.

Confiaba en el sheriff, pero no estaba de más tener el apoyo de alguien que estuviera de su parte. Era un hombre honesto y no le gustaba verse obligado a defenderse, pero nadie estaba libre de sospecha, ni siquiera un párroco.

—Gracias a Dios —Emily entrelazó las manos.

Él intentó ser optimista, pero si acababan arrestándole, su mujer iba a tener que arreglárselas sola desde un punto de vista económico, y en cuestión de semanas habría un montón de facturas pendientes. Les embargarían la casa, y su mujer y sus hijos tendrían que irse a vivir con sus suegros. Sus vidas iban a quedar destrozadas...

No podía dejar que su mente siguiera por aquellos derroteros tan peligrosos, pero sabía que su arresto era una posibilidad real.

Se volvió de nuevo hacia el teléfono, y marcó el número de Roy. Colgó al cabo de un minuto.

—¿Y bien? —le preguntó su mujer, angustiada.

—He hablado con Corrie. Me ha dicho que Roy está en el despacho del sheriff, y que cree que nosotros también deberíamos ir de inmediato.

—Voy a por mi abrigo —estaba pálida.

—No sé si esperar un poco... —sintió una súbita inseguridad, y empezó a retorcerse las manos.

—¿A qué quieres esperar?, ¿a que te arresten? —le espetó ella con aspereza.

—Me gustaría aparcar el tema hasta después de Navidad.

—Por favor, sé realista. No podemos pasar las Navidades con algo así pendiendo sobre nuestras cabezas. Sabes que no va a servir de nada aplazarlo.

—¿Y qué pasa con la misa del gallo? —era poco probable que el sheriff le dejara salir de la cárcel para oficiar la misa, por mucho que le prometiera regresar en cuanto acabara.

—Roy está con el sheriff, él te protegerá —era obvio que tenía muy buena opinión del investigador privado.

Él sabía que su amigo haría lo que pudiera, pero que no podía interferir en asuntos policiales. Si el sheriff decidía arrestarlo, lo haría al margen de lo que pudiera decir Roy; aun así, su mujer tenía razón. El peso de todo aquel asunto había estado a punto de enterrarlo vivo. No dormía bien, apenas tenía apetito, y estaba con los nervios a flor de piel. Tenía que confiar en que Dios le ayudaría a superar aquella dura prueba, fuera cual fuese el resultado. Era el acto de fe más grande que había hecho desde que había decidido hacerse párroco.

—Vámonos —dijo, después de respirar hondo.

Los dos permanecieron en silencio durante todo el trayecto. No quedaba nada más por decir, iban a enfrentarse juntos a lo que les deparara el futuro.

Al cabo de un cuarto de hora, entraron en la comisaría agarrados de la mano. Había varios teléfonos sonando, hombres y mujeres de uniforme yendo de un lado a otro, y se respiraba un ambiente tanto controlado como frenético.

Cuando Dave le dio su nombre a la recepcionista, tuvo la impresión de que la mujer estaba esperándolo, porque se limitó a decir:

—Le diré al sheriff que ya ha llegado.

—Gracias —le dijo Emily. Se volvió hacia él, y le dio un apretón en la mano antes de decirle en voz baja—: Geoff está aquí.

Los dos sabían por qué: era obvio que el joven había ido a explicar que la carta que ella había ido a comprobar no estaba en el testamento.

—No se presentó a ninguna de las clases prematrimoniales que concertamos —le dijo Dave.

La segunda cancelación había acabado siendo una suerte, porque habían tenido que rehacer el pesebre después de que el burro le diera una patada a una de las paredes y la construcción entera se derrumbara. Había pasado varias horas arreglándolo junto a varios voluntarios, y más tarde se había pasado una hora al teléfono intentando conseguir un burro más dócil. No habría podido llegar a tiempo a la clase aunque Geoff y su prometida se hubieran presentado.

Allan Harris llegó en ese momento. Parecía agobiado e impaciente, y después de mirarlos ceñudo, se acercó a su asistente y le preguntó:

—¿Sabes de qué va todo esto?

Dave se dio cuenta de que Geoff parecía estar ignorándolos; en aquellas circunstancias, supuso que era comprensible.

—¿A ti también te han citado? —le preguntó Emily al abogado.

Allan dejó su maletín en el suelo, y empezó a quitarse los guantes dedo a dedo antes de contestar.

—Sí. He tenido que reprogramar varias citas, y como Geoff no estaba allí para contestar al teléfono, he tenido que cerrar el despacho.

Dave estuvo a punto de decirle que para él también era una inconveniencia, pero decidió morderse la lengua y supuso que Dios le recompensaría por su autocontrol.

Justo cuando Allan estaba a punto de añadir algo más, el sheriff Davis salió de su despacho acompañado de Roy McAfee, que los miró directamente a Emily y a él y asintió. Dave intentó leer su expresión, pero no lo consiguió.

—Allan, Dave, Emily, Geoff... entrad en el despacho, por favor —les dijo el sheriff.

Dentro había sillas preparadas, y todos se sentaron. Allan colocó cuidadosamente sobre las rodillas su largo abrigo hecho a medida, y murmuró:

—Esto es poco ortodoxo.

—Sí, ya lo sé, pero creo que mis razones no tardarán en quedar claras —Davis los miró uno a uno, y al final dijo—: Dave, ¿te importaría responder a unas preguntas delante de todos?

Dave se volvió hacia Roy, y cuando éste hizo un gesto de asentimiento casi imperceptible, contestó:

—No tengo nada que ocultar.

—Perfecto —el sheriff se sentó también, y Roy fue el único que quedó de pie—. Eras amigo de Martha Evans, ¿verdad?
—Ella formaba parte de nuestra congregación.
—Entiendo.
El abogado le lanzó una mirada elocuente a su reloj, como indicando que no podía perder el tiempo. Geoff Duncan, que estaba en la silla más alejada de Dave y Emily, también parecía deseoso de marcharse. Dave sentía lo mismo, pero por el bien de su familia... y de sí mismo... tenía que zanjar aquel asunto de una vez por todas.
—En sus últimos días de vida, fuiste a visitarla de dos a tres días por semana, ¿no?
—Martha tenía más de ochenta años, pero seguía estando perfectamente lúcida. A pesar de que el cuerpo había empezado a fallarle, quiso permanecer en su casa, y por eso su familia contrató a una enfermera domiciliaria.
—Según tú, te regaló el reloj de oro.
—Sí, escribió una carta en la que lo especificaba. Yo mismo la vi. Me dijo que iba a dársela a su abogado, que iba a pasar a verla más tarde.
El sheriff se volvió hacia Allan Harris, y le preguntó:
—¿Solías ir a verla?
—Vivía cerca del juzgado, así que no era ningún problema. Hacía años que la conocía, era una buena amiga de mi madre. Acepté con gusto hacerle un pequeño favor.
—¿Enviaste alguna vez a tu asesor legal en tu lugar?
—Sólo una vez —apostilló Geoff—. Una tarde, me pidió que fuera a entregar unos documentos de camino a casa.
—¿Es eso cierto? —le preguntó Davis al abogado.
—Sí, fue una única vez.
—¿Te acuerdas de la fecha exacta?
Allan agarró su maletín, y comentó:
—Espera, ahora te lo digo. Fue el mismo día de la deposición... —dejó la frase inacabada mientras comprobaba su agenda electrónica—. Ah, aquí está. El seis de septiembre.

—El seis —el sheriff anotó la fecha, y miró a Dave—. ¿Te acuerdas de cuándo encontraste el cadáver de Martha?

—Dos días después —no era algo que se olvidara fácilmente.

—El ocho. ¿Y cuándo te dio el reloj?

—El seis.

—En otras palabras: fue dos días antes de que muriera, ¿verdad?

—Sí.

—¿Y aquel día tenía la carta preparada?

—Sí.

—¿El mismo día que Allan envió a su asistente a casa de Martha?

Geoff se puso de pie de inmediato.

—Un momento, si estás insinuando que tuve algo que ver con...

—La verdad es que es más que una insinuación —le dijo el sheriff con calma—. He pedido una orden judicial para comprobar tus cuentas bancarias —abrió una carpeta, y le dio una hoja de papel—. También tengo la declaración del propietario de una casa de empeños de Seattle, que está dispuesto a declarar que empeñaste varios pendientes de diamantes.

El despacho quedó sumido en un tenso silencio.

—¿Geoff Duncan? —susurró Emily, mientras miraba a su marido con los ojos como platos.

Él le dio un apretón en la mano. Jamás habría sospechado del joven, ni siquiera se le había pasado por la cabeza que pudiera ser el ladrón.

Geoff se sentó en la silla, y se quedó mirando hacia delante con una expresión ausente.

—Ne... necesitaba el dinero.

Dave cerró los ojos por un instante al recordar la conversación que había mantenido con él varias semanas antes, cuando el joven le había hablado con orgullo de su prometida. Lori Bellamy pertenecía a una de las familias más prominentes de la zona, y Geoff parecía sentirse obligado a darle todos los lujos a los que estaba acostumbrada... aunque no pudiera permitírselos.

—Geoff... ¿por qué? —Allan parecía incrédulo y dolido.

—Me niego a decir una sola palabra más hasta que hable con mi abogado.

—Yo soy abogado —le recordó su jefe con voz seca.

—Quiero un abogado criminalista, no uno especializado en procesos testamentarios —le espetó el joven con irritación.

—De acuerdo, búscate uno.

El sheriff abrió la puerta, y un agente entró y esposó a Geoff mientras le leía sus derechos.

—Conozco mis derechos, esto no es necesario.

El agente no le hizo ni caso, y cuando terminó, se lo llevó del despacho.

—Martha le dio la carta, ¿verdad? —Dave estaba atónito.

—Sí, seguro que la destruyó —le dijo Roy.

—¿Cómo sabía él dónde estaban las joyas?

—Ya te dije que la nevera no es un escondite demasiado original.

—Lo más seguro es que se lo llevara todo aquel mismo día —apostilló Allan—. Martha tenía problemas de audición, seguro que no le oyó abrir la nevera.

—Pero... ¿por qué me inculpó a mí?

—Porque eras un blanco fácil, tú fuiste quien encontró el cadáver.

—¿Cuándo me metió los pendientes en el abrigo? Un momento... aquel día me lo dejé en casa de Martha.

Acababa de recordar ese detalle. El día en cuestión hacía bastante calor, así que se había quitado el abrigo. Después había regresado a buscarlo (obviamente, después de la visita de Geoff), y entonces lo había colgado tras la puerta de su despacho. Había permanecido allí hasta que Emily lo había visto y se lo había llevado a casa.

—Geoff supuso que conocías el lugar donde Martha guardaba las joyas. Tú tenías el reloj de oro, y le resultó muy fácil destruir la carta y meterte los pendientes en el abrigo.

Dave ni siquiera se había dado cuenta de que llevaba los pendientes encima, había dejado tan tranquilo el abrigo en su despacho.

—¿Cómo lo averiguaste? —le preguntó Allan al sheriff.

—Fue una simple cuestión de atar cabos. Cuando conseguí la factura de la tienda de empeños con su nombre, pude comprobar sus cuentas bancarias. No había otra explicación para los abultados ingresos que hizo —indicó a Roy con un gesto, y añadió—: Roy me ayudó. Tiene contactos en la zona de Seattle que me ayudaron a localizar varias tiendas de empeños.

—La verdad es que tuvimos suerte —comentó Roy—. Cuando tuvimos fotos tanto de Duncan como de las joyas desaparecidas, fue una cuestión de trabajo de campo. El sheriff envió a un agente a varias de las tiendas de empeños más importantes, y todo encajó.

Dave les debía una deuda de gratitud al sheriff y a Roy. Sabía que ellos dirían que sólo estaban haciendo su trabajo, pero podrían haberse fiado de las pruebas circunstanciales sin más. Les estaría eternamente agradecido.

—¿Podemos irnos? —les preguntó Emily.

—Sí, pero me gustaría haceros una última pregunta —dijo el sheriff.

—Vale.

—¿Qué queréis que haga con el reloj de oro?

Dave no vaciló ni por un momento.

—Devuélveselo a la familia. ¿Podemos irnos ya?

El sheriff lo miró sonriente, y le dijo:

—Claro que sí. Supongo que estás muy atareado con todas las actividades navideñas que tienes que organizar, ¿verdad?

—Sí —miró al uno y al otro, y les dijo emocionado—: Gracias, muchas gracias a los dos.

—Muchas gracias —les dijo Emily a su vez.

Al salir de la comisaría, fueron al coche a toda prisa. En cuanto entraron en el vehículo, se abrazaron con fuerza.

—Ya está, se ha acabado —le dijo a su mujer.

—Gracias a Dios. Siento haber dudado de ti, Dave. Perdóname.

—Seguro que yo me habría comportado igual si hubiera estado en tu lugar.

—¡Pero soy tu mujer!

—Sí, es verdad —la miró a los ojos, y dijo con ternura—: Mi preciosa, maravillosa mujer —se inclinó hacia ella, y la besó.

El sheriff Troy Davis estaba contemplando desde la ventana a Dave y a Emily, y sonrió al ver que se abrazaban y se besaban. Se alegraba de haber atrapado al ladrón con algo de ayuda de Roy McAfee, y de haber podido demostrar la inocencia de Dave; de momento, habían podido recuperar todas las joyas desaparecidas, con excepción de varias piezas.

Ya se había puesto en contacto con las hijas de Martha para avisarlas de que en breve se les entregarían las joyas. Estaba convencido de que la anciana le había regalado el reloj a Dave, pero éste había insistido en devolverlo. No tenía nada que demostrara que Martha se lo había legado a él, y no se sentía cómodo sabiendo que podía haber la más mínima duda. Su actitud era admirable.

Se apartó de la ventana, y se pinzó con dos dedos el puente de la nariz. Aquel caso había quedado resuelto, pero el cadáver que habían descubierto en la cueva aún estaba por identificar. Sólo sabía que los restos parecían ser de un adolescente, y eso era una valoración preliminar del patólogo. La autopsia iba a tener que esperar hasta principios de año, porque tal y como le había dicho el forense, el caso no era prioritario. Lo más probable era que el chico se hubiera escapado de algún sitio.

Aquel caso podía poner a prueba la capacidad de su comisaría. En los registros del condado no aparecía nadie que hubiera desaparecido en el periodo de tiempo que había indicado el patólogo, pero alguien tenía que haber visto a aquel chico. Seguro que alguien había hablado con él, que alguien le conocía. Los casos en los que había pasado tanto tiempo desde el crimen siempre eran complicados, pero estaba decidido a descubrir quién era aquel joven y por qué había ido a parar a aquella cueva.

Y por si no bastara con resolver un misterio que tenía veinte años de antigüedad, encima era Navidad... y no iba a poder pasarla con Faith.

Al cabo de tres horas, salió de la comisaría. La jornada de trabajo había acabado por fin, y puso rumbo a casa. El 92 de Pacific Boulevard se había convertido en un lugar bastante sombrío... quizá sería buena idea colgar la guirnalda navideña que Megan le había regalado, e intentar imaginarse cómo habría sido aquella velada si estuviera pasándola con Faith.

En la próxima novela de Cedar Cove iremos a ver al sheriff Davis, que vive en el 92 de Pacific Boulevard. Podrás preguntarle si hay alguna posibilidad de que se arregle su relación con Faith, y él te contará también cómo le va a Megan. Veremos cómo está Olivia, y también si Shirley Blis y Tanni tienen alguna novedad que contarnos. Además, ¿cómo le va a Will Jefferson? Por no hablar del cadáver de la cueva... es un caso muy antiguo, pero Troy está decidido a resolverlo...

Títulos publicados en Top Novel

Intriga de amor – ROSEMARY ROGERS
Corazones irlandeses – NORA ROBERTS
La novia pirata – SHANNON DRAKE
Secretos entre los dos – DIANA PALMER
Amor peligroso – BRENDA JOYCE
Nuevos amores – DEBBIE MACOMBER
Dulce tentación – CANDACE CAMP
Corazón en peligro – SUZANNE BROCKMANN
Un puerto seguro – DEBBIE MACOMBER
Nora – DIANA PALMER
Demasiados secretos – NORA ROBERTS
Cartas del pasado – ROSEMARY ROGERS
Última apuesta – LINDA LAELL MILLER
Por orden del rey – SUSAN WIGGS
Entre tú y yo – NORA ROBERTS
El abrazo de la doncella – SUSAN WIGGS
Después del fuego – DEBBIE MACOMBER
Al caer la noche – HEATHER GRAHAM
Cuando llegues a mi lado – LINDA LAELL MILLER
La balada del irlandés – SUSAN WIGGS
Sólo un juego – NORA ROBERTS
Inocencia impetuosa/Una esposa a su medida – STEPHANIE LAURENS
Pensando en ti – DEBBIE MACOMBER
Una atracción imposible – BRENDA JOYCE
Para siempre – DIANA PALMER
Un día más – SUZANNE BROCKMANN

www.ingramcontent.com/pod-product-compliance
Lightning Source LLC
LaVergne TN
LVHW030337070526
838199LV00067B/6317